DON'T LET ME DROWN

ELLA MCQUEEN

1. Auflage März 2020

Ella McQueen

c/o AutorenServices.de

Birkenallee 24

36037 Fulda

An die Adresse können nur Briefe gesandt werden. Für Pakete bitte gesondert via Email anfragen: ellamcqueenwrites@gmail.com

Lektorat & Korrektorat: Martina König, www.lektorat-sprachgefuehl.de

Coverdesign: Sandra Hillebrand, www.px-design.de

KaBiSa
Für Euch

1

»HAAAAPPPYYY BIIIIIRTHDAY«, schallt es mir von allen Seiten entgegen, als ich die Tür zur Redaktion öffne. Unwillkürlich muss ich lachen und werde ein bisschen rot, denn so viel Aufmerksamkeit habe ich nicht sonderlich gern auf mir liegen. Ein Hoch auf gut deckendes Make-up, denke ich und stelle schnell meine Tasche auf dem nächstbesten Schreibtisch ab, um beide Hände frei zu haben für die Umarmungen und Glückwünsche, die auch schon auf mich einprasseln.

»Süße, schon wieder wirst du neunundzwanzig! Wie machst du das bloß?«

Meine beste Freundin Leah zieht mich an sich und drückt mich so fest, dass mir ein kleines bisschen die Luft wegbleibt. »Vorsicht, du jünger Hüpfer«, stöhne ich und schiebe sie lachend ein wenig von mir, »ich habe seit ein paar Tagen Rücken. Das kommt davon, wenn man stundenlang am Schreibtisch sitzt, Sachen für deine Artikel recherchiert und alles Korrektur liest!«

»Ach duuu, jetzt tu nicht so, du alte Frau. Wir trinken später einen Sekt und dann vergisst du deinen Schmerz von allein«, lacht sie und drückt mich noch einmal herzlich an sich.

Leah sieht mit ihren neunundzwanzig Jahren wie immer

umwerfend aus. Schlank, braun gebrannt, mit ellenlangen Beinen, die in mörderischen High Heels stecken und perfekt zu dem Outfit passen, das sie heute trägt. Als wäre es ihr auf den Leib geschneidert, kombiniert sie gekonnt einen seidigen Faltenrock in Olivgrün mit einem eng anliegenden schwarzen Rollkragenpullover aus Kaschmir. Ihre langen blonden Haare fallen ihr in sanften Wellen über die Schultern. Gepaart mit den blauen Augen, die gefühlt immerzu strahlen, ist das eine Kombination, die die Männerherzen höherschlagen lässt. Leah verdankt ihr typisch skandinavisches Aussehen ihrer Mutter, die recht erfolgreich in Schweden als Model arbeitete, bevor sie Leahs Vater heiratete und nach England zog. Manche Menschen haben einfach Glück mit ihren Genen.

»Victoria Beckham?«, frage ich anerkennend und sie nickt.

»Ist aus der neusten Kollektion. Toll, oder?«

Leah dreht sich euphorisch einmal um sich selbst und streift dabei über den teuren Stoff.

»Absolut«, muss ich neidlos zugeben. Der feminine Stil passt perfekt zu ihr und schmeichelt ihrer weiblichen Silhouette. Als Herausgeberin von *Elements* hat sie definitiv den richtigen Riecher für das perfekte Styling, die neusten Fashiontrends und die passenden Accessoires.

Ich bin da ganz anders. Mit meinen vierunddreißig – ach ja, ab heute fünfunddreißig – Jahren bin ich mehr Pummelfee als Elfe und auch wenn mein Wunsch fast täglich darin besteht, in wunderbaren High Heels und Designerklamotten auf die Straße zu treten, holen die Realität und meine dreißig Pfund zu viel auf den Hüften mich schnell wieder auf den Boden der Tatsachen zurück. Gut, ganz Modemuffel bin ich auch nicht, aber sind wir mal ehrlich: In Zeiten von Bodypositivity und Co. ist es langsam angebracht, dass sich mehr Designer auf den Weg machen, tolle Mode für Frauen auf den Markt zu bringen, die ein bisschen mehr auf die Waage bringen. Gut, die ersten Schritte sind gemacht, aber was ist so schwer daran, bei einigen Outfits einfach etwas mehr Stoff zu benutzen und so etwas für die größeren Mädels unter uns zu schneidern? Ich kann mir nicht vorstellen, dass alle Designer davon ausgehen, dass kurvigere Frauen mit Blümchenprints oder Batikmustern über die Straße laufen möchten. Rubens hat es auch geschafft, uns zu feiern, also dürfen die Designer von heute das bitte schön noch mehr tun.

Es ist mir ein Rätsel, wie Leah und ich beste Freundinnen werden konnten, so unterschiedlich wir in vielen Dingen doch zu sein scheinen, von der Optik mal ganz abgesehen. Doch seit wir während meines Einstellungsgesprächs unsere gemeinsame Vorliebe für Donauwellen entdeckten und feststellten, dass David Beckham am schönsten ist, wenn er ganz still ist, halten wir zusammen wie Pech und Schwefel.

Ich muss natürlich nicht betonen, dass man Leah keine der Donauwellen ansieht, während ich mit meinen Kurven und Wellen so manchem Donauschiffer den Schweiß auf die Stirn treiben würde.

Ein bisschen komisch ist es schon, mit der Chefin befreundet zu sein, aber manchmal passen Dinge einfach wie Arsch auf Eimer. Leahs Vater ist in London ein hohes Tier im Verlagswesen und nach ihrem Studium in Oxford wollte sie es ihm zeigen und hat *Elements* gegründet. Heute, nach etwas mehr als vier Jahren, gehört das Magazin unter die Top Ten der angesagtesten Publikationen des Landes und macht sich langsam, aber sicher einen Namen in der Branche. Sicherlich auch deswegen, weil Leah genau weiß, was sie will, mit den Titelstorys den Zahn der Zeit trifft und einfach ein Händchen für die It-Themen hat, die die jungen, stylishen Leute von heute begeistern. Dass sie außerdem in den angesagtesten Clubs von London verkehrt und bei der High Society ein und aus geht, schadet sicherlich auch nicht. Respekt muss man vor ihr definitiv haben, dass sie das in ihren jungen Jahren schon so meistert.

»Louisa, altes Haus. Bezaubernd siehst du heute aus! Keinen Tag über fünfunddreißig!«

Echt jetzt? Ich atme tief durch, setze mein strahlendstes Lächeln auf und drehe mich zu Dylan um, seines Zeichens

Art Director bei *Elements*. Lässig lehnt er am Schreibtisch gegenüber von mir und hat die Arme locker in den Taschen seiner grauen Anzughose stecken. Mit seinen Anfang dreißig sieht er wie immer hervorragend in seinem sicherlich unfassbar teuren Designeranzug aus. Die Haare adrett zurückgestylt, umarmt er mich im nächsten Augenblick und schaut mich demonstrativ von oben bis unten an.

»Mensch, geht ihr später noch feiern? Ich bin ja gar nicht eingeladen!«

Dylan mag zwar durchaus geschickt sein, wenn es um die Führung seines Ressorts geht, seine social skills lassen jedoch zu wünschen übrig. Ihn zu meinem Geburtstag einladen? Hat der sie noch alle? Natürlich liegt mir nichts ferner, als einen Schönling wie ihn zu meinem Geburtstag einzuladen, und nach dem Blick zu urteilen, den er mir gerade geschenkt hat, kann er sich auch Besseres vorstellen, als mit mir in seiner Nähe gesehen zu werden. Wenn es nach Dylan geht, sind alle Frauen jenseits von Modelmaßen unscheinbar und unbedeutend. Die Mädels, die sich bei ihm die Klinke in die Hand geben, sind entweder Laufstegmodels, irgendwelche It-Girls der Londoner Partyszene oder Möchtegern-Influencer. Oder wie sie sich heute bezeichnen – Content Creator.

Ich räuspere mich, lächle mehr oder weniger gequält und danke Leah gedanklich auf Knien, als sie sich strahlend bei Dylan unterhakt, ihn mit ihren Rehaugen anklimpert und ihm ins Ohr säuselt: »Ach Dylan, du würdest doch dann die ganze Aufmerksamkeit auf dich ziehen. Das tut man keinem Geburtstagskind an. Jemand wie du muss einfach im Mittelpunkt des Geschehens stehen. Wie unfair wäre das Louisa gegenüber!«

Dylan strahlt Leah selbstverliebt an und tätschelt lachend ihren Arm. »Wie recht du doch hast. So, und nun, meine Lieben, ran ans Werk. Louisa wird nicht jünger und mit zunehmendem Alter wird das auch immer etwas schwieriger mit der Arbeit.«

Ich merke, wie ich meine Hände zu Fäusten balle und

meine Fingernägel sich in meine Haut drücken, während Leah Dylan langsam wegzieht, sich dann noch mal zu mir umdreht und hinter seinem Rücken die Augen verdreht.

Kann ihm mal einer sagen, dass er hier nicht der Chef ist? Was für ein Schnösel.

Ich greife nach meiner Tasche, winke in die Runde und gehe in mein Büro, das etwas abseits der Büros meiner Kollegen am Ende des Ganges liegt. So viel Aufmerksamkeit für einen Morgen reicht mir wirklich und außerdem ist mein Schreibtisch so voll, dass ich Angst habe, meine Deadlines nicht zu schaffen.

Als die Tür hinter mir ins Schloss fällt, streife ich meine Schuhe von den Füßen und stöhne erleichtert auf. Obwohl der Weg vom Auto in die Redaktion nur wenige Schritte beträgt, scheinen meine Füße Halleluja zu rufen, als ich barfuß zu meinem Schreibtisch gehe. Mir kann niemand weismachen, dass Ballenpolster die perfekte Lösung sind. Meine Füße sind trotz der Dinger im Arsch und weit von einer Erleichterung entfernt. Die funktionieren nur, wenn man leicht wie eine Feder ist.

Ich sollte es eigentlich besser wissen und mich nicht immer wieder in diese Mörderhacken werfen, aber wer schön sein will, muss bekanntlich leiden. Ich kann mir auch nicht vorstellen, dass Meghan Markles Trick, High Heels eine Nummer größer zu tragen, wirklich hilft. Bei meinem Glück würde ich aus den Schuhen rutschen und der Länge nach jemandem vor die Füße segeln. Am besten Dylan! Gott bewahre!

Ich schalte meinen Rechner an und lasse mich wenig motiviert in meinen Schreibtischstuhl sinken. Ein Blick neben mich verrät nichts Gutes. Gibt es irgendwelche gemeinen Wesen, die nachts den Berg Papier neben mir höher stapeln? Aktuell türmen sich auf meinem Schreibtisch so viele Unterlagen und Anfragen, dass ich nichts lieber täte, als alles zusammen in

Ablage P zu verfrachten. Ich liebe meinen Beruf als Lektorin und Recherche-Redakteurin, doch obwohl mir die Arbeit immer viel Freude bereitet, kann ich mir aktuell durchaus interessantere Dinge vorstellen. Manchmal frage ich mich, ob ich wieder wie früher bei der Studentenzeitung ein paar Artikel schreiben sollte, aber dann bin ich doch froh, hier in meinem Büro Ruhe zu haben und nicht ständig für die heißesten Storys unter Leute zu müssen. Ich bin und bleibe einfach ein Introvert. Zumindest rede ich mir das gern ein. Und dass man trotzdem einen Mann für sich gewinnen kann, erlebe ich gerade quasi am eigenen Leib.

Ich greife nach meinem Kaffee und fische mein Handy aus der Tasche, das beim Eintreten in mein Büro gesummt hat. Ein Blick aufs Display lässt mich augenblicklich lächeln und ein kleiner Schauer läuft mir über den Rücken.

Hey Sexy! Toll siehst du heute aus.

Tja, hat sich das Reinzwängen in die hohen Schuhe und das Kleid wohl gelohnt. Wie herrlich durchschaubar Männer doch sind.

Ich lehne mich in meinem Schreibtischstuhl zurück und merke, wie meine Finger langsam über das Display meines Handys streicheln. Ich muss lächeln, denn wirklich glauben kann ich immer noch nicht, dass dieser Mann auf mich steht. Schon der Gedanke an ihn und seine Berührungen elektrisiert mich und ich beginne, unruhig auf meinem Stuhl hin und her zu rutschen.

Louisa, konzentrier dich und fang endlich an, zu arbeiten! So wird das sonst nie was und du willst sicherlich nicht an deinem Geburtstag bis spät in die Nacht in deinem Büro sitzen und arbeiten.

Ich greife neben mich und nehme einen Schwung Papier in Angriff. Leahs neuer Artikel mit dem Titel *Die Magie des kleinen Schwarzen* soll in der nächsten Ausgabe erscheinen und während ich genüsslich an meinem Kaffee nippe, stelle ich mich auf lange Sätze mit lauter Kommafehlern ein. Sosehr ich Leah und ihren Schreibstil auch liebe – Kommasetzung beherrscht sie nicht. Trotz Studiums in Oxford. Aber dafür hat sie ja mich. Im Büro bin ich der Schrecken aller, die Aushänge planen, was meist damit endet, dass ich zwecks Kontrolle vieles unter die Nase gehalten bekomme, bevor es letztendlich an einer Wand oder auch im Magazin landet.

Während ich Leahs Artikel lese, fange ich an, zu grübeln. Ist es wirklich so, dass Männer auf das kleine Schwarze stehen und jede Frau so ein Kleid im Schrank haben sollte? Wie ist das für Frauen, die mehr auf die Waage bringen? Frauen wie mich? Gibt es da auch so etwas wie das große Schwarze? Und hat es die gleiche Wirkung auf Männer?

In Gedanken gehe ich meinen Kleiderschrank durch. Ich bewundere die Plus-Size-Blogger, die sich todesmutig in knallenge, knallbunte und quer gestreifte Outfits werfen. Und denen steht das dann auch noch. Jeglicher Versuch meinerseits, Farbe in meinen Kleiderschrank zu bringen, ist bis jetzt kläglich gescheitert. Blau, Grau und allenfalls Weiß darf es bei Oberteilen sein. Die Anzahl bunter Klamotten in meinem Kleiderschrank kann ich jedoch an einer Hand abzählen.

Schwarz streckt so schön und macht schlank, höre ich meine Oma sagen. Zumindest *er*streckt es sich über meinen ganzen Kleiderschrank. Ich besitze vielleicht kein kleines Schwarzes, dafür aber sieben schwarze Strickjacken. Zählt das auch?

Ein Klopfen lässt mich aus meinen Gedanken hochfahren. Noch bevor ich *Herein* rufen kann, öffnet sich die Tür und mein Herz setzt für eine Sekunde aus. Nate streckt seinen Kopf in mein Büro und grinst mich an.

»Darf ich reinkommen oder störe ich?«

Sein Blick wandert von meinen High Heels, die ich lieblos vor meinen Schreibtisch gekickt habe, zu meinen nackten Füßen. Ich sehe, wie seine Augen sich verdunkeln und er sich auf die Lippen beißt. Das tut er immer, wenn ihn irgendwas erregt, und nicht anders scheint es ihm gerade zu ergehen.

Nate macht zwei Schritte in mein Büro und lässt die Tür hinter sich ins Schloss fallen. Er bleibt davor stehen und schaut mich an. »Warum hast du die Schuhe ausgezogen?«, fragt er.

Sein Blick ist durchdringend und ich merke, wie ich die Luft anhalte und mich nervös in meinem Stuhl aufrichte. Gott, dieser Mann ist heiß. Mit seinen fast zwei Metern, den immer etwas verwuschelten blonden Haaren und seiner sportlichen Figur erinnert er mich an den typischen Surfertyp. Wie passend, dass Nate als Sportredakteur bei *Elements* arbeitet.

»Steh auf und zieh deine Schuhe wieder an«, fordert er mich im nächsten Moment auf. Seine blauen Augen verfolgen mich, wie ich mich langsam aus meinem Stuhl erhebe, auf ihn zugehe, ihm meine Hand reiche, um etwas Halt zu haben, und dann wieder in meine Schuhe schlüpfe.

Ich weiß, dass Nate ein Faible für schöne Schuhe hat, daher achte ich morgens häufiger darauf, für welche ich mich für die Arbeit entscheide. Nicht selten zum Leidwesen meiner Füße. Auch die schwarzen Peeptoes mit dem nicht gerade flachen Plateauabsatz gewinnen definitiv keinen Wettbewerb zum Thema *bequeme Schuhe*.

»Langsam!« Nates Finger schließen sich fester um meine Hand und ich spüre seinen Daumen, der in kreisenden Bewegungen über meine Finger fährt. »So ist es gut. Schon viel besser.«

Nates Berührungen lassen meine Brustwarzen hart werden und ich danke meiner Intuition dafür, heute Morgen einen BH gewählt zu haben, der verhindert, dass sie sich unter dem Kleid abzeichnen. Noch immer bin ich mir nicht sicher, was das hier eigentlich ist.

Seit drei Jahren sind Nate und ich Kollegen, zusammen haben wir in der Redaktion angefangen. Während seine lockere Art mir oft geholfen hat, in Teammeetings entspannter zu sein, hat meine Strukturiertheit ihm in so mancher Situation den Hintern gerettet. Jahre, in denen ich immer wieder schmunzelnd beobachten musste, wie zig Frauen, die ihm begegneten, seinem Charme erlagen, ihn anhimmelten und an seinen Lippen hingen. Zig Frauen … nur ich nicht. Nicht ein einziges Mal in all der Zeit habe ich in ihm mehr gesehen als einen Kollegen und guten Kumpel. Nicht ein einziges Mal – bis vor knapp zehn Monaten diese WhatsApp-Nachricht kam. *Lust, bequem auf deiner Couch einen Rotwein zu trinken?* Damit fing alles an. Zuerst dachte ich mir nichts dabei, denn Nate war zu allen Kollegen so nett und schließlich war er seit fast fünf Jahren mit Ally liiert. Mit der Zeit bekam ich fast täglich nette Nachrichten von ihm, während und nach der Arbeit. Sie gehören inzwischen zu meinem Arbeitstag wie mein täglicher Kaffee und auch wenn wir nicht in derselben Abteilung arbeiten, kommt Nate morgens kurz im Büro vorbei, um Hallo zu sagen.

Erst als ich eines Tages, als ich auf meinem Weg in den Urlaub war, eine WhatsApp-Nachricht bekam und Nate mir schrieb, dass ich aufpassen solle, mich nicht auf andere Kerle einzulassen, wurde ich stutzig und schrieb ihm eigentlich mehr scherzhaft, ob ihm das etwas ausmachen würde. Mit seinem *Ja* änderte sich einiges. Als ich aus meinem Urlaub zurück war, kam Nate eines Morgens in mein Büro, schloss die Tür hinter sich, trat auf mich zu und küsste mich. *Seit einer halben Ewigkeit will ich das tun und denke immer wieder an dich,* sagte er, nachdem er seine Lippen wieder von meinen gelöst hatte.

Meine Affäre mit Nate geht schon fast sieben Monate. Wir hüten diese Sache zwischen uns wie einen Schatz. Nicht einmal Leah habe ich von uns erzählt, obwohl wir sonst über jede Kleinigkeit miteinander sprechen und uns ausgiebig von unseren Dates und Männerbekanntschaften erzählen. Nicht, dass ich besonders viele davon habe. Aber Leahs sind dafür umso lustiger. Nicht auszudenken, wenn sie die Sache zwischen Nate und mir mitbekommen würde. Leah mag zwar sonst alles sehr leichtnehmen, was die Männerwelt angeht, aber sie hat zwei Devisen, die sie standhaft vertritt und nie brechen würde: *Never fuck the company* und *Never fuck a man who's in a relationship or married.*

Nate und ich sprechen nicht über seine Beziehung, denn jedes Mal, wenn Ally zur Sprache kommt, versteift er sich und ich sehe ihm an, wie er mit sich kämpft. Ich mag es nicht, wenn seine Gedanken abschweifen und es so scheint, als würde er am liebsten einer Situation entfliehen wollen. Daher tue ich alles, um ihn abzulenken. Wenn wir allein sind, ist alles so vertraut, fühlt sich nicht falsch an und tut mir gut. Nate gibt mir das Gefühl, sexy und unwiderstehlich zu sein. Jedes Mal wird er unruhig, wenn ich in seiner Nähe bin, und regelmäßig zieht er mich während der Arbeit in irgendeinen Raum, um mir für ein paar Augenblicke ungestört seine Erregung zu zeigen, mich zu küssen und mich zu berühren.

Nie im Leben hätte ich gedacht, dass ich mal in einer Affäre stecke, bin ich doch sonst immer die Geradlinige, Zuverlässige, die, die scheinbar für alle greifbar und ohne Geheimnisse ist. Aber wie sagt man so schön? Stille Wasser sind tief. Zugegeben, eine Affäre ist nicht unbedingt mein Ziel gewesen, aber die Dinge mit Nate laufen so schön, dass es sicher nur noch eine Frage der Zeit ist, bis sich alles in den richtigen Bahnen bewegt.

»Hey, Baby, ich wollte dir doch einen Tipp zu deinem Geburtstagsgeschenk geben.«

Nate lächelt mich an, verstärkt aber gleichzeitig den Griff um meine Hand und holt mich aus meinen Gedanken. Ich hätte nie gedacht, dass es mir so gefallen würde, wenn er mich *Baby* nennt. Immer wenn er es tut, erlaube ich mir, mich sanft und zerbrechlich zu fühlen, gebe mir die Erlaubnis, nicht immer stark sein zu müssen.

»Du machst mich verrückt, Louisa.«

Nate legt seine Hand in meinen Nacken und schon senken sich seine Lippen zu mir herab und scheinen die Kontrolle über meinen Mund erlangen zu wollen. Nates Küsse sind stürmisch und ich spüre seine Zunge, wie sie über meine Lippen fährt und Einlass fordert. Ich öffne meine Lippen und schon schießt seine Zunge in meinen Mund, während seine freie Hand ohne Zögern über den Ausschnitt meines Kleides runter zu meiner Brust fährt. Intuitiv schmiege ich meinen Körper näher an seinen und genieße den festen Griff seiner Hände, die über meinen Rücken zu meinem Po gleiten. Während er fester zupackt, fahre ich mit meinem Fuß an seinem Bein entlang und genieße es, wie sein Atem schneller wird und ich die Beule in seiner Hose deutlich wahrnehme.

»Deine Brüste und dein Arsch fühlen sich so geil an, Louisa«, stöhnt Nate und reibt sich an mir.

»Na, language!«, sage ich gespielt vorwurfsvoll und drücke ihn etwas von mir weg. Ich habe generell nichts gegen ein bisschen dirty talk, aber manchmal übertreibt Nate es damit ein wenig.

»Du machst mich halt tierisch an, Baby«, erwidert er, drängt sich wieder an mich und schon spüre ich seine Zunge, wie sie sich langsam über meinen Hals hoch zu meinem Ohrläppchen vorarbeitet. Innerhalb von Sekunden bekomme ich eine Gänsehaut. Nate ist einfach ein wenig wilder in seinen Gefühlsregungen und sein Verstand setzt aus, wenn er mich berührt. Da gehen ab und an bei der Wortwahl die Pferde mit ihm durch.

Obwohl ich jeden Moment mit ihm genieße, wird mir wieder einmal bewusst, dass wir mitten in meinem Büro stehen und jeden Moment gestört werden könnten. Ich möchte mir gar nicht ausmalen, was für Konsequenzen das nach sich ziehen würde. Über Nate würde man sagen, dass es nur eine Frage der Zeit war, bis er seine Partnerin betrügt, aber ich würde als das verzweifelte dicke Ding abgestempelt werden, das sich voller Hoffnung an einen Mann ranmacht, der scheinbar unglücklich oder nicht ausgelastet in seiner Beziehung ist und mehr als offensichtlich einige Ligen über ihm spielt. Ally ist bei allen Kollegen beliebt, denn wenn sie in der Agentur ist, was durchaus öfter vorkommt, da sie nur ein paar Straßen weiter in einer Boutique arbeitet, ist sie nett zu jedem, hört sich die Probleme jedes Einzelnen an und gehört zu den Menschen, die sich auch noch so kleine Kleinigkeiten über andere merken können. Dass sie sich Tage später nach einem erkundigt und wirkliches Interesse an ihrem Gegenüber hat, tut sein Übriges. Von den selbst gebackenen Muffins und Kuchen, die Nate regelmäßig in die Redaktion mitbringt, will ich gar nicht erst anfangen. Ally ist eine Superfrau.

Die Chance, dass die Kollegen Nates und meine Gefühle füreinander für voll nehmen würden, liegt also quasi bei null. Eher im deutlichen Minusbereich. Tendenz minus unendlich. Ich glaube, dass man Nate mit jeder Kollegin ein Verhältnis zutrauen würde, aber mit mir? Louisa ist doch zu vernünftig, die macht so was nicht. Jemand wie Nate steht doch nicht auf jemanden wie Louisa. Wie verzweifelt muss sie sein, dass sie sich Chancen bei ihm ausmalt? Ich höre das Gerede schon jetzt.

»Was ist denn nun mit dem Tipp zu meinem Geburtstagsgeschenk?« Ich versuche, meine Gedanken zu verdrängen, lege meine Hände auf Nates Brust und hindere ihn so daran, seine Hand in meinem Ausschnitt verschwinden zu lassen. Bilde ich es mir ein oder war das gerade ein frustriertes Stöhnen, das ihm entfahren ist?

»Baby, du bist ja ungeduldig«, sagt er tadelnd und versucht erneut, mich zu küssen.

»Nein, nicht ungeduldig. Nur schrecklich neugierig. Du weißt doch, wie ich bei Geschenken bin. Gehen wir heute Abend irgendwo schön essen? Hast du etwa einen Tisch im *Dinner* für uns reserviert?«

Das Restaurant von Heston Blumenthal steht schon seit langer Zeit auf meiner Wunschliste und da Nate und ich neulich über kulinarische Highlights der Stadt gesprochen haben und ich den Namen des Restaurants beiläufig habe fallen lassen, könnte es durchaus sein, dass er mir heute einen Wunsch erfüllen möchte.

»Ach Louisa, ich wäre heute Abend viel lieber mit dir allein. Lass es uns doch auf deiner Couch gemütlich machen und die Zeit zusammen genießen.«

Unwillkürlich versteife ich mich.

»Was ist los?«, fragt Nate, der meine Körperbewegung bemerkt hat. »Hast du keine Lust darauf, von mir verwöhnt zu werden?« Wieder versucht er, seine Hand in Richtung meines Ausschnitts zu schieben.

»Das ist es nicht«, erwidere ich leise und halte seine Hand erneut fest.

»Was ist es dann?«

»Möchtest du nichts mit mir unternehmen?«, frage ich vorsichtig und traue mich nicht, ihm in die Augen zu sehen.

»Fängst du etwa schon wieder damit an? Es ist verdammt noch mal nicht so einfach, mit dir in der Öffentlichkeit zu sein.« Nate vergrößert sichtlich genervt den Abstand zwischen uns.

Mir ist nicht entgangen, dass er meine Frage nicht wirklich beantwortet hat, aber ich habe keine Lust, mich an meinem Geburtstag mit ihm zu streiten. Also ziehe ich ihn erneut zu mir und lasse dabei mein Knie gegen seine Mitte gleiten. »Verrätst du es mir nun?«, frage ich und weiß, dass ich damit der Konfrontation aus dem Weg gehe.

Nate lacht und ich sehe das Blitzen in seinen Augen. »Na, dann will ich dir mal einen Tipp geben, was dich an deinem Geburtstag als Geschenk erwartet.«

Er greift nach meiner Hand und als wäre nichts gewesen, öffnet er die Knöpfe seiner Hose ein Stück und schiebt meine Hand ohne zu zögern in seine Jeans. Mit großen Augen schaue ich ihn an und ziehe scharf die Luft ein.

»Nate! Du kannst doch nicht … Wir können doch nicht hier …«

Der Gedanke, dass Nate und ich im Büro übereinander herfallen könnten, macht mich unheimlich an. Zumindest glaube ich das. Vielleicht ist es aber auch leichtes Entsetzen darüber, dass er beinahe grenzüberschreitend ist. Die

Mischung aus Lust und Verstörtheit irritiert mich. Wieso werde ich immer unvernünftig, wenn ich in seiner Nähe bin? Erst letzte Woche sind wir nach einem Meeting zu mir nach Hause gefahren und schon auf dem Weg dahin hat Nate seine Hand immer wieder auf mein Knie gelegt und ließ seine Finger über mein Bein hoch unter meinen Rock gleiten. Das wäre ja nicht so wild gewesen, wenn ich mich dabei nicht aufs Fahren hätte konzentrieren müssen.

»Fass mich an, Baby!«, stöhnt Nate an meinem Hals und reibt sich immer schneller an meiner Hand. Gott, dieser Mann macht mich noch wahnsinnig. Wie gern würde ich mich jetzt sofort von ihm auf meinem Schreibtisch nehmen lassen und verbotene Dinge mit ihm tun.

»Süße, hol die Sektgläser raus, jetzt stoßen wir erst mal an!«

Leahs Stimme tönt über den Flur und augenblicklich ziehe ich meine Hand aus Nates Hose.

»Mist, schnell«, knurrt er und ich sehe einen Anflug von Panik in seinen Augen. Gut, es wäre suboptimal, wenn Leah uns erwischen würde, das gebe ich zu, aber der Ausdruck in Nates Augen irritiert mich und versetzt mir einen kleinen Stich. Wäre es ihm so unangenehm, mit mir gesehen zu werden? Was war das gerade?

Ich weiß, ich sollte nicht immer wieder in das gleiche Gedankenkarussell verfallen, aber erneut wandern meine Gedanken zu dem Abend vor ein paar Wochen, als Nate und ich im Norden Londons in einem Restaurant waren und plötzlich Freunde von ihm auftauchten. Wir waren extra etwas aus der Stadt rausgefahren, um Ruhe füreinander zu haben, umso überraschter war vor allem Nate, als auf einmal Menschen an unserem Tisch standen, die er kennt. Nicht nur war der Abstand zwischen uns plötzlich beachtlich, was ich aufgrund der Tatsache, dass er noch in einer Beziehung ist, hätte verstehen können. Aber als das Thema auf irgendein anstehendes Sportevent fiel und Nate betonte, wie cool es wäre, eine Freundin zu haben, die sämtliche Sportaktionen mitmacht, drehte sich mir unwillkürlich der Magen um. Als ich Nate später an dem Abend fragte, ob es ihm peinlich sei, mit einer rundlicheren Frau in der Öffentlichkeit gesehen zu werden oder gar mit jemandem wie mir eine Beziehung zu führen, tat er meine Sorgen nahezu barsch ab und machte mir im nächsten Moment mit vielen heißen Küssen klar, dass er meinen Körper mehr als nur etwas anziehend findet. Meine Angst, Nate könnte zu den Männern gehören, die zwar ein Faible für kurvigere Frauen haben, aber in der Öffentlichkeit nie dazu stehen würden, verschwand. Zumindest für den Moment, denn auch jetzt sind meine Gedanken wieder an diesen dunklen Ort der Selbstzweifel gewandert, die ich sonst nie in dem Maße wegen meines Körpers hatte. Ich bin zwar runder und kurviger als andere Frauen, aber bisher bin ich immer davon ausgegangen, dass das alles noch in Maßen ist und durchaus auch anziehend für Männer.

Gerade noch rechtzeitig kann Nate seine Hose schließen und ich mein Kleid glatt streichen, als auch schon die Tür aufgeht und Leah mit einer Flasche Sekt vor uns steht. Verdutzt guckt sie zwischen Nate und mir hin und her. »Was machst du denn hier? Ich habe dich gar nicht gesehen, als du in Louisas Büro gegangen bist.«

Für einen Moment habe ich Angst, dass Leah etwas gemerkt haben könnte, doch erleichtert atme ich auf, als sie Nate in die Seite knufft und mich theatralisch ansäuselt: »Oh nein, jetzt müssen wir auch noch den guten Tropfen mit Nate teilen!«

Ich lache und hole drei Kaffeetassen aus meinem Schrank. »Sorry, aber Sektgläser habe ich nun wirklich nicht hier.« Entschuldigend zucke ich mit den Schultern.

»Super, dann habe ich ja jetzt das perfekte Geschenk«, sagt Nate lachend und ich werfe ihm dankbar einen Blick zu. Er grinst mich an und hilft Leah dabei, die Sektflasche zu öffnen. Gleichmäßig verteilt sie das prickelnde Getränk auf unsere Tassen.

»Auf Louisa«, ruft Leah und hebt ihr Glas in die Höhe.

»Auf das Geburtstagskind«, stimmt Nate ihr zu und wir stoßen an.

»Du musst wissen, Nate«, platzt es im nächsten Moment aus Leah heraus, »wenn Louisa Sekt hatte, klappt's auch mit Französisch!«

Ich verschlucke mich an meinem Sekt und starre Leah an, während Nate abwechselnd zwischen ihr und mir hin und her blickt. »Wie?«, fragt er neugierig und richtet seine Aufmerksamkeit mit einem Funkeln in den Augen auf mich.

»Alte Geschichte aus der Schulzeit!«, antworte ich knurrend und schaue Leah böse an.

»Na, die musst du mir irgendwann mal in Ruhe erzählen«, lacht Nate, leert seine Tasse mit einem Zug und stellt sie auf meinen Schreibtisch. »Hab noch einen schönen Geburtstag, Louisa, ich muss jetzt leider wieder an die Arbeit.«

Nate drückt mich und gibt mir einen Kuss auf die Wange. Sofort spüre ich die zuvor unterdrückte Erregung wieder in mir aufsteigen und das Blitzen in seinen Augen verrät mir, dass er es drauf angelegt hat.

»Leah, lass Louisa nicht so viel Sekt trinken, die wird sonst noch ganz hibbelig«, sagt er provozierend und schon ist er aus der Tür.

»Du bist wirklich unmöglich«, sage ich vorwurfsvoll und lasse mich in meinen Schreibtischstuhl sinken.

»Ach Quatsch, Liebes. Nate kennt dich seit Ewigkeiten, vor dem muss dir nun wirklich nichts peinlich sein. Ist ja nicht so, als hätten wir uns über Sexgeschichten von dir unterhalten«, lacht Leah. »Wobei, aktuell ist bei dir wohl eher tote Hose, was?«

Ich verdrehe die Augen und sehe Leah böse an. »Nicht witzig, meine Liebe! Ich kann nichts für diese Dürreperiode!«

»Doch«, antwortet Leah und knufft mir beherzt in die Seite, während sie die Kaffeetassen und die Sektflasche an sich nimmt und zur Tür geht. »Ich habe dir schon tausend Mal gesagt, dass du dir diese Dating-App aufs Handy laden sollst. Meine Cousine Chloe schwärmt ununterbrochen davon und sie sagt, sie käme absolut auf ihre Kosten. Du sollst ja nicht den Nächstbesten heiraten, aber ein bisschen Spaß hast auch du dir ab und zu verdient. Ich möchte nicht gemein klingen, aber die Sahara ist ein Feuchtbiotop gegen dich!«

Ich werfe ihr einen gespielt empörten Blick zu. Als Reaktion lacht Leah nur beherzt und ist im selben Moment schon mit einem Bein aus der Tür.

»Es kann nicht schaden, Louisa. Du willst doch nicht vertrocknen.«

Wenn sie nur wüsste …

2

Ich arbeite ohne große Störungen in meinem Büro, von den gelegentlichen WhatsApp-Nachrichten zu meinem Geburtstag abgesehen, und bin froh, als ich abends den Stapel neben mir auf die Hälfte habe schrumpfen lassen. Die nächste Ausgabe steht in den Startlöchern und bekanntlich ist kurz vorher immer viel zu tun. Artikel müssen Korrektur gelesen oder Dinge zur Absicherung recherchiert werden.

Mit einem Pling kündigt sich eine neue E-Mail in meinem Postfach an, als ich den Rechner runterfahren will. Ich sehe, dass sie von Leah ist.

Geburtstagskind, denkst du bitte daran, morgen pünktlich zum Meeting zu kommen? Und nächstes Jahr wird endlich wieder groß gefeiert. Da lasse ich das Argument von wegen »Ich muss doch morgen wieder arbeiten« nicht zu. Wir holen deine Party am Wochenende nach! xoxo Leah

Das Meeting, das Leah für morgen angesetzt hat, ist nichts Außergewöhnliches. Sie macht das regelmäßig vor dem

Erscheinen der neuen Ausgabe von *Elements*. Ich frage mich, warum sie mich explizit per E-Mail daran erinnert. Vielleicht glaubt sie auch, dass man mit fünfunddreißig die eine oder andere Erinnerung mehr braucht. Wer weiß.

Ich bin immer noch überrascht, dass sie mir die *Ich will heute keine Geburtstagsparty, wenn ich morgen arbeiten muss*–Geschichte geglaubt hat. Ich hätte ihr ja schlecht sagen können, dass Nate und ich meinen Geburtstagsabend gemeinsam genießen und feiern wollen. Gegen den Vorschlag habe ich mich natürlich nicht gewehrt, als Nate ihn vor ein paar Tagen gemacht hat. Ausgegangen wäre ich zwar gern mit ihm, aber so wird es ein schöner Abend daheim.

Ich schließe die Bürotür hinter mir, wünsche den Kollegen, die noch in der Redaktion sitzen, einen schönen Abend und drücke den Knopf neben der Aufzugtür. Wenige Sekunden später ist der Aufzug da, die Tür öffnet sich und ich fahre in die Tiefgarage, wo mein Auto geparkt steht. Als ich mich hinters Steuer setze, piept mein Handy.

Zieh gleich nicht so viel an, ich freu mich auf dich!

Ich merke, wie mir die Röte ins Gesicht steigt, und streiche mir eine Haarsträhne hinters Ohr. Ich hoffe, dass niemand hier ist und mich sieht, wie ich grinsend auf mein Handydisplay starre. Louisa, das Honigkuchenpferd. Nein, ich bin nicht fünfunddreißig, ich bin fünfzehn!

Schnell tippe ich eine Antwort.

Ich wollte dir eigentlich nackt die Tür öffnen …

Es dauert keine zehn Sekunden, bis mein Handy wieder eine Nachricht ankündigt.

. . .

Oh, noch besser. Dann kann ich dir schon im Flur dein Geschenk geben.

Der Gedanke, dass Nate mich sofort nach dem Reinkommen gegen die Wand presst, meine Beine auseinander drückt und in mich eindringt, lässt ein süßes Gefühl von Verlangen in mir aufsteigen.

Na, dann pack mein Geschenk mal schön ein. Bis gleich.

Ich werfe mein Handy auf den Beifahrersitz und starte den Motor, als mein Handy ein weiteres Mal piepst.

Oh, und wenn ich dir heute besonders nah sein will?

Ich weiß sofort, auf was er anspielt. Obwohl Nate und ich schon eine Weile miteinander schlafen und ich die Pille nehme, haben wir bisher immer ein Kondom benutzt. Ich weiß, dass es für ihn nicht toll ist, aber irgendwie fühlt es sich nicht richtig an, darauf zu verzichten. Schließlich ist da auch noch Ally, die ich zugegebenermaßen sehr gut ausblenden kann. Diese Sache zwischen uns ist nichts Halbes und nichts Ganzes und ich habe das Gefühl, mich irgendwie schützen zu müssen. Als wenn es ein Schutz für mein Herz wäre. Obwohl ich Nate vertrauen will, ertappe ich mich hin und wieder bei dem Gedanken, dass er vielleicht nicht ganz ehrlich zu mir ist, sich doch nicht trennen will und an einem Leben mit Ally festhält. Obwohl er mir immer wieder zu verstehen gibt, wie ich sein Leben perfekt mache.

Ich schüttle den Kopf, fahre aus der Tiefgarage und mache mich auf den Weg nach Hause. Kein Mensch würde sich über all die Monate verstellen können. Mir solche Dinge sagen, mich täglich anrufen, mir Mails schreiben und mir immerzu zeigen, wie sehr er mich will. Ich sollte jetzt nicht über diese verzwickte Situation nachdenken, sondern mich beeilen, um zu meiner Wohnung zu kommen. Es ist 18.00 Uhr und Nate will schon um 19.30 Uhr bei mir sein. Gott sei Dank ist der Weg von meiner Arbeit nach Hause nicht lang und so habe ich Zeit für eine kurze Dusche, um mich aufzufrischen und in schöne Wäsche zu schlüpfen. Auch wenn man in London am besten auf die Tube ausweicht, habe ich das Glück, einen Arbeitsplatz mit kostenloser Tiefgarage zu haben und günstig zu wohnen, sodass die Tube tatsächlich nicht die beste Wahl wäre.

Während ich die paar Meilen zu meiner Wohnung fahre, drehe ich die Musik im Auto laut. Melissa Etheridge tönt aus den Boxen und ich lege gut gelaunt eine hammermäßige Performance hin.

»Baby tell me does she love you like the way I love you? Does she stimulate you, attract and captivate you? Tell me does she miss you, existing just to kiss you, like the way I do?«

Eigentlich ist der Inhalt durchaus traurig, aber ich liebe die Energie des Songs und drehe die Musik erst leiser, als ich mein Auto vor meiner Wohnung parke.

Mit einem Glas Wein in der Hand stehe ich wenige Minuten später frisch geduscht vor meinem Badezimmerspiegel und bringe meine braune Lockenpracht beherzt in Ordnung, die mir weich und locker über die Schultern fällt. Je nach Lichteinfall wirken meine Haare fast so, als würde ein Hauch von Rot in ihnen stecken. Obwohl meine Locken häufig ein Eigenleben führen und ihre eigene Party feiern, ziert sie ein toller Glanz, den ich wirklich liebe.

Ich betrachte mich für einen Augenblick. Die neuen

Dessous pushen meinen Busen schön nach oben und ich fahre mit meiner Hand über meine Haut. Machen wir uns nichts vor, meinen Bauch zieren Dehnungsstreifen und auch wenn ich ihn noch so einziehe, ganz verschwinden wird er nie. Ich sehe meine Oberarme, die ein bisschen zu speckig sind, und meine Beine, die alles andere als glatt sind. Meine Hand wandert weiter über den Rand meines Slips zu meinem Po. Ich weiß, dass er groß ist, und ich schließe die Augen. In der Schule hat ihn jemand als Brauereipferdarsch bezeichnet. Das ist Jahre her. Inzwischen habe ich einiges an Gewicht zugenommen. Ich frage mich, was für eine Bezeichnung dieser Jemand heute für mein ausladendes Hinterteil wählen würde.

Während ich mich drehe, sehe ich mich im Spiegel an und proste mir mit meinem Wein zu. Ja, ich bin fünfunddreißig. Ja, ich bin alles andere als schlank, und ja, ich habe einen tollen Mann in meinem Leben, der total auf mich abfährt und mein Hinterteil mehr als einladend findet. Ich muss lachen und vor meinem inneren Auge sehe ich Nate, wie er hinter mich tritt, seine Hände auf meinen Hintern legt und ihn genüsslich streichelt. Ich fühle mich aktuell begehrenswerter als jemals zuvor in meinem Leben. Nate gibt mir das Gefühl, eine richtige Frau zu sein, und lässt mich immer wieder aufs Neue spüren, wie sinnlich er mich findet. Ich kann das zwar nie wirklich glauben, aber wie oft hat er mir schon gesagt, dass ich ihn unfassbar anmache und er in meiner Gegenwart keinen klaren Gedanken fassen kann. Dank Nate denke ich nicht an mein Alter und fühle mich wie ein verliebter Teenager. Es könnte mich also wahrlich schlimmer treffen, nämlich fünfunddreißig, viel zu kurvig und … Single!

Mit einem großen Schluck leere ich mein Weinglas, schlüpfe in meine High Heels und setze mich im Wohnzimmer aufs Sofa. Inzwischen ist es 19.30 Uhr und Nate könnte jede Sekunde klingeln.

Ich werfe einen Blick aus meinem Fenster, als mein Handy eine neue Nachricht ankündigt.

• • •

Kann nicht kommen. Terror zu Hause. Sorry.

Meine Augen weiten sich, als ich wieder und wieder die paar Worte von Nate lese. Wie bitte? Das ist nicht sein Ernst, oder? Es ist verdammt noch mal mein Geburtstag!

Ungläubig tippe ich eine Antwort.

Was ist passiert?

Es vergehen Minuten, in denen ich auf das Display meines Handys starre. Nichts. Nach ein paar weiteren Minuten tippe ich eine weitere Nachricht.

Sag doch was. Was ist los? Komm doch bitte. Habe mich so auf dich gefreut. Wir wollten doch meinen Geburtstag zusammen feiern!

Wieder vergehen einige Minuten. Nichts geschieht. Tränen brennen in meinen Augen und ich weiß nicht, ob ich traurig bin oder einfach nur unfassbar sauer. Wie kann Nate mir das an meinem Geburtstag antun? Warum kommt er nicht einfach her und entgeht dem Stress zu Hause?

Ich merke, wie mir langsam, nur in meine Wäsche gekleidet, kalt wird. Ich beginne zu frösteln und gehe ins Schlafzimmer. Während mir Tränen über die Wangen laufen, streife ich meinen BH und meinen Slip ab und werfe alles auf mein Bett. Völlig umsonst schön gemacht. Ich bin ihm wohl doch egal und er setzt andere Prioritäten. Wenn er doch wenigstens geantwortet hätte.

Ich greife nach meinem alten T-Shirt und meiner PJ-Hose und gehe ins Bad, um mich abzuschminken. Es ist noch nicht ganz 21 Uhr, als ich die Bettdecke zurückschlage und mich in mein Bett verkrieche. So habe ich mir meinen Geburtstag nun wirklich nicht vorgestellt. Ich ziehe mir die Bettdecke bis unter die Nase und spüre, wie der Kloß in meinem Hals einfach nicht verschwinden will und meine Gedanken rasen.

Ein Blick auf die Uhr verrät mir, dass es 23.14 Uhr ist, als ich von einem Klingeln und stetigem Klopfen an meine Wohnungstür hochschrecke. Ich muss wohl doch irgendwann eingeschlafen sein. Ich schaue auf mein Handy, ob Nate sich gemeldet hat, was aber nicht der Fall ist.

»Louisa, mach auf!«, höre ich auf einmal Nates Stimme. Gott, der schreckt noch alle Nachbarn auf.

Ich springe aus dem Bett, schaue an mir runter, versuche stöhnend, mein mehr als unvorteilhaftes Nachtoutfit zu ignorieren, und laufe rasch zur Tür. Er ist doch noch gekommen. In dem Moment kann ich mein Glück gar nicht fassen und öffne ihm schnell.

»Psssst, sei leise, du alarmierst alle Nachbarn«, sage ich eilig und werde schon im nächsten Augenblick von Nate in die Wohnung gedrückt. Seine Hand legt sich um meinen Nacken und seine Lippen pressen sich auf meinen Mund. Himmel, ist das hier ein Überfallskommando? Ich spüre seine andere Hand, die sich unter mein T-Shirt schiebt und meine Brust umfasst. Sofort beginnt er, meine Brustwarze zwischen seinen Fingern zu drehen. Ich stöhne wegen des leichten Schmerzes auf und biege mich ihm entgegen. Seine Zunge schiebt sich gierig in meinen Mund, während seine Hand den Weg von meinem Nacken über meinen Rücken findet und er mir mit einem Ruck das T-Shirt auszieht. Er drückt mich gegen die Wand und schaut kurz an mir hinab, bevor er meine Hände ergreift, sie über meinen Kopf zieht und mit seiner Hand festhält. Ich atme scharf ein, als sein Mund sich erneut fast erbarmungslos auf meinen presst und dann den Weg über meinen Hals zu meiner Brust sucht. Ich spüre das Kratzen seiner Bartstoppeln, die meine Haut reizen.

»Nate, was …«, will ich sagen, als sich seine Hand über meinen Mund legt.

»Sag jetzt nichts, Louisa!«, funkelt er mich an. »Ich will dich. Jetzt. Sofort. Und ich will mich nicht erklären!«

Ich schlucke hart und schließe im nächsten Moment meine Augen, als ich spüre, wie seine Zunge über meine Brustwarze leckt. Mit seiner freien Hand umschließt er meine Brust, drückt sie gegen seinen Mund und schon spüre ich, wie er meine Brustwarze zwischen seine Zähne nimmt und zunächst vorsichtig zubeißt, dann aber stetig seinen Druck erhöht. Der Schmerz ist auszuhalten, doch ich presse ihm meinen Unterleib weiter entgegen und drücke mein Kreuz durch. Während seine Zunge mit meinen Brustwarzen spielt, schiebt sich seine Hand in meine Hose und ich spüre seine Finger, die beginnen, über meine Schamlippen zu streifen.

»Entspann dich!«, raunt Nate mir zu und drückt meine Beine mit seinem Knie auseinander. Schon spüre ich, wie sich zwei Finger in mich schieben und beginnen, mich zu stimulieren. Ich bewege mich ihnen entgegen und stöhne leise auf. Binnen Sekunden zieht Nate seine Finger aus mir heraus und ich keuche enttäuscht auf. Unsere Augen treffen sich und sein Griff um meine Hände lockert sich, die er immer noch über meinen Kopf drückt.

»Geh auf die Knie, Louisa!«

Ich funkle Nate an und fahre mit meiner Zunge über meine Lippen. Ich weiß, dass er es liebt, wenn ich ihn oral stimuliere. Er öffnet seine Hose und ich sehe seinen erigierten Schwanz. Wie befohlen knie ich mich vor ihn und lasse meine Zunge über seine Eichel gleiten. Dann beginne ich, mit meiner rechten Hand an seinem Schaft auf und ab zu fahren. Während ich seinen Schwanz tiefer in den Mund nehme und den Druck meiner Lippen verstärke, spüre ich, wie er sich in meinem Mund auf und ab bewegt.

Ehe ich es mich versehe, zieht Nate mich hoch und schiebt

mich in mein Schlafzimmer. Während wir uns küssen, streift er meine Hose ab und ist selbst in wenigen Sekunden ausgezogen. Er drückt mich aufs Bett und fordert mich auf, mich hinzusetzen. Dann stellt er sich vor mich und beginnt, seinen Schwanz zu massieren. »Mach weiter, Baby! Du machst das so fantastisch!«

Ich ergreife seinen Schaft erneut mit meiner Hand und lasse meine Zunge wieder über seine Eichel gleiten. Meine Lippen legen sich um seine Spitze und ich beginne zu saugen. Erst vorsichtig und dann immer fester. Ich schmecke ihn und genieße es, ihn so sehr verwöhnen zu können.

»Gott, Louisa. Du bist der Wahnsinn!«

Nate drückt mich zurück aufs Bett und schon spüre ich seinen Körper, wie er sich über mich legt. Seine Knie drücken meine Beine auseinander und er reibt seinen Schwanz immer wieder an meiner Spalte, macht ihn feucht und reizt mich bis aufs Äußerste.

»Ich will dich, Nate!«, stöhne ich laut und ziehe ihn mit meinen Beinen fester an mich.

Mit einem kräftigen Stoß schiebt Nate sich in mich und ich glaube, zu zergehen. Obwohl ich feucht bin, spüre ich, wie er mich dehnt, und halte ein wenig die Luft an, um mich an ihn zu gewöhnen. Sein Schwanz treibt gleichmäßig in mich und ich verschränke meine Beine hinter seinem Rücken. Meine Hände wandern zu seinem Gesicht und ich schaue in seine Augen. In dem Moment weiß ich, was diesmal anders ist. Und er sieht auch, dass ich es erkenne.

»Ruhig, Baby, es ist so schön. Ich bin dir so nah. Es ist alles gut!«

Nates Stöße werden schneller und ich merke, wie es ihn erregt. Immer tiefer schiebt er seinen Schwanz in mich und ich fühle mich ihm so nah wie noch nie zuvor. Mit drei weiteren Stößen kommt Nate und ergießt sich in mir. Seine letzten drei Stöße werden begleitet von einem »Happy Birthday, Baby!«, bevor er auf mir zusammensackt.

Für einen Moment kann ich mich nicht rühren und spüre

dann, wie Nate sich aus mir zurückzieht und ins Badezimmer geht. Obwohl ich nicht gekommen bin und es diesmal fast nur um ihn und seine Bedürfnisse ging, bin ich glücklich und ziehe meine Bettdecke über mich, denn ich beginne, ein wenig zu frieren. Mein ganzer Körper ist wie elektrisiert und hochsensibel.

Als ich aufblicke, steht Nate im Türrahmen und schaut zu mir. Ich lächle ihn an und strecke meine Hand nach ihm aus. Er sieht so gut aus, wie er sich durch sein Haar fährt und ein paar Schritte auf mich zugeht. Nachdem ich ihm so nah war, möchte ich ihn an mir spüren. Seinen warmen Körper an meiner Haut. »Komm her und leg dich zu mir!«

Nate ergreift meine Hand, legt sich aber nicht neben mich, sondern setzt sich zu mir aufs Bett. »Ich kann das nicht mehr«, sagt er leise und senkt seinen Kopf. Ich spüre, wie ich mich versteife, und halte die Luft an.

»Was meinst du?«, frage ich leise, die Panik in meiner Stimme nur bedingt unterdrückend, und setze mich auf.

»Du bist eine wunderbare Frau, aber ich bin in einer Beziehung mit Ally. Ich habe eine Verantwortung ihr gegenüber. Mein Leben ist gerade ein großes Chaos und ich versuche klarzukommen. Versuche, Dinge mit mir auszumachen. Das hier ist zu schnell. Und zu viel. Das wissen wir beide. Es ist mehr geworden, als wir zu Anfang dachten und wollten. Mehr als nur ein lockerer Flirt. Ich kann dir nicht gerecht werden. Kann nicht einfach vorbeikommen und Zeit mit dir verbringen. Ich musste dich ja selbst an deinem Geburtstag enttäuschen. Ich habe mich nur rausschleichen können, als Ally eingeschlafen ist. Das ist nicht fair. Keiner von euch beiden gegenüber. Wenn wir jetzt nicht aufpassen, werden wir uns irgendwann hassen, weil wir beide mehr investiert haben. Lass uns eine Pause machen. Ich brauche eine Pause. Noch können wir das in dieser lockeren Sache. Louisa, ich wollte dir etwas Besonderes zum Geburtstag schenken und dir so nah sein. Für mich, für dich, für uns beide. Du bist toll, bitte vergiss das nicht!«

Mit diesen Worten steht Nate auf und durch meinen Tränenschleier merke ich, wie er meine Hand loslässt und zur Tür geht.

»Es tut mir leid, Louisa. Ich weiß, ich werde das hier bereuen!«

Dann fällt die Wohnungstür ins Schloss und ich bin allein.

Für einen Moment kann ich mich nicht rühren. Ich spüre, wie mein Herz immer schneller schlägt und sich meine Augen mit Tränen füllen. Ich habe das Gefühl, nicht atmen zu können, stolpere aus dem Bett und reiße die Balkontür meines Schlafzimmers auf. Lockere Sache? Das hat er nicht wirklich gesagt!

Die kühle Nachtluft streift meine Haut und ich merke, wie meine Beine langsam unter mir wegsacken. Ich rutsche zu Boden und schlage die Hände vor mein Gesicht. Es fühlt sich an, als würde sich eine Faust um mein Herz legen und langsam zudrücken.

Das kann nicht sein. Ich muss träumen. Wie kann er mir das antun? An meinem Geburtstag! Wie egoistisch ist er? Warum? Es ist mehr geworden, als wir am Anfang dachten? Mehr als ein Flirt? Natürlich ist es mehr geworden! All die Wochen und Monate zählen nicht? All die Nachrichten, Begegnungen, Küsse? Fassungslos schüttle ich wieder und wieder den Kopf, versuche, die Tränen zu stoppen, die über meine Wangen laufen, doch es will mir einfach nicht gelingen.

Ich weiß nicht, wie lange ich am offenen Fenster sitze, aber irgendwann finde ich die Kraft, aufzustehen, schlinge meine Bettdecke um mich und setze mich aufs Bett. Ich friere, aber das ist mir gerade egal. Alles ist mir egal. Es tut so weh. Wie soll ich Nate morgen entgegentreten? Wie soll ich weiter mit ihm arbeiten? Wie blöd kann man eigentlich sein, eine Affäre mit dem Kollegen zu beginnen? Das kann ja fast nur noch getoppt werden, wenn der auch gleichzeitig dein Nachbar ist und man miterleben muss, wie er zu Hause bei seiner Familie ein und aus geht.

Meine Gedanken kreisen immer wieder um dieselben

Fragen. Wie kann er nach all der Zeit nur so kalt sein? Von jetzt auf gleich? Wie kann er mit mir schlafen und mich keine fünf Minuten später einfach so sitzen lassen? So tun, als sei all die Monate nichts gewesen?

Als mein Handy piept, schrecke ich zusammen. Ist es Nate? Will er wissen, ob mit mir alles okay ist? Das würde zu ihm passen. Er ist doch sonst immer so besorgt und fragt mich täglich, ob es mir gut geht.

Mit zitternden Händen fische ich mein Handy vom Nachttisch. Keine Nachricht von Nate. Nur eine E-Mail meines Internetproviders.

Herzlichen Glückwunsch zu Ihrem 35. Geburtstag. Feiern Sie schön mit Ihrem Partner, Ihrer Familie und Ihren Freunden. Auf dass der Tag für Sie unvergesslich wird!

Ich lasse mich ins Bett fallen und will nur noch schlafen. Ich glaube, ich war noch nie so unglücklich wie in diesem Moment und habe mich noch nie so stehen gelassen gefühlt. So ersetzbar, austauschbar. Wie man sich doch in einem Menschen täuschen kann.

3

Mein Wecker klingelt seit zwanzig Minuten und ich drücke immer wieder auf die Snooze-Taste. Mein Kopf platzt, es ist ein Wunder, dass ich meine Augen überhaupt öffnen kann, so geschwollen sind sie vom Weinen. Lieber Gott, wie soll ich diesen Tag bloß überstehen? Und warum hat noch niemand das Beamen erfunden? Weit weg, am besten nach Alaska oder so, das wäre es jetzt. Mein Körper fühlt sich an, als hätte ich drei Tage durchgesoffen, viel zu viel geraucht und danach einen Triathlon absolviert.

Ich mag zwar hin und wieder bei leckerem Wein etwas tiefer ins Glas schauen, aber nie so tief, dass ich am nächsten Tag das Leiden Christi verkörpere. An einer Zigarette habe ich das letzte Mal mit vierzehn oder fünfzehn gezogen. Der Gedanke, dass ich an einem Triathlon teilnehme, lässt mich für einen Moment laut lachen. Pffff, die armen Notärzte wüssten gar nicht, wie sie das Sauerstoffzelt die ganze Zeit neben mir her transportieren sollten. Der Besenwagen wäre auch schon tagelang in der Wartung, bevor ich röchelnd die Zielgerade überqueren würde.

Machen wir uns nichts vor, ich bin einfach ein Wrack.

Als ich die Bettdecke wegschlage und mich mühevoll

aufsetze, bereue ich die Idee im selben Moment schon wieder. Meine Kopfschmerzen sind von einem anderen Stern. Ich lasse mich zurück in die Kissen fallen. Und wenn ich mich heute krankmelde? Wer könnte mir das schon übel nehmen.

»Herr Doktor, ich brauche eine AU. Schreiben Sie bitte als Grund absolute Dämlichkeit drauf. Spätfolgen nicht auszuschließen.«

Nein, verdammt! Ich kann jetzt nicht vor mich hin leiden und Nate das Gefühl geben, ich würde es wegen ihm tun.

Angewidert von mir selbst und meiner Blödheit schwinge ich mich aus dem Bett und trotte ins Badezimmer. Ich Idiot, was rede ich mir ein? Natürlich leide ich … unendlich … Am liebsten würde ich mich in mein Bett verkriechen, den ganzen Tag Fast Food in mich reinstopfen und nichts anderes tun, als meine Lieblingsserien auf dem Laptop zu schauen und mich selbst zu bemitleiden. Wenn da bloß nicht dieser Dickkopf wäre, der mir so eine Leidensphase nicht erlaubt.

Da ist sie wieder … Louisa, die ach so starke, selbstbewusste Frau, die alles allein meistert. Immer schön die Fassade aufrechterhalten und keine Schwäche zeigen.

Ein Blick in den Spiegel bestätigt mein Urteil und ich bin mir nicht sicher, ob ich mir die Zunge rausstrecken oder mich gleich wieder im Bett verkriechen soll. Was hat meine Freundin Jess neulich auf Facebook gepostet? *Liebe ist, wenn dich jemand frühmorgens anlächelt, obwohl du wie ein Waschbär auf Drogen aussiehst.* Ja nee, ist klar. Ich bin dann wohl mehr der zerknautschte, faltige Chow-Chow, der seine Augen, die Schlitzen gleichen, einfach nicht aufbekommt.

Beim Durchqueren des Flurs fällt mein Blick auf meine neuen Schuhe, die ich gestern für Nate angezogen hatte. Ich bin so bescheuert. Warum gebe ich Geld für ihn aus? Was ist nur in mich gefahren? Ich trete hinter die Schuhe, die zugegebenermaßen nichts für meine Blödheit können, und krame mein altes Paar Chucks aus dem Schuhschrank. Wäre es zu übertrieben, wenn ich zur schwarzen Jeans meinen dunklen

Hoodie anziehen würde? Ich sehe Dylans abwertenden Blick schon auf mir, aber ganz ehrlich? Das ist mir egal. Dann sieht man mir halt an, dass heute nicht mein Tag ist.

Ich greife nach meiner Handtasche und meinen Schlüsseln und werfe einen letzten Blick in den Spiegel im Flur, bevor ich meine Wohnung verlasse. Machen wir uns nichts vor, ich sehe furchtbar aus. Das können auch mein Make-up und der Concealer nicht ändern. Meine Haare habe ich zu einem lockeren Pferdeschwanz zusammengebunden und ehrlich gesagt sehe ich in meinem schwarzen Aufzug eher so aus, als wollte ich schnell sonntagabends zur Tankstelle oder, noch besser, einen Einbruch wagen. So als wäre ich auf dem Weg zur Arbeit, sieht das nun wirklich nicht aus. Ich will heute einfach nicht auffallen, möglichst schnell das Teammeeting überstehen und dann die restliche Zeit in meinem Büro verbringen. Am besten mit abgedunkelten Vorhängen.

Oh nein! Das Teammeeting! Alle werden mich anstarren und denken, ich hätte mir gestern aus lauter Frust, weil ich so alt geworden bin, die Kante gegeben. Nate wird da sein, mich anschauen … oder vielleicht auch nicht. Vielleicht wird er die ganze Zeit mit unserer neuen Praktikantin Kate flirten.

Gott, Louisa, was bist du theatralisch.

Ich drehe den Zündschlüssel um, lege den ersten Gang ein und gebe ein wenig Gas. Mein Auto setzt sich in Bewegung und gleichzeitig läuft dieses Lied von David Cook im Radio an – *Come back to me.* Ganz ehrlich? Hat sich die Welt gegen mich verschworen? Sofort konzentriere ich mich auf die Klänge und singe leise den Text mit. Keine gute Idee, wie sich innerhalb von Sekunden herausstellt, denn sofort treten wieder Tränen in meine Augen und ich versuche hektisch, sie wegzuwischen. Das Schminken hätte ich mir vielleicht sparen sollen.

Es dauert nicht lange, als ich auch schon in die Tiefgarage fahre und meinen Wagen abstelle. Irgendwie fühlt es sich an, als hätten mich meine Energie und meine Zuversicht auf den letzten Meilen verlassen. Grüße ich ihn? Gehe ich an ihm vorbei? Fragen über Fragen surren durch meinen Kopf, als plötzlich mein Handy klingelt. Auf dem Display sehe ich Leahs Nummer.

»Ja, was ist?«, murmle ich in den Hörer. Zugegeben, nicht gerade freundlich.

»Was ist, fragst du? Das wollte ich dich gerade fragen. Du bist spät dran! Hast du gestern etwa zu lange auf dich selbst angestoßen oder, noch viel besser, dir einen heißen Lover als Geburtstagsgeschenk ins Bett bestellt?«, lacht Leah am anderen Ende und lässt sich von meiner Muffeligkeit nicht irritieren.

Bilder von letzter Nacht laufen vor meinem inneren Auge ab. Nate – wie er mich im Flur an die Wand drückt und mich stürmisch küsst. Nate – wie er mich aufs Bett drückt und mit mir schläft. Nate – wie er die Sache mit uns beendet und mich verlässt. Hektisch schüttle ich den Kopf, als würden die Gedanken dadurch verschwinden.

»Ich bin sofort da, habe verschlafen. Kein Kommentar über mein Outfit gleich, okay?«, antworte ich ihr gequält.

»Okay, Süße, aber so schlimm wird's schon nicht sein. Ich wollte dir nur sagen, dass du erst gar nicht in dein Büro wandern musst, sondern direkt in den Konferenzraum kommen kannst. Ich habe das Meeting spontan vorverlegt. Mach also hin, bevor du reinplatzt, wenn alles schon angefangen hat.«

»Aye, aye, Chefin, wird gemacht. Und halt mir bitte einen Platz frei. Möglichst hinten an der Tür. Kann sein, dass ich schnell mal raus muss!«

Leah lacht erneut auf. »Ja, mache ich. Der letzte Wein war wohl schlecht, was?«

Ich lege auf und versuche, mein Make-up notdürftig im Rückspiegel zu richten. Mit ein paar Schritten bin ich beim Aufzug, der sich für meinen Geschmack viel zu schnell Richtung Redaktion bewegt. Mir wird warm und irgendwie möchte ich gleich wieder umdrehen, aber dafür ist es jetzt zu spät.

Die Aufzugtür geht auf, ich trete mutig einen Schritt nach vorn und krache unkontrolliert mit jemandem zusammen. Sofort spüre ich Hände, die sich um mich schlingen und versuchen, mich festzuhalten.

»Hoppla, das war aber knapp. Nicht so schnell, junge Frau!«

Ich erstarre und schaue in die Augen von Nate, der mich näher an sich zieht. »Lass mich sofort los!« Ich merke selbst, wie eiskalt mein Ton ist, aber ich kann jetzt nicht wie ein Häufchen Elend vor ihm stehen. »Wir sind zu spät dran und müssen in den Konferenzraum. Also hör mit deinem *junge Frau* auf und lass mich durch!«

»Louisa, es …«

»Halt den Mund, Nate, ich will jetzt nichts hören. Du hast gestern schon genug gesagt!«

Jede Sekunde, die ich länger in seinen Armen bin, bringt mich nahezu um. Ich befreie mich aus seinem festen Griff und marschiere zielstrebig auf den Konferenzraum zu, Nate mir wortlos hinterher. Es muss ein ganz tolles Bild abgeben, wie ich wie eine Dampflok durch die Redaktion stampfe und Nate hinter mir hertrottet. Ich danke Gott auf Knien, dass die meisten Mitarbeiter bereits im Meeting sind und diese Szene nicht mitbekommen haben. Blödes Gerede fehlt mir jetzt auch noch.

Gott sei Dank schaffe ich es einigermaßen zügig in den Konferenzraum und sehe Leah, die heftig winkend auf einen Platz neben sich zeigt. Gut gemacht, meine Liebe, direkt an der Tür – nicht! Mein Plan, mich notfalls schnell auf die Toilette zu verabschieden, wenn es mir zu viel wird und ich Nates Nähe nicht mehr ertragen kann, löst sich in Luft auf. Wenn es hart auf hart kommt, muss ich an allen vorbei. Na bravo!

»Ähm, du hast, glaube ich, nicht nur verschlafen, du hast deinen Sinn für Styling im alten Lebensjahr vergessen, kann das sein? Wie siehst du denn aus?« Leah schaut mich von oben bis unten an.

»Ich hab dir gesagt, kein Wort zu meinem Outfit. Heute ist einfach nicht mein Tag. Außerdem muss ich nicht unter Leute und im Büro sieht mich niemand«, fauche ich sie leise an. Der Ton tut mir im nächsten Moment schon wieder leid, aber noch bevor ich mich entschuldigen kann, steht sie auf, stellt sich an den Kopf des Konferenztisches und wünscht allen Anwesenden einen guten Morgen.

Während Leah die Verkaufszahlen der letzten Ausgabe erläutert, die Themen der aktuellen anspricht und neue Werbepartner vorstellt, schweifen meine Gedanken ab und ich lasse meinen Blick durch den Raum streifen. Nate lehnt am anderen Ende lässig an der Wand und hält eine Kaffeetasse in der Hand. Wie oft haben wir gemeinsam darüber philosophiert, dass es doch eigentlich nichts mehr zum Glücklichsein braucht, als morgens im Bett eine Tasse frischen Kaffee in der Hand zu halten und entspannt zusammen in den Tag zu starten.

Ich muss schlucken und merke, wie sich meine Augen schon wieder mit Tränen füllen. Ich blinzle schnell ein paar Mal und schaue wieder zu Nate. Erschrocken muss ich feststellen, dass seine Augen auf mich gerichtet sind und er damit nicht der Einzige ist. Sämtliche Augenpaare der Kollegen ruhen auf mir. Habe ich was verpasst? Ich schlucke und höre im nächsten Moment Leah, die mich anspricht.

»Louisa, nun steh schon auf!«

»Was? Wie? Wo?« Ich schaue verdutzt von Leah zu Nate und wieder zurück zu Leah.

»Louisa, jetzt komm schon her!«, höre ich sie sagen. Erst jetzt bemerke ich, dass sie ihre Hand in meine Richtung ausgestreckt hat und mich nach vorn zu sich winkt.

Damit, heute möglichst unauffällig zu bleiben, wird es wohl nichts. Toll, Leah!

Während ich aufstehe, um die paar Schritte in ihre Richtung zu laufen, entgehen mir natürlich nicht die musternden

Blicke meiner Kollegen. Mein Styling wird heute definitiv nicht zum Outfit of the Day gekürt, das ist mir schon klar. Aber ich hatte ja auch nicht geplant, wie eine Zuchtstute vor allen zu stehen. Was hat Leah nun schon wieder vor? Wird das jetzt eine Fleischbeschau der besonderen Güte und sie feuert mich vor allen wegen meines Outfits? Leute, seht her, das kann passieren, wenn ihr euch hier falsch anzieht, zu alt seid und euch von eurem Lover verarschen lasst. Ein bisschen fühlt es sich so an, als würde ich zu meiner Hinrichtung gehen. Alternativ könnte es auch nur eine öffentliche Demütigung werden. Ich frage mich für einen Moment, was wohl schlimmer wäre.

»Louisa, in Zukunft musst du aber wieder ein bisschen mehr aus dir machen, wenn du den Job haben willst!« Leahs Ton ist zuckersüß und sie lacht mich herzlich an.

»Ähm, welcher Job genau? Ich wusste gar nicht, dass ich als Lektorin einem bestimmten Dresscode unterliege«, rutscht es mir erneut vielleicht ein bisschen zu patzig heraus.

Leises Gelächter um mich herum macht mir bewusst, dass ich immer noch auf dem Präsentierteller stehe. Ich schaue in die Runde, hoffe auf irgendeinen Hinweis, wovon Leah reden könnte, doch niemand scheint ihr Vorhaben zu kennen. Freundliche und doch gespannte Gesichter lächeln mir entgegen. Wie gut, dass ich in der Redaktion ein ganz gutes Standing bei den Kollegen habe. Vielleicht verzeihen sie mir mein Outfit und übersehen die Größe meines Hinterns, der sich in der bequemen Jeans, die ich heute nun mal trage, sicherlich nicht von seiner besten Seite präsentiert. Bauch einziehen vor allen mag ja vielleicht noch für ein paar Sekunden funktionieren, bevor ich wegen akuten Luftmangels rot anlaufe, aber der Hintern bleibt nun mal leider in seinen Ausmaßen, wie er ist.

Leah räuspert sich neben mir und mit einem Druck auf ihren Presenter erscheint schon die erste Folie ihrer Keynote an der Wand hinter uns.

»Louisa, wenn du vielleicht einen Schritt zur Seite gehst? Dann kann jeder alles sehen.«

Dylans Kommentar aus der hinteren Ecke ist charmant wie eh und je.

Unbeirrt fährt Leah fort und auf der Wand hinter mir erscheint in großen Buchstaben der Schriftzug *Louisas Welt*. Würde meine Stirn als Leuchtreklametafel dienen, würden wahrscheinlich drei Fragezeichen aufblinken. Am besten mit immerzu wechselnden Farben, wie eine Weihnachtsbeleuchtung. *Louisas Welt*? Was ist das? Und vor allem – was habe ich damit zu tun? Warum meine Welt? Immer noch weiß ich nicht, was hier gerade passiert, und schaue Leah fragend an. Sie räuspert sich und beginnt.

»Also, du weißt, dass es mein oberstes Ziel ist, den Kreis unserer Leserschaft zu erweitern. Und da kam mir diese Idee für ein neues Projekt. Wir sprechen mit unserem Magazin viele Gruppen an, aber was uns noch ein wenig fehlt, sind die Leserinnen in deinem Alter. Um genauer zu sein, Singlefrauen um die dreißig plus. Und ich meine nicht die modebewussten Fashionistas, die immer mit der Zeit gehen und sich auf den Modenschauen und Galas der Stadt tummeln, sondern die normalen Ladys: Hausfrauen, Muttis, Singlefrauen, die sich gegebenenfalls schon damit abgefunden haben, im Alter die eine oder andere Katze zu besitzen.«

Leahs überschwängliche Begeisterung soll wohl ansteckend sein, aber aktuell überlege ich, ob gleich das Team von *Surprise Surprise* unter dem Tisch hervorkriechen könnte. Meine Kollegen scheint Leahs Präsentation zu amüsieren, denn ich sehe in lachende Gesichter. Während Nate keine Miene verzieht und mich einfach nur direkt anschaut, erkenne ich die Aufregung und Begeisterung in Leahs Augen. Ja, wenigstens haben hier gerade alle ein wenig Spaß auf meine Kosten. Ich bin also Leahs neues Projekt. Hallo, beste Freundin? Hätte sie wohl gern.

»Unsere liebe Louisa ist heute wohl etwas langsam. Also lass es mich dir erklären und schau dir dabei alles an!« Leah dreht mich ein wenig, sodass mein Blick direkt auf die Wand hinter mir gerichtet ist. »Louisa, ich will, dass du eine neue Kolumne in *Elements* übernimmst. Themen behandelst, die in deinem Alter wichtig sind. Im Prinzip hast du freie Hand. Recherchiere, teste und tobe dich selbst aus. Was das für Themen sein können? Schau her!«

Leahs Daumen drückt auf ihren Presenter und schon erscheint die nächste Folie ihrer Keynote. Ich traue meinen Augen nicht, als Leah ihre Ideen für meine Kolumne nach und nach auflistet.

Weiblich, ledig, über dreißig sucht – Singleleben in Zeiten von Dating-Apps und Partnerbörsen. Lebe ich noch oder leide ich schon? – Mein Leben als Singlefrau Mitte dreißig. Singlereisen: Wenn Frau allein auf Reisen geht. Darf's ein bisschen mehr sein? Plus Size Beautys: Eine Branche auf dem Vormarsch.

Im Gegensatz zu mir scheinen meine Kollegen hellauf begeistert von Leahs Ideen zu sein und ich beobachte, wie rund um mich herum die Köpfe zusammengesteckt werden und sich angeregt unterhalten wird. Mal abgesehen davon, dass ich die vorgestellten Themen wenig schmeichelnd finde und Leah mich gerade vor allen zu einer Randgruppe gemacht hat, will ich das alles auch gar nicht. Ich bin froh in meinem Büro, froh darüber, dass ich nicht wie meine Kollegen ständig unter Leute muss, mich ständig auf irgendwelchen Partys tummeln muss, nur um die neusten Trends abzuchecken oder mit meinem Foto in den neusten Klatschblättern zu erscheinen.

Während meine Kollegen angeregt miteinander sprechen, nutze ich die Gunst der Stunde und ziehe meine anscheinend nicht mehr ganz so beste Freundin ein wenig zu mir. »Sag mal, spinnst du? Das ist nicht dein Ernst, oder? Wie kommst du ausgerechnet auf mich? Abgesehen davon, dass ich über dreißig bin und Single, gibt es doch wahrlich kompetentere Leute für dein Vorhaben.«

»Nein.« Leah schaut mir direkt in die Augen.

»Wie, nein? Mehr fällt dir dazu nicht ein?«

»Nein, niemand ist kompetenter als du. Wann fängst du endlich an, an dich zu glauben? Du bist gut. Sehr gut! Und es wird Zeit, dass du das selbst siehst. Nutz diese Chance, trau dich. Trau dir einfach mal das zu, was ich dir zutraue. Was wir alle hier dir zutrauen, falls du es noch nicht bemerkt hast.« Leah nimmt auf dem Stuhl neben mir Platz und schiebt mir ein Glas Wasser rüber. »Ich hätte gern bis heute Abend deine Entscheidung, Louisa. Okay?«

Bevor ich mich versehe, sage ich verlegen »Okay« und schaue ein wenig hilflos nach unten. Ich nippe an meinem Glas Wasser, hebe dann meinen Kopf und sehe nervös und ungläubig in die Runde. Mein Blick landet auf Nate. Seine Augen funkeln dunkel und sind auf mich gerichtet. Für einen Moment halte ich die Luft an. Wenn ich nicht so traurig und gleichzeitig unfassbar irritiert von dem wäre, was hier gerade passiert, würde ich jetzt schrecklich sauer werden. Was bildet er sich ein, mich so anzufunkeln? Freundchen, dass du es überhaupt wagst, hier heute aufzutauchen, zeugt schon von Dreistigkeit schlechthin.

Der Rest des Teammeetings geht wie im Flug vorbei und ehe ich es mich versehe, zieht Leah mich eifrig in Richtung meines Büros. Mir wäre es immer noch am liebsten, wenn sich jetzt und sofort ein Loch im Erdboden auftun würde, aber so viel Glück habe ich wohl nicht. Beamen wäre auch eine Alternative, aber dass das nicht klappt, habe ich bereits heute Morgen festgestellt. Stattdessen blicke ich kopfschüttelnd zu Leah, die quietschend wie ein kleines Mädchen neben mir herläuft und mich anscheinend schon als die nächste Carrie Bradshaw sieht.

»Das ist doch alles ein großer Scherz, oder?« Immer noch ungläubig lasse ich mich auf meinen Schreibtischstuhl fallen.

»Mensch, Louisa, das wird toll. Überleg doch mal! Du bekommst deine eigene Kolumne hier bei *Elements*. Darfst reisen, schreiben, tolle Dinge erleben, und noch viel besser –

ungehemmt lauter tolle Männer daten, wenn du über Dating-Apps und Partnerbörsen recherchierst.«

Ich verdrehe die Augen. »War ja klar, dass du genau das am besten an der Sache findest! Schon mal drüber nachgedacht, dass ich das alles gar nicht will?«

Leah stößt mir mit ihrem Zeigefinger gegen meine Schulter. »Hast du schon mal darüber nachgedacht, dass dich das a) beruflich viel weiterbringt, b) dich von deinem gerade nun wirklich nicht so aufregenden Leben ablenkt und c) du dabei einen tollen Mann kennenlernen könntest? Ich kann mich nämlich nicht daran erinnern, dass bei dir gerade viel im Schlafzimmer passiert. Oder kommt mein Geburtstagsgeschenk etwa schon zum Einsatz?«

»Witzig!« Etwas peinlich berührt muss ich an Leahs Geschenk denken, das ich gestern Gott sei Dank erst nach der Arbeit zu Hause ausgepackt habe. Kaum auszudenken, wenn mir der Vibrator vor allen Kollegen in den Schoß gefallen wäre. Es ist ja schön, zu wissen, dass Leah so um mein Wohlergehen und meine sexuelle Entspannung besorgt ist. Na ja, bis jetzt war Nate dafür zuständig.

Ich merke, wie sich der Kloß in meinem Hals wieder vergrößert. Vielleicht wäre die Arbeit als Ablenkung doch nicht so schlecht, denke ich im nächsten Moment und versuche, Nate aus meinem Kopf zu bekommen. Schließlich habe ich nun eh nichts Besseres zu tun.

»Hey, wo bist du mit deinen Gedanken?« Leah sitzt mit ihrem Handy in der Hand auf meinem Schreibtisch und schaut abwechselnd zu mir und auf ihr Handydisplay.

»Verrat mir lieber, was du da machst. Muss ja spannend sein, wenn du die ganze Zeit auf deinem Handy herumtippst. Wie heißt er diesmal?«, antworte ich ihr gespielt genervt.

»Sie!« Leah grinst mich an.

»Wie, sie? Hast du neuerdings der Männerwelt abgeschworen und tobst dich bei den Frauen aus?« Ich hebe neugierig eine Augenbraue. »Ich wusste gar nicht, dass du auf etwas Bestimmtes verzichten kannst.«

Leah legt ihr Handy zur Seite und schaut mich an. »Zum einen, meine liebe Louisa, haben Frauen dafür mehr als nur einen möglichen Ersatz, und zum anderen – mit *sie* meine ich, dass ich gerade mit mehr als nur einem Mann schreibe und mich mit mehr als nur einem treffe. Ich bin da sehr flexibel, das weißt du doch. Wer mir gefällt – Wisch nach rechts, schreiben, treffen. Wer nicht gefällt – Wisch nach links und schon vergessen. Tinder ist einfach herrlich unkompliziert. Hätte ich wirklich nicht gedacht.«

Sie lacht und ich glaube, Leah ist die einzige Frau, die ich kenne, die Tinder in vollen Zügen genießt und es nicht als Friedhof der Beziehungsleichen betrachtet.

Sie schaut mich an und ihr Blick wird ernst. »So, aber jetzt mal ehrlich: Was hält dich auf? Wovor hast du Angst? So kenne ich dich gar nicht. Haben sich gestern bei dir mit Erreichen des fünfunddreißigsten Lebensjahres dein Verstand und dein Selbstbewusstsein von dir verabschiedet?« Leah schüttelt ungläubig den Kopf.

Wie gern würde ich ihr alles erzählen, mich mit ihr und einer Flasche Wein samt zwei Pfund Eis auf die Couch setzen und mir den Kummer von der Seele reden. Aber ich weiß genau, dass Leah das nie verstehen würde. Ihre zwei Devisen habe ich deutlich vor Augen und nichts liegt mir ferner, als die von ihr tadelnd um die Ohren geklatscht zu bekommen.

Eigentlich hat Leah recht. Ich habe nichts zu verlieren. Ich weiß zwar nicht, ob ich wirklich die Richtige für den Job bin, aber ehrlich gesagt ist Ablenkung wohl gerade das Beste.

Ich atme tief durch, setze mich aufrecht hin und sage mit fester Stimme: »Okay, ich werde es tun.« Dann schaue ich Leah an. »Wenn ich schlecht bin, kannst du mich ja immer noch feuern oder wieder zurück an die Recherche schicken.«

Quietschend hüpft Leah von meinem Schreibtisch, fällt mir stürmisch um den Hals und ist drei Sekunden später schon auf dem Weg in ihr Büro. »Yeah! Das wird so gut!«

Prima, so weiß es nun auch jeder hier in der Redaktion.

Habe ich mir mindestens einen Gang und eine Rundmail gespart.

Sekunden später stehe ich zu meiner Überraschung lachend in der Bürotür und nicke Dylan zu, der aus seinem eigenen Büro getreten ist und mir zu meiner völligen Verwirrung aufmunternd zunickt und lächelt.

Louisas Welt – na, das kann ja was werden.

4

ABENDS MACHE ich es mir mit einem Glas Wein auf der Couch bequem. Hunger habe ich immer noch nicht. Seit Nate gestern Nacht abgehauen ist, habe ich das Gefühl, keinen Bissen mehr runterzubekommen. Allein der Gedanke an Essen dreht mir fast den Magen um. Wein geht. Wein geht immer. Leahs und meine Devise. Liebeskummer ist wohl das beste Diätrezept. Fraglich ist nur, ob sich das so gut verkaufen lässt. Ich sehe den Slogan schon förmlich vor mir. *Triff die heißesten und nettesten Kerle. Verlieb dich. Und dann lass dich abservieren. Verlust von Appetit garantiert. Probiere es jetzt aus!*

Pfff, ich bin so eine Dramaqueen.

Obwohl ich es wunderbar geschafft habe, Nate für den Rest des Tages aus dem Weg zu gehen und ihn bedingt durch den ganzen Trubel für ein paar Momente zu vergessen, scheinen jetzt hier zu Hause wieder alle Erinnerungen an die letzte Nacht in mir hochzukommen. Ich habe unfassbares Talent darin, mich selbst zu bemitleiden. Das ist echt filmreif. Eigentlich hasse ich Frauen, die ständig leiden und sich nur gut fühlen, wenn ein Mann in ihrer Nähe ist. In meinem Kopf kreisen nur leider immer wieder die gleichen Gedanken und Bilder. Wie konnte ich nur so dumm sein? Wie konnte ich nur auf ihn reinfallen? Ach, es war alles so schön. Ich muss ihm auch was bedeuten, sonst hätte er nicht all die Wochen und Monate so mit mir flirten können. Mit mir schlafen können. Mich so begehrt haben. Wie kann er nur so kalt sein und einfach gehen, nachdem wir miteinander geschlafen haben? Ist er glücklich mit Ally? Oder reicht ihm Zufriedenheit? Und warum hat er mich heute im Büro so intensiv angeschaut? Ist da vielleicht doch mehr und er verstellt sich nur? Meine Gedanken rasen und mein Kopf dröhnt. Wahrscheinlich tut der Wein sein Übriges.

Als mein Handy plötzlich laut neben mir piept, lasse ich fast mein Glas fallen. Für einen Moment hoffe ich, dass es Nate ist.

Louisa, lad dir Tinder runter. Los! Und wenn die Typen heiß sind, flirte ein wenig … und wenn sie so richtig toll sind, denk dran, du hast ja was Spezielles zum Geburtstag bekommen.

Leah ist wirklich unmöglich. Aber mit ihrer Art gelingt es ihr immer wieder, mich zum Lachen zu bringen. So auch jetzt. Sekunden später suche ich im App-Store nach dieser Dating-App, von der Leah so schwärmt. Die Installation ist leicht und es dauert wirklich nur ein paar Minuten, bis ich mein eigenes Profil habe. Jetzt noch ein gutes Profilbild, eine passende Selbstbeschreibung und dann kann der Spaß beginnen. Oder der Albtraum. Man weiß es nicht, aber das werde ich wohl in wenigen Augenblicken erfahren.

Ich stöbere in meinem Telefon nach einem passenden Bild von mir. Wirklich viele Fotos gibt es nicht, auf denen ich mir gefalle. Die Hälfte sind spontane Selfies mit Leah, mit denen man bestimmt keinen Mann aufreißen kann. Was ist überhaupt das perfekte Bild für so eine Dating-App? Geht es nicht eh nur um das eine? Viel Make-up? Möglichst natürlich? Ganzkörper? Dekolleté zeigen? Hilfe, ich bin überfordert. Das fängt ja gut an.

Nach einer gefühlten Ewigkeit entscheide ich mich für ein Selfie, das ich mal vor einer Party gemacht habe. Natürlich zeigt es nur meinen Kopf und ein wenig des Oberkörpers.

Einen Vorteil hat es, wenn man eher der Typ Hummelhüfte statt Wespentaille ist. Über meinen Busen hat sich noch nie ein Mann beschwert.

Einige Sekunden später stelle ich amüsiert fest, dass das perfekte Profilbild für Männer wohl eins mit Sonnenbrille zu sein scheint. Alternativ ein Gruppenfoto, damit Frau sich aussuchen kann, wer denn wohl das Gegenüber ist. Natürlich stellt sich dann beim Blick auf das zweite Foto heraus, dass es leider nicht der gut aussehende Kerl ist, sondern der kleine, unscheinbare Typ an seiner Seite.

Mein Highlight sind die Profile, die einem vermitteln wollen, das Gegenüber wäre ein Wahnsinnstyp, der nur Extremsportarten betreibt. Nee, ist klar. Fallschirmspringen, Wildwasserrafting, Rockclimbing. Da wird mit Löwen gekuschelt oder, noch besser, mit Haien geschwommen. Was ist mein Leben im Vergleich dazu langweilig. Auf meinem Handy befindet sich lediglich ein Bild vom Minigolfspielen. Wohl nicht die passende Aufnahme, um Männer zu beeindrucken. Würde vielleicht funktionieren, wenn ich dabei einen Minirock getragen hätte, aber damit kann ich leider nicht dienen.

Nach weiteren fünfzehn Minuten habe ich noch nicht ein Mal nach rechts gewischt und somit mein Interesse an einem Mann bekundet. Dafür habe ich aber bereits das zweite Glas Wein geleert. Ich beschließe, Leah eine WhatsApp-Nachricht zu schreiben.

Ich bin selbst für dieses oberflächliche Datingteil zu oberflächlich!!!

Keine zehn Sekunden später leuchtet auch schon Leahs

Antwort auf meinem Display auf. Diese Frau muss mit dem Handy in der Hand schlafen, aufs Klo gehen oder sonst was tun.

Wie? Zu oberflächlich? Süße, was machst du denn???

Schon klar, dass Leah so etwas nicht passieren könnte. Sie findet zwar auch nicht jeden Mann total heiß, hat aber ein wahnsinniges Talent dafür, an fast jedem Mann etwas Besonderes zu entdecken. *Louisa, der Ben hat total schöne Hände. Louisa, der Philip hat so süße Grübchen. Louisa, der Matt hat zwar überhaupt kein Gespür für Klamotten, aber er ist soooo nett und witzig.* Amüsiert denke ich darüber nach, dass die Namen der Männer beliebig austauschbar sind. Irgendwas passt immer. Wie hat Leah selbst heute noch gesagt? Sie ist da so herrlich flexibel?

Ich tippe schnell eine Antwort an meine männermordende Freundin.

Ich wische nur nach links. Entweder gefallen die Typen mir optisch nicht, tragen Sonnenbrille oder spätestens der Profiltext löst in mir einen unsagbaren Fluchtreflex aus.

Ich kann mir vorstellen, wie Leah sich köstlich amüsiert.

Warte mal ab, bis du dir mit dem Ersten schreibst. Manche haben da eine blühende Fantasie. Halt mich auf dem Laufenden. Hocke hier gerade auf einem Date mit einem Typen namens Joshua. Versuche, ihn loszuwerden, der Kellner ist nämlich um einiges heißer!

• • •

So wie ich Leah kenne, wird es nicht mehr lange dauern, bis der arme Joshua allein dasitzt. Ein wenig können einem die Männer schon leidtun. Aber hey, so wie ich das verstehe, wollen die, die diese Apps nutzen, auch nicht die große Liebe finden. Zumindest tun sie so.

Na gut, Leah hat gesagt, ich soll weniger oberflächlich sein und den Männern hier mal eine Chance geben. Ich stelle mein Suchkriterium auf die Altersgrenze 28-42. Ich gebe somit vielen Männern die Chance, mich tolles Wesen kennenzulernen. Außerdem kann ich mir so überlegen, ob ich ins Museum gehen will oder doch lieber stürmischen Sex bevorzuge. Ich wollte schon immer mal einen Toy Boy haben. Außerdem kann es ganz interessant sein, rauszufinden, was einen jüngeren Mann an einer älteren Frau reizt. Warum nicht auch das mal in *Louisas Welt* analysieren. Vielleicht beißt ja einer an.

Gott, wenn mich jemand beobachten würde und meine Gedanken lesen könnte. Ich bin kein bisschen besser als Leah. Wobei … eigentlich weiß ich, was oder wen ich will. Eigentlich will ich nur Nate.

Ich schüttle den Kopf und versuche, den Gedanken schnell wieder zu vergessen. Die nächsten Minuten verbringe ich damit, zumindest hin und wieder nach rechts zu wischen, wenn mir ein Mann in Ansätzen gefällt. Kein Wunder, dass so viele diese App nutzen. Es ist so einfach und unkompliziert, dass man das bequem überall kurz durchchecken kann. Vielleicht sollte ich mal darauf achten, wie viele Menschen täglich irgendwo rumstehen und verdächtige Wischbewegungen auf ihrem Handy vornehmen. Bestimmt auch bei uns in der Redaktion.

It's a match!

Überrascht lasse ich fast das Handy fallen. Ich habe also ein Match mit Tom. Tom ist siebenunddreißig und laut seinem Profiltext Single, eins vierundachtzig groß und liebt Sport und für seine Herzensdame zu kochen. Ich esse gern, also passt das schon mal super.

»Hey!«

Oh, Tom schreibt.

»Hallo! Wie geht's dir?«, antworte ich ihm schnell.

»Ich komme gerade von einer Runde Golf. Möchtest du mein neunzehntes Loch sein?«

Für einen Moment überlege ich, völlig entrüstet zu antworten. Aber wieso der Aufwand, wenn ich Tom ganz schnell wieder löschen kann? Die App macht's möglich. Mach's gut, mein Bester. War schön mit dir.

Leute gibt's!

Ein weiteres Glas Wein später weiß ich, dass Steve jemanden sucht, der sich auf sein Gesicht setzen will, Robert keine dicke Freundin möchte, den Gedanken aber toll findet, mal mit einer dickeren Frau zu schlafen, und Adam ganz, ganz ehrlich diese App nur nutzt, um neue Freunde zu finden. Natürlich, du bist hier, um neue Freunde zu finden, und ich gucke Pornos, um rauszufinden, ob der Klempner auch wirklich den Abfluss reparieren kann.

So langsam tut der Wein sein Übriges und das belanglose Schreiben mit einigen Männern beginnt, Spaß zu machen. Stuart will wissen, was meine Lieblingsposition im Bett ist. Ich finde mich wahnsinnig witzig und einfallsreich, als ich tippe: *In der Nähe der Wand, sodass ich mein Handy nutzen kann, während es auflädt!*

Drei Minuten später stelle ich fest, dass Stuart die Verbindung zwischen uns gelöscht hat. Was für ein Verlust. Weitere drei Minuten später weiß ich schon nicht mehr genau, wie Stuart aussieht beziehungsweise wie alt er ist.

Es ist ein Uhr, als ich meine müden Knochen vom Sofa hochhieve, mein Weinglas in der Küche abstelle und den Weg in Richtung Bett einschlage. Gefühlt eintausend Eindrücke für meinen ersten Artikel sind dann wohl gesammelt.

Kurz bevor mir die Augen zufallen, schreibe ich schnell eine WhatsApp-Nachricht an Leah.

. . .

Erster Eindruck: Manche Männer sind seltsame Wesen und echt creepy. Ich kann innerhalb weniger Minuten Sex haben und die App zieht eindeutig zu viel Akku. Morgen mehr. Gute Nacht ... und ich hoffe, der Kellner war gut? ;)

Natürlich dauert es keine zwei Minuten, bis Leah antwortet. Die Frau ist ein Phänomen.

Pete war super. ;) Sitze gerade im Taxi und fahre heim. Bis morgen!

Am nächsten Morgen fällt mir das Aufstehen etwas schwerer und ich habe so ein Gefühl, was der Grund dafür ist. Als ich in die Küche stolpere und mein Blick auf die leere Weinflasche neben der Spüle fällt, bestätigt sich mein Verdacht. Eindeutiger Fall von *Alkohol ist auch keine Lösung*. Ich frage mich, wie ich das früher gemacht habe. Freitags und samstags auf Party, sonntagmorgens einmal geschüttelt und gut war. Heute brauche ich nach einem etwas ausgedehnteren Abend allein zwei Tage zur Regenerierung. Und das sogar auch ohne einen Schluck Alkohol getrunken zu haben.

Mein Handy zeigt mir drei neue Matches, aber dafür habe ich jetzt keine Zeit. Ich muss ins Büro und bin schon viel zu spät dran. Obwohl Leah meine Entscheidung bereits kennt, möchte ich heute gern mit ihr über einzelne Details persönlich sprechen. So wie sie sich *Louisas Welt* vorstellt, weiß ich nicht, ob ich das alles will. Aber – daran kann man ja arbeiten.

Ich schlüpfe in eins meiner Lieblingskleider und stecke meine Haare locker am Hinterkopf zusammen. Stundenlang im Bad zu stehen und meine Haare zu glätten, bringt eh herzlich wenig. Meine Locken haben schon im frühen Kindesalter ein Eigenleben entwickelt und wenn sie nicht wollen, dann wollen sie einfach nicht. Da kann mein Wunsch nach einer vernünftigen Frisur noch so groß sein. Aber es gibt nichts, was ein paar Haarnadeln nicht retten können, und so muss es heute ein einfacher Dutt sein.

Im Flur fällt mein Blick auf meine inzwischen stark gewachsene Schuhsammlung. Gut, ich habe zwar immer schon ein Faible für Schuhe gehabt, aber für Nate habe ich mir das eine oder andere Paar mehr gekauft. Ach Nate … Auch wenn mich der gestrige Abend und die harmlosen Flirtereien mit ein paar Männern ein wenig abgelenkt haben, der Gedanke an ihn lässt mich wieder traurig werden. Ich habe keine Ahnung, wie ich Tag für Tag gut gelaunt in der Redaktion auflaufen soll. Nach Hawaii abhauen? Vielleicht gar keine so schlechte Idee. Da gibt es wenigstens schöne Strände und gut gebaute Surfer. Wobei … dann bräuchte ich für meinen Rubenskörper einen neuen Badeanzug und schon der Gedanke an diese Shoppingodyssee vergrault mir die Vorfreude auf Hawaii binnen Sekunden.

In der Redaktion angekommen, laufe ich schnurstracks in mein Büro, um nicht durch Zufall wieder auf Nate zu treffen. Ich habe die Bürotür noch nicht ganz hinter mir geschlossen, als Leah auch schon mit zwei großen Bechern Kaffee im Raum steht. Als könnte sie hellsehen.

»Louisa, erzähl mir von deinen Eroberungen!«, sagt sie beschwingt und setzt sich auf den Stuhl mir gegenüber. Sie sieht blendend aus und scheint hellwach, obwohl sie sicherlich nicht vor mir im Bett war.

»Ich bin mir ziemlich sicher, dass dein Abend mit deinem Kellner spannender war als mein Abend auf der Couch mit meinem Rotwein und dem Handy in der Hand«, antworte ich daher.

»Nix da, schieß los!« Sie lässt wohl nicht locker.

Leah schiebt mir meinen Kaffee entgegen und schon

verbringe ich die nächsten zehn Minuten damit, ihr von meinen gestrigen Flirtbekanntschaften zu berichten.

»So, und nun zeig mir mal, wen du so vorgeschlagen bekommst. Zusammen lästern ist doch immer wieder gut!«

Ehe ich es mich versehe, greift Leah nach meinem Handy und öffnet die App. »Wollen wir doch mal deine Chancen erhöhen und ein paar Mal nach rechts wischen. Du bist da viel zu kritisch.«

Binnen Sekunden scheint Leah in ihrem Element und ich schaue ihr halb entsetzt, halb belustigt eine Weile zu, wie sie um das Ankurbeln meines Liebeslebens bemüht scheint.

»Oh!« Leah hält plötzlich inne und starrt auf mein Handydisplay. »Das hätte ich jetzt nicht gedacht!«

Ich schaue sie irritiert an. »Was hättest du nicht gedacht?«, frage ich neugierig nach und versuche, einen Blick auf das Handydisplay zu erhaschen.

»Hier, sieh selbst. Dachte nicht, dass der das a) nötig hat und b) einer von der Sorte ist.«

Leah reicht mir mein Handy herüber und ich schaue gespannt auf das Display. Für einen Moment glaube ich, meine Augen würden mir einen Streich spielen, aber auch wenn ich noch so oft blinzle und die Augen zusammenkneife, das Bild bleibt dasselbe. Nate, der fröhlich grinsend mit einer Kaffeetasse in der Hand in die Kamera schaut.

»Autsch!«

Ich habe nicht bemerkt, wie mir der Kaffeebecher aus der Hand geglitten ist, aber schon im nächsten Moment ergießt sich heißer Kaffee über mein Kleid und ich springe auf. Sämtliche Farbe ist mir aus dem Gesicht gewichen und ich drehe mich rasch von Leah weg.

»Ich muss das schnell im Bad rauswaschen, sonst bekomme ich den Fleck nie weg!«

Ich drehe mich zur Tür und noch bevor Leah etwas sagen kann, bin ich auf dem Weg zur Toilette. Der typische Redaktionslärm schallt mir entgegen, als ich die paar Schritte hinter mich bringe und mich Sekunden später in einer der Kabinen einschließe. Ich werde mich wohl nie ganz an diese Geräuschkulisse gewöhnen. Die Mischung aus Kopierer, Telefonkonferenzen und den andauernden Gesprächen lässt selten eine ruhige Arbeitsatmosphäre zu. Gleichzeitig spürt man aber auch die Dynamik und Bewegung, die in *Elements* steckt und uns alle vorantreibt. Es ist wohl ein kleiner Teufelskreis, mit dem wir leben müssen.

Tränen brennen in meinen Augen und ich starre immer noch auf das Display meines Handys, das ich nicht aus der Hand gelegt habe. Das kann nur ein Scherz sein.

Mir wird schlecht und je mehr ich versuche, die Tränen aufzuhalten, desto mehr brennen sie in meinen Augen. Er kann das nicht, er braucht Abstand, eine Pause … es geht ihm zu schnell. So ein Arsch … er braucht nicht Zeit, um sich auf sich zu konzentrieren, sondern um mit anderen Tussis ins Bett zu steigen.

Ich merke, wie die Wut in mir aufsteigt. Ich mache ein Bildschirmfoto und keine zwei Sekunden später tippe ich eine Nachricht an Nate.

So muss sich ein Schlag ins Gesicht anfühlen. Danke!

Ich drücke auf *senden* und schicke ihm die Nachricht samt Bild. Natürlich bereue ich meine überstürzte Handlung sofort. Mensch, Louisa, was bist du auch immer so unüberlegt. Ich möchte mir am liebsten mit der Hand vor die Stirn schlagen und mich selbst schütteln.

Ich sehe, dass Nate online ist und die Nachricht gelesen hat. Nervös halte ich den Atem an. Er schreibt. Dann erscheint seine Nachricht auf meinem Handy.

Ich war einfach neugierig. Das bedeutet nichts. Ich würde dich niemals schlagen!

. . .

Dieser Vollidiot. Der scheint rein gar nichts verstanden zu haben. Meine Hände ballen sich zu Fäusten und ich antworte Nate mit nur zwei Worten.

Fick dich!

Schnell schalte ich mein Handy aus, als ich sehe, dass Nate wieder schreibt. Noch mehr Spott und Hohn kann ich heute nun wirklich nicht gebrauchen.

Ich schrecke zusammen, als ich Leahs Stimme vernehme. »Louisa? Ist alles in Ordnung?« Sie ist auf die Toilette gekommen und klopft an die Kabinentür.

Schnell betätige ich die Toilettenspülung und bemühe mich um ein freundlich klingendes »Alles okay bei mir. Ich komme sofort!«.

»Super«, ruft Leah und ich höre wenige Sekunden später, wie sich die Tür zur Damentoilette wieder schließt. Gott sei Dank ahnt Leah nichts. Wie hätte ich ihr das erklären sollen? Ich bin so verheult, weil sich Kaffee über mein Kleid ergossen hat?

Langsam öffne ich die Tür der Kabine und betrachte das Elend – mich – im Spiegel. Ausnahmsweise ist meine Mascara nicht verlaufen und mit ein paar Spritzern Wasser im Gesicht sehe ich auch schon fast wieder normal aus. Zum Glück.

Bei dem Gedanken, Nate auf dem Weg zurück in mein Büro zu begegnen, wird mir sofort wieder schlecht. Wie konnte ich nur so blöd sein? Jetzt muss ich Tag ein, Tag aus in seiner Nähe arbeiten, mit dem Wissen, dass er nur mit mir gespielt hat und sich parallel auch noch mit anderen Frauen vergnügt. Tolle Idee, was mit seinem Kollegen anzufangen. Wird man nicht alle naselang davor gewarnt?

Als ich die Toilette verlasse, dröhnt mir erneut der altbekannte Lärm der Redaktion entgegen. Aus ein paar Metern Entfernung sehe ich Dylan, der wild gestikulierend am Telefon sitzt. Leahs Bürotür steht offen und ich vernehme angeregte Stimmen, die auf den Gang hinaustönen.

Das darf doch wirklich nicht wahr sein. Ungläubig starre ich in Richtung Leahs Büro. Nate sitzt lässig gegenüber von ihr und sein Blick fällt auf mich, als ich mich im Türrahmen aufbaue. Seine Augen scheinen mich zu durchbohren. Gut, das *Fick dich!* war vielleicht nicht die feine englische Art, aber verdient hat er, dass ich auf diese Weise mit ihm spreche.

Ich schlucke und höre mich im nächsten Moment in ruhigem Ton zu Leah sagen: »Wenn du beschäftigt bist, komme ich gern ein anderes Mal wieder.«

Sie springt auf und kommt auf mich zu. »Quatsch, komm rein und setz dich!« Leah schiebt mich auf den Stuhl neben Nate und schenkt mir ein Glas Wasser ein. »Louisa, Nate hat mir gerade mitgeteilt, wie gut er die Idee findet, dass du deine eigene Kolumne bekommst. Ich sag ja, alle sind von der Idee begeistert.«

»Ach ja?« Ich setze mein strahlendstes Lächeln auf und schaue von Leah zu Nate und wieder zurück zu meiner besten Freundin und Chefin. »Dann wird er es sicherlich auch gut finden, dass ich die nächste Zeit nicht hier sein werde, sondern für meinen ersten Artikel auf Recherchetour gehe. Ich habe nämlich eine Entscheidung getroffen. Leah, du erreichst mich in der nächsten Zeit im Notfall nur per E-Mail. Ich nutze die mir von dir zugetragene Freiheit und schreibe und recherchiere vor Ort und werde vorerst nicht mehr in der Redaktion sein. Solltest du ein Problem mit meiner Entscheidung haben, lass es mich wissen. Ich muss meinen Flug bekommen. Ich bin dann weg! Du wirst von mir hören.«

Bin das wirklich gerade ich, die diese Worte zu meiner besten Freundin sagt? Und ist sie nach diesen Worten noch meine beste Freundin oder entscheidet sie sich für den Part der Chefin und setzt mich vor die Tür? Ich muss lebensmüde sein. Nie im Leben wird sie mir das durchgehen lassen. Ich sehe mich schon ohne Job dastehen. Als ob ich einfach so gehen könnte. Aber das tue ich. Ich schiebe meinen Stuhl zurück und stehe auf, nicht ohne dabei ein letztes Mal in die verdutzten Gesichter von Leah und Nate zu schauen. Mein Auftritt muss für Außenstehende filmreif sein. Solche irrealen Szenen passieren sonst nur in Filmen.

Ich drehe mich zur Tür um, gehe schnurstracks zu meinem Büro, greife nach meinem Laptop und meiner Handtasche und stehe im nächsten Moment schon im Aufzug in Richtung Tiefgarage. Als sich die Aufzugtüren hinter mir schließen, bemerke ich, dass ich am ganzen Körper zittere, und lehne mich gegen die Wand der Kabine. Der Gedanke, dass ich gerade meinen Job riskiere, abhaue, nur um Nate nicht mehr zu sehen, macht mir wahnsinnige Angst. Meine beste Freundin so stehen zu lassen und gleichzeitig zu belügen, tut sein Übriges.

Mit einem *Pling* kommt der Aufzug zum Halt und die Türen öffnen sich in der Tiefgarage. Schnellen Schrittes gehe ich auf mein Auto zu, als ich hinter mir jemanden rufen höre.

»Louisa, bleib stehen!«

Ich erkenne Nate, der in Windeseile die Stufen im Treppenhaus herunterläuft. Mit zittrigen Händen suche ich nach meinem Autoschlüssel, bekomme ihn in meiner viel zu großen Tasche überraschend schnell zu fassen und öffne die Fahrertür. Ich springe in mein Auto und knalle Nate im letzten Moment die Tür vor der Nase zu. Wir schauen uns durch die Fensterscheibe an.

»Louisa, mach verdammt noch mal die Tür auf und lass uns reden!« Mit der linken Hand trommelt Nate gegen die Fensterscheibe, während er mit der rechten versucht, meine Autotür zu öffnen.

Ich starte den Motor und lege den Rückwärtsgang ein. Mein Blick in seine Augen ist eisig. Ich weiß nicht, wie ich in diesem Moment die Kraft aufbringe, nicht wieder loszuweinen, aber Nate muss verstanden haben, dass es besser wäre, einen gewaltigen Schritt zurück zu machen, um nicht von mir überfahren zu werden.

Ich setze mein Auto zurück, lege den Vorwärtsgang ein und trete aufs Gas. Während mein Auto zügig aus der Tiefgarage fährt, sehe ich Nate im Rückspiegel, wie er seine linke Hand in die Hosentasche steckt und sich mit der rechten durch die Haare fährt. Wie ich diese Geste an ihm liebe. Dann verschwimmt alles und meine Augen füllen sich erneut mit Tränen.

5

Die letzten Stunden laufen wieder und wieder vor meinen Augen ab. Nate, der mit mir schläft, Nate, der mich einfach sc nach dem Sex liegen lässt und geht, Nate, der ein Profil bei einem Datingportal hat, mein Abgang aus Leahs Büro und meine Autofahrt zu meinem Apartment. Hastig habe ich ein paar Dinge in meine Reisetasche geschmissen und meine Blumen ein letztes Mal gegossen. Wem mache ich etwas vor, ich habe keinen grünen Daumen und wenn ich wiederkomme, werden meine Pflanzen wahrscheinlich die Köpfe hängen lassen und sämtliche grüne Farbe verloren haben. Super, dann passen sie wenigstens zu mir und meiner seelischen Verfassung.

So langsam öde ich mich selbst an mit meiner Depri-Phase und ich versuche, mich wieder in den Griff zu bekommen. Louisa, reiß dich zusammen, das bist nicht du! Hör auf, rumzuheulen, und nimm dein Leben wieder in die Hand!

Ich mache mein Handy an, um Leah eine Nachricht zu schreiben. Scheiße … fünfzehn Anrufe auf der Mailbox und unzählige Nachrichten. Auf einen Blick sehe ich, dass die meisten von Nate zu sein scheinen. Ich lösche sie, ohne sie zu lesen. Mission *Back to Life*, Level 1.

• • •

Leah, sei mir nicht böse, mich hat die Muse geküsst, ich bin dann mal weg. Ich melde mich von unterwegs. Call me crazy, aber mir war nach etwas Verrücktem! Xo

Nachdem Leahs Nachricht gesendet ist, mache ich mein Handy wieder aus und werfe es achtlos in meine Handtasche. Ich brauche Ruhe und Abstand. Leah würde mich mit tausend Fragen löchern und der Situation möchte ich mich gerade nicht stellen. Wahrscheinlich ist sie auch schon auf dem Weg zu mir und daher beeile ich mich, alles Wichtige in mein Auto zu packen. Schon faszinierend – morgens brauche ich manchmal stundenlang im Bad und jetzt schaffe ich es in weniger als dreißig Minuten, meine Reisetasche für meinen Trip ins Ungewisse zu packen. Ich habe keine Ahnung, wo ich hin soll. Meine Eltern sind ständig mit dem Wohnmobil unterwegs, seitdem sie beide nicht mehr arbeiten, und düsen quer durch Europa. Meine Schwester macht gerade ein Auslandssemester in New York. Der dürfte ich eh nicht von der Sache mit Nate erzählen. Mal abgesehen davon, dass sie mir definitiv die Meinung geigen würde, würde sie Nate wahrscheinlich auflauern und Gott weiß was mit seinem Körper anstellen. Teeren und Federn ist noch die harmloseste Variante. Es ist also besser, ihr nichts zu sagen, um sie so vor einer möglichen Gefängnisstrafe zu bewahren.

Mit jeder Meile, die ich aus London rausfahre, fällt mir das Atmen leichter. Es ist ein wunderschöner Spätsommertag im September und ich habe die Scheiben runtergekurbelt und lasse mir den Fahrtwind um die Nase wehen. Man erwartet von England geradezu, dass es ununterbrochen regnet, aber das stimmt hinten und vorn nicht. Gerade Cornwall, dieses schöne Fleckchen Erde, weist dank seiner Lage an der Südwestküste Englands und damit direkt am Golfstrom häufig sehr mildes Wetter auf. Und manchmal halten Schönwetterperioden hier sogar wochenlang an. Einleuchtend also, dass das von den Einheimischen und den Touristen sehr geschätzt wird.

Obwohl ich kein Ziel habe, als ich aus London herausfahre, ist es irgendwie vorbestimmt, dass ich Richtung Küste fahre. Das Meer ist mein Happy Place und nirgendwo sonst kann ich so entspannen und runterkommen wie in der Nähe von Wasser. Meer beruhigt mich. Es ist also kein Wunder, dass ich nach etwas mehr als fünf Stunden Fahrt den Blinker setze und auf einen Parkplatz am Strand fahre. Ich liebe es, in London zu wohnen. Ich mag die Großstadt, die Anonymität. Trotzdem ist man in nur wenigen Stunden am Meer. Vielleicht bin ich deshalb instinktiv Richtung Cornwall gefahren. Ich war vor vielen Jahren als Kind mit meinen Eltern hier und bin mit ihnen über zahlreiche Strände gewandert. Viel weiß ich nicht über diese Region, aber das muss ich auch nicht. Es reicht, dass zwischen Nate und mir viele Meilen liegen und mich hier niemand kennt und niemand mir Fragen stellt.

Durch die Windschutzscheibe sehe ich die Wellen, die auf den leeren Strand zulaufen. Vereinzelt sind in weiter Entfernung ein paar Surfer zu sehen, ansonsten herrscht nichts als absolute Ruhe und Einsamkeit. Ruhe und Einsamkeit sind jetzt genau das, was ich brauche. Während man hier in der Hauptsaison sicherlich keinen Fuß auf die Erde bekommt, strahlt der kleine, beschauliche Ort jetzt fast so etwas wie Beschaulichkeit und Geborgenheit aus. Die Schulferien scheinen vorbei und somit ist auch der Strand quasi leer gefegt und die Badegäste halten sich in Grenzen.

Ich steige aus dem Auto, ziehe meine Schuhe aus und gehe die paar Schritte runter zum Strand. Der warme Sand fühlt sich gut unter meinen Füßen an und lächelnd beobachte ich ein paar Möwen, die über dem Wasser kreisen. Ich atme die frische Seeluft ein und schließe für einen Moment meine Augen. Wie beruhigend es hier ist. Mein Blick wandert über die Wellen zum Horizont. Wie schön es jetzt wäre, einen Delfin in der Ferne zu sehen.

Irgendwie habe ich das Bedürfnis, hier noch eine Weile länger zu bleiben, und so lasse ich mich in den warmen Sand gleiten und lehne mich zurück. Wenn man die Augen schließt und nur den Möwen und dem Rauschen des Meeres lauscht, gelingt es einem fast, völlig abzuschalten und alles andere um sich herum zu vergessen.

Warme Hände gleiten meine Arme hoch und legen sich in meinen Nacken. Ich spüre, wie Finger mit sanftem, aber bestimmtem Druck zärtlich beginnen, meinen Nacken zu massieren. Genüsslich seufze ich und lehne mich zurück in die Hände, die mich so sacht und doch so bewusst berühren. Normalerweise mag ich Massagen nicht, aber diese Berührungen fühlen sich gut an und ich konzentriere mich auf den Druck und die kreisenden Bewegungen der Finger. Was für eine Wohltat. Ich spüre, wie meine Verspannungen sich lösen, und lasse es zu, als die Hände mich in eine nunmehr sitzende Position hochziehen. Ein leiser Schauer durchfährt mich, als ich warmen Atem an meinem Ohr spüre und gleichzeitig eine Hand sich von oben in meinen Ausschnitt schiebt. Während eine meinen Nacken weiter fest umfasst, greift diese Hand nach meiner Brust und hebt sie vorsichtig aus meinem BH. Das Gefühl ist unbeschreiblich, als auch die andere Hand sich in meinen Ausschnitt schiebt und nun beide meine Brüste massieren, so wie sie es eben noch bei meinem Nacken getan haben.

Jetzt erst spüre ich die nackte, muskulöse Brust hinter mir, lehne mich genüsslich zurück und genieße die Berührungen. Warme Hände legen sich um meine Taille und ziehen mich hoch. Unter meinem Po spüre ich deutlich, wie sich seine Männlichkeit gegen mich drückt, und im nächsten Moment zieht seine Hand auch schon mein Höschen zur Seite und er schiebt sich in mich. Seine Bewegungen sind unbarmherzig, werden mit jedem Stoß kräftiger und schneller, doch schon bald hat mein Körper sich an seine Größe gewöhnt und drückt sich jedem seiner Stöße entgegen. Heißer Atem dringt an mein Ohr und ich glaube, jeden Moment zu verfließen. Obwohl ich es nicht für möglich halte, werden seine Stöße noch heftiger und schneller und ich merke, wie er mich zu meinem Orgasmus treibt.

»Louisa, lass dich fallen«, höre ich Nates Stimme an meinem Ohr und ein Schrei entfährt mir und ich drücke mich hoch.

Meine Augen blinzeln und für ein paar Sekunden weiß ich nicht, wo ich bin. Das Pochen zwischen meinen Beinen ist immer noch verräterisch zu spüren. Mein Atem geht schnell und als ich nach links und rechts schaue, sehe ich, dass die Sonne tiefer am Himmel steht. Obwohl mir kalt sein sollte, hat mein Traum mich aufgeheizt und ich habe das Gefühl, innerlich zu brennen.

Ein Traum, es war nur ein Traum.

Ich versuche, die Tränen wegzublinzeln, doch es gelingt mir nicht. Wütend fahre ich mit meiner Hand über meine Augen und verfluche mich selbst. Was hat dieser Mensch nur mit mir gemacht?

Ich stehe auf, klopfe mir den Sand von meinem Kleid und habe nichts sehnlicher als den Wunsch, alle Gedanken und vor allem diese immer noch präsente Erregung von mir zu waschen.

Innerlich aufgewühlt schaue ich mich nach allen Seiten um. Da ich allein bin, könnte ich es wagen, schnell ins Meer zu gehen und mich abzukühlen. Ich habe keine Badesachen mit, aber weit und breit ist niemand zu sehen und so streife ich mein Kleid ab und gehe nur in Unterwäsche gekleidet zum Wasser.

Na, wirklich warm ist das nicht, denke ich amüsiert, als die ersten kleinen Wellen meine Füße umspielen. Aber ich habe das Wasser schon immer geliebt und diese Abkühlung ist genau das, was ich jetzt brauche. Bei jedem Schritt, den ich weiter ins Wasser gehe, atme ich die frische Seeluft ein und genieße das Gefühl, das sich in mir ausbreitet. Es ist, als würde ich mit jedem Atemzug klarer denken können und den Kopf freigepustet bekommen. Ich schließe die Augen und lächle, als ich mich ganz ins Wasser gleiten lasse und ein paar kräftige Schwimmzüge mache. Ich mag vielleicht keine Elfe sein, aber Wasser ist schon immer mein Element gewesen und ich fühle mich schwerelos.

Ich war nie der Mensch für Ausdauersport. Der Gedanke an Schweiß, der mir beim Sport am Körper entlangfließen könnte, ist mir zuwider. Hier im Wasser spüre ich meinen Körper bewusst. Ich weiß, dass ich mich bewege, vielleicht auch ein wenig ins Schwitzen komme, aber es fühlt sich gut an und mit jedem Zug kommt mehr und mehr die Erinnerung daran zurück, wie ich früher regelmäßig mit meiner Schwester schwimmen gegangen bin und es immer geliebt habe. Im Meer zu schwimmen, ist eine besondere Erfahrung.

Ich muss lachen, als ich an meinen letzten Urlaub mit Leah denke und wir im Meer schwimmen waren. Leah hat jede Sekunde den großen Angriff eines Monsterfisches erwartet und mehr hektisch mit den Beinen gestrampelt, in der Hoffnung, die Fische zu vertreiben, als wirklich geschwommen zu sein. Auch mein gutes Zureden, dass die Fische bestimmt mehr Angst vor ihr hätten als andersrum, hat nicht geholfen und so hat Leah lieber ihren Astralkörper am Strand gerekelt, während ich die eine oder andere Runde allein im Meer geschwommen bin. Einen Vorteil hat das Wasser ja auch – man muss hier nicht den Bauch einziehen. Eine Chance, die mir am Strand definitiv versagt geblieben wäre.

Ich blicke Richtung Strand und merke, dass ich inzwischen ein ganzes Stück rausgeschwommen bin. Vielleicht sollte ich umdrehen. So langsam wird mir trotz Bewegung kalt und der Wunsch nach einem warmen Tee oder einer heißen Schokolade wird größer.

Ich drehe meinen Körper im Wasser um und beginne, mit gleichmäßigen Zügen zurück zum Strand zu schwimmen.

»Auaaa!« Gequält schreie ich auf und spüre, wie sich plötzlich meine linke Wade durch einen Muskelkrampf schmerzhaft zusammenzieht. Sofort versuche ich, unter Wasser mit meiner Hand an meine Wade zu fassen und den

Schmerz wegzumassieren, doch es gelingt mir nicht. Der Schmerz bleibt bestehen. Wieso musste ich Idiot auch so weit rausschwimmen? Wieso vor allem allein?

Panisch blicke ich mich um. Jeder Mensch weiß, dass es gefährlich ist, allein im Meer zu schwimmen.

Ich ziehe die Zehen in Richtung Schienbein und versuche, den Krampf weiter zu lösen. Ein wenig scheint das zu helfen und ich drehe mich auf den Rücken und lasse mich für einen Moment treiben, die Zehen weiter so gut es geht angezogen. Mein Herz schlägt wie wild und langsam bekomme ich wirklich Angst, denn das rettende Ufer ist noch ein ganzes Stück entfernt und es wird langsam dunkel. Ich bin allein, darüber werde ich mir in dieser Sekunde schmerzhaft bewusst.

Ich versuche, meine Beine so gut es geht nicht zu bewegen und mit reiner Armkraft zum Strand zu schwimmen. Aber ich merke, wie mich langsam mehr und mehr die Kraft verlässt und ich immer häufiger eine Pause mache.

Super, Louisa, was für ein Abgang nach dieser beschissenen Sache mit Nate. So habe ich mir mein Ende wirklich nicht vorgestellt.

Meine Gedanken machen mir Angst und hastig versuche ich, wieder ein paar kräftige Armzüge zu machen, um näher an den Strand zu kommen. Sosehr ich mich auch anstrenge, die Entfernung wird und wird nicht kleiner.

Ich schließe meine Augen und spüre Tränen, die mir über die Wangen laufen. Diesmal nicht aus Liebeskummer, sondern aus purer Panik. Ich habe schreckliche Angst. So will ich nicht sterben. Ich will überhaupt nicht sterben. Noch einmal kurz ausruhen und dann mit neuer Kraft weiterschwimmen.

Ich schließe erneut die Augen und lasse mich treiben. Mein Bein scheint gefühlt einhundert Pfund zu wiegen und mich mehr und mehr nach unten ziehen zu wollen. Mit letzter Kraft versuche ich, dagegen zu halten. Ich habe Angst, mein Bein zu bewegen. Der Wadenkrampf scheint vorbei, aber was, wenn er wiederkommt?

Unter der Oberfläche spüre ich plötzlich, wie etwas meine Taille streift. Ein Fisch? Ein Hai? Gibt es hier Haie? Ich beginne, danach zu schlagen und wild um mich zu treten.

»Halt still und hör auf, zu strampeln, sonst gehen wir beide unter! Und wenn du das nicht tust, muss ich dich für einen Moment ausknocken!«

Ich reiße meine Augen auf und blicke panisch in das Gesicht eines Mannes, der plötzlich neben mir schwimmt. Mit festem Griff umfasst er meine Taille und beginnt im nächsten Moment, mit einem Arm kraulend uns Stück für Stück weiter zum Strand zu ziehen. Obwohl ich sicherlich keine leichte Fracht bin, sind seine Züge kräftig und sein Atem geht ruhig. Meter um Meter nähern wir uns dem ersehnten Land und nach ein paar weiteren Minuten spüre ich endlich wieder Boden unter den Füßen. Mein Retter nimmt mich hoch und trägt mich aus dem Wasser auf den Sand. Ich blicke zu ihm auf und traue meinen Augen nicht. Er trägt mich scheinbar mühelos, und das, obwohl ich alles andere als leicht wie eine Feder bin. Dann lässt er mich runter und legt mich vorsichtig in den Sand.

»Was hast du dir dabei gedacht, allein so weit rauszuschwimmen? Hier, wo keine Menschenseele ist. Du hättest ertrinken können! Hast du sie noch alle? Oder wolltest du dich umbringen?«

Als hätte er nicht gerade erst eine sportliche Meisterleistung hinter sich gebracht, scheint mein Retter schon wieder genug Energie zu haben, mich ohne Scham anzufahren.

»Ich bin eine sehr gute Schwimmerin und es war sicherlich nicht mein Plan, mich umzubringen. Ich habe einen Krampf bekommen!«, fahre ich ihn entrüstet an.

»Du warst total verantwortungslos. So was macht man nicht. Wärest du in Panik geraten, hättest du uns beide runterziehen und somit umbringen können.«

Mein Retter lässt sich ebenfalls neben mir in den Sand nieder, hält aber die ganze Zeit meinem Blick stand.

»Wie ich dich einschätze, hättest du mir vorher eine

geknallt und mich dann bewusstlos an Land gezogen«, brumme ich ihn an. Warum macht dieser Mann mich so wütend? Ich hatte einen bescheidenen Tag, ich brauche jetzt sicherlich keine Lektionen.

»Ich bin hinausgeschwommen, um dir das Leben zu retten, Fräulein, mach also mal halblang!«

»Ich kann sehr gut auf mich selbst aufpassen und hätte es schon zurück an Land geschafft. Ich brauche niemanden, der mich rettet! Und nenn mich gefälligst nicht Fräulein!«

Aufgebracht will ich aufstehen, doch mein Bein macht mir einen Strich durch die Rechnung. Ich ziehe schmerzerfüllt die Luft ein und lasse mich zurück in den Sand sinken. Verdammt!

»Wie gut du für dich selbst sorgen kannst, sieht man ja ganz wunderbar.«

Mein Gegenüber kniet sich vor mich und greift wie selbstverständlich nach meinem Bein. Ich will es zurückziehen, doch seine Hände halten es fest und er beginnt, kraftvoll meine Wade zu massieren und gleichzeitig meine Zehen in Richtung Schienbein zu drücken.

Unwillkürlich stöhne ich erleichtert auf. Super, lieber Körper, fall du mir doch noch mal in den Rücken. Aber was mache ich mir etwas vor. Seine Massage tut gut und ich bin ihm unfassbar dankbar, dass er mich gerettet hat. Ich weiß nicht, ob ich es wirklich allein zurück an Land geschafft hätte. Aber muss mein Retter so ein arroganter Typ sein?

Ich schaue zu ihm und unsere Blicke treffen sich. Seine tiefblauen Augen sind immer noch durchdringend und langsam senkt sein Blick sich weiter an meinem Körper nach unten und bleibt an meinen Brüsten hängen. Ein Grinsen macht sich auf seinem Gesicht breit.

Der Blödmann grinst? Ernsthaft?

»Na, wenigstens werde ich für meine Rettungsaktion mit einem grandiosen Anblick belohnt.«

Mein Blick schnellt von ihm runter zu meinen Brüsten. Ich hatte ganz vergessen, dass ich in Unterwäsche ins Meer gegangen war. Mein BH klebt nass an meinem Körper und weil ich langsam zu frieren beginne, zeichnen sich meine Brustwarzen sichtbar unter dem feinen fliederfarbenen Spitzenstoff ab.

»Idiot«, fluche ich und verschränke meine Arme vor der Brust. »Kannst du mir mal mein Kleid geben?«

Manche Tage laufen echt nicht gut.

Bevor ich meine Frage zu Ende gestellt habe, reicht mein Retter mir auch schon mein Kleid und ich streife es mir hastig über den Kopf.

»So, und nun komm, du undankbares Ding. Es ist gleich dunkel und es wird kalt. Wir fahren zu mir.«

»Den Gedanken kannst du ganz schnell vergessen. Ich bin selbst mit dem Auto hier und werde sicherlich nicht mit einem wildfremden Mann nach Hause fahren! Schlag dir das aus dem Kopf!«

»Einen Teufel wirst du tun. Dein Auto bleibt heute Nacht hier stehen. Das holen wir morgen früh ab. Du fährst keine Meile mehr allein. Sonst wickelst du dich noch um eine Straßenlaterne und die Vorwürfe will ich mir sicherlich nicht machen. Außerdem habe ich deine Reisetasche im Auto gesehen. Ich nehme an, du hast noch keine Unterkunft? Also keine Widerrede, wir fahren zu mir!«

Ich merke, dass Diskussionen zwecklos sind, und lasse mir von meinem Retter aufhelfen. Es ist wirklich schon recht dunkel geworden und ich bezweifle, dass ich jetzt noch spielend leicht ein Zimmer für die Nacht finden würde. Ich muss ihm also leider zugestehen, dass sein Vorschlag der einzig richtige ist, und räuspere mich. »Wenn ich schon mit dir nach Hause fahre, meinst du nicht, es wäre angebracht, mir endlich zu sagen, wie du heißt?«, raune ich ihn von der Seite an.

Okay, Louisa, du bist wirklich ein Miststück. Sei mal etwas netter.

Aber wie kann ich nett sein, wenn dieser Mann mich wie eine psychisch Gestörte behandelt?

»Könnte ich das nicht ebenso von dir verlangen? Schließlich bin ich es, der eine Fremde mit nach Hause nimmt. Weiß ich, ob du mir nicht bei der nächsten Gelegenheit eins überziehst und mich gnadenlos ausraubst?«

Jetzt wird er aber mutig. Doch ich bin zu müde und mir tut alles weh, als dass ich noch ewig rumstreiten möchte.

»Ich heiße Louisa«, sage ich zu meinem Gegenüber und schaue ihn erwartungsvoll an.

»Hallo, Louisa, du Seemonster. Ich heiße Jake.«

»Seemonster?«, entfährt es mir und ich stemme beide Hände in die Hüften.

»Reg dich ab, es war ein Scherz.« Jake schüttelt belustigt den Kopf.

Na, Hauptsache einer von uns beiden hat Spaß.

»Die Autoschlüssel bitte?« Erwartungsvoll hält Jake mir seine Hand entgegen.

»Da, neben meinen Schuhen«, sage ich und deute auf meinen Schlüsselbund, der neben meinen Schuhen im Sand liegt.

Dann beobachte ich, wie Jake meine Tasche aus dem Auto nimmt, den Wagen hinter sich abschließt und mir die Tür zu seinem Truck aufhält. Noch etwas mürrisch nehme ich auf dem Beifahrersitz Platz und wickle mich Sekunden später dankbar in die Decke ein, die Jake mir aus dem hinteren Teil des Wagens reicht.

Einige Meilen fahren wir schweigend. Endlich kann ich mir meinen Retter ein wenig genauer anschauen.

Ich bin mit meinen eins achtundsiebzig schon nicht klein, aber am Strand habe ich bemerkt, dass Jake mich um mehr als eine Kopflänge überragt und so sicherlich fast zwei Meter misst. Ohne es zu wissen, würde ich sagen, dass er etwas jünger als ich ist.

Erst jetzt fällt mir auf, dass er immer noch oberkörperfrei neben mir hinterm Steuer sitzt und den Wagen vom Strand durch die Dämmerung manövriert. Selbstbewusst ist er, das muss man ihm lassen. Aber wieso sollte er das auch nicht sein, bei so einem Körper. Meine Augen wandern über seine sich ruhig auf und ab bewegende, von der Sonne gebräunte Brust über die muskulösen Oberarme hoch zu seinem Mund. Schon am Strand ist mir aufgefallen, dass seine strahlend blauen Augen den perfekten Kontrast zu seiner sonnengebräunten Haut bilden. Seine Gesichtszüge wirken entschlossen, jedoch ohne einen Anschein von Härte zu besitzen. Er hat volle Lippen und trägt sein hellbraunes Haar in einem dieser scheinbar noch immer angesagten Man-Buns. Lange Haare an einem Mann finde ich nicht sonderlich attraktiv, aber zu Jake passen sie. Genauso wie sein Bart. Nicht ganz Vollbart, aber auch definitiv mehr als Dreitagebart. Insgesamt wirkt er neben mir wie ein Hüne und wenn ich mir einen sagenhaften Highlandschotten oder Wikinger vorstelle, passt Jake ganz gut ins Bild.

»Louisa, muss ich mir Sorgen machen, dass du gleich vor lauter Starren anfängst, zu sabbern?«

Erwischt! Jakes Augen funkeln mich an und ich sehe, dass er sich ein Grinsen nur schwer verkneifen kann.

»Ich starre nicht«, gebe ich patzig zurück. »Ich habe mich nur gefragt, wie selbstverliebt jemand sein kann, dass er halb nackt neben mir im Auto sitzt. Und außerdem, achte gefälligst auf die Straße.«

»Falls du es vergessen hast, liebe Louisa, ich bin dir ins Wasser hinterhergesprungen und meine Sachen sind klatschnass. Willst du, dass dein Retter sich den Tod holt?«

»Wenn deine Sachen klatschnass sind, lieber Jake, wieso hast du dann deine Hose noch an?«

Ab und an sollte ich wirklich erst denken, bevor ich Sachen laut ausspreche.

»Wo du recht hast, hast du recht«, entgegnet Jake mir. »Ich sollte auch die Hose ausziehen. Wo du doch so um mein Wohlergehen bemüht bist!«

Jakes Hand wandert zu seinem Reißverschluss, während er abbremst und den Wagen ein wenig von der Straße steuert.

»Untersteh dich und fahr weiter«, funkle ich ihn von der Seite an und bekomme nur ein lautes Lachen als Antwort von

Jake, der den Wagen ruhig zurück auf die Straße lenkt und weiterfährt, als wäre nichts gewesen.

Sein Lachen klingt männlich und überaus sexy.

Selbstverliebter, arroganter Mistkerl!

Ich lehne meinen Kopf an die Fensterscheibe und schließe die Augen. Angst brauche ich vor diesem Exemplar von Mann wohl doch nicht zu haben. Zumindest nicht für den Moment.

Das gleichmäßige Ruckeln des Autos macht mich müde. Trotzdem rasen meine Gedanken und wollen nicht zur Ruhe kommen. Was für ein Tag. Beim Gedanken an die Beinahe-Katastrophe eben im Meer wird mir sofort wieder flau im Magen und wenn ich ehrlich bin, verdanke ich Jake wohl mein Leben. Das werde ich ihm aber nicht sagen, sonst wächst sein Ego noch ein gewaltiges Stück mehr.

Ohne ein weiteres Wort zu wechseln, fahren wir durch die anbrechende Nacht und mein letzter Gedanke, bevor ich einschlafe, ist, dass *Louisas Welt* wohl gerade auf dem besten Weg ist, ein wenig aufregender zu werden.

6

»DAS NENNE ich mal einen beachtlichen Fisch, der dir ins Netz gegangen ist!«

»Halt die Klappe. Fisch klingt zu harmlos. Die gehört mehr zu der Kategorie Seemonster. Oder noch besser: giftige Qualle.«

»Uuuh, hat dir etwa jemand Paroli geboten, mein Guter?«

»War ja klar, dass du auch noch deinen Senf dazugeben musst!«

»Warum so empfindlich, Jake? Gefällt dir die Kleine etwa?«

»Jungs, seid ruhig! Ihr weckt das arme Geschöpf noch auf. Sei vorsichtig, Jake, und bring sie hoch in das freie Zimmer. Ich nehme an, du willst nicht auf dein Bett verzichten?«

Verschiedene Stimmen und Gelächter dringen an mein Ohr und verschlafen öffne ich die Augen. Beachtlicher Fisch? Seemonster? Giftige Qualle? Reden die etwa über mich? Und wer sind die überhaupt? Ich erkenne Jakes tiefe, warme Stimme, kann die der anderen aber nicht zuordnen. Wo bin ich?

Bevor ich mich fragen kann, wie ich in dieses Haus gekommen bin und wie Jake mich hoch in irgendein Zimmer bringen soll, fallen meine Augen auch schon wieder zu.

Meine Lider sind einfach zu schwer, um sie offen zu halten. Der Tag hat mich wohl doch mehr geschafft, als ich zugeben mag. Emotionales Chaos und beinahe zu ertrinken ist eine ermüdende Kombination. Definitiv nicht weiterzuempfehlen.

Ich spüre starke Arme, die mich scheinbar spielend eine Treppe hochtragen. Müde liegt mein Kopf an Jakes Brust und ich atme seinen Duft ein. Wie gut dieser Mann riecht. Unfassbar. Männlich und ein bisschen nach Meer. Wundervoll.

Ruckartig wird mir bewusst, was hier passiert, und meine Augen schnellen auf. »Oh Gott, Jake, lass mich runter! Du hebst dir doch einen Bruch!« Ich versuche, mich aus seinen Armen zu winden und die Füße auf den Boden zu bekommen.

»Ruhig, Kleine, alles gut. Ich habe schon ganz andere Seemonster … ähm, Lasten … getragen. Dich die paar Stufen hochzutragen, schaffe ich schon, ohne zusammenzubrechen.«

Eigentlich will ich vehement widersprechen, aber ich merke, dass jede Diskussion eh nicht fruchten würde, und so lasse ich mich von Jake in ein kleines Zimmer tragen, das am Ende eines langen Flures liegt. Vorsichtig stellt er mich ab, nachdem er die Tür mit dem Fuß hinter uns geschlossen hat. Er hat wohl Angst, dass ich umfalle, denn seine Hand liegt weiterhin auf meinem Rücken und er passt auf, dass ich nicht ins Schwanken gerate. Ein schönes Gefühl, wie ich feststellen muss.

Müde blinzle ich und meine Augen gewöhnen sich an das Licht im Zimmer. Vorsorglich hat Jake nur die winzige Lampe auf dem Nachttisch angemacht und nun erstrahlt der Raum in einem warmen, wohligen Licht. In dem kleinen Zimmer wirkt Jake noch größer und ich habe das Gefühl, es wird komplett von seiner Größe eingenommen.

»Ich habe deine Tasche neben den Schrank gestellt und im Badezimmer findest du frische Handtücher. Brauchst du noch irgendwas? Ein Glas Wasser steht neben dem Bett, falls du Durst bekommen solltest.«

»Nein«, sage ich erschöpft. »Ich glaube, ich möchte nur noch schlafen. Ist das hier dein Haus?«

»Nein, aber ich wohne hier. Zumindest immer dann, wenn ich in Newquay bin. Das Haus ist ein kleines Bed and Breakfast und liegt in direkter Nähe vom Fistral Beach. Es gehört meiner Freundin Mary. Keine Angst, du bist also nicht die einzige Frau im Haus und musst dich auch nicht vor Übergriffen durch mich schützen. Da passt Mary schon auf.«

»Erstens habe ich keine Angst vor dir und zweitens darf Mary dich gern für sich allein haben!« Trotz Müdigkeit scheine ich noch Paroli bieten zu können. Vor allem Männern, die eine andere Frau mit ins Spiel bringen. Der Kerl glaubt auch, jedes weibliche Geschöpf müsste ihm und seinem Charme erliegen. Wenn ich nicht so müde wäre, würde ich ihm glatt noch ein paar Takte sagen. Diese Mary muss echt 'ne Nummer sein, dass sie es mit ihm aushält.

Lachend schiebt Jake mich aufs Bett. »Mary will mich gar nicht für sich allein haben und außerdem hätten die anderen Jungs ein Problem, wenn sie all ihre Aufmerksamkeit, Fürsorglichkeit und Energie auf mich verwenden würde. So, und nun schlaf. Du bist k. o. und Mary reißt mir den Kopf ab, wenn ich noch länger hier bei dir bleibe und dich wach halte.«

Mit diesen Worten lässt Jake die Hand von meinem Rücken gleiten und geht aus dem Zimmer, noch bevor ich ihn fragen kann, was er mit *die anderen Jungs* gemeint hat. Führen die etwa eine Beziehung mit mehreren Partnern? So von wegen Polygamie? Oh Gott, wo bin ich hier gelandet?

Ich gehe zu meiner Tasche, hole meinen Schlafanzug raus und drehe meine lockigen Haare in einen Dutt. Dann schlage die Decke zurück und lasse mich ins Bett gleiten. Das Bed and Breakfast muss wirklich direkt am Wasser liegen, denn ich kann die Wellen hören, die gleichmäßig an den Strand laufen. So würde ich auch am liebsten wohnen. Ein schönes, gemütliches Haus am Meer mit großer Terrasse, auf der ich tagsüber schreiben kann, während ich den Surfern zusehe, die sich spielerisch durch die Wellen bewegen. Jake sieht sicherlich total anmutig auf dem Surfbrett aus. Und Mary? Wer ist schon Mary?

Als ich das nächste Mal auf die Uhr schaue, ist es 1.12 Uhr und ich bin hellwach. Im ganzen Haus ist es ruhig und ich höre nur das Geräusch der Wellen, die langsam an den Strand rollen. Unruhig drehe ich mich hin und her, kann aber keine bequeme Schlafposition finden und auch nicht wieder einschlafen. Die Ereignisse der letzten Tage und Stunden lassen mich keine Ruhe finden und auch die paar Stunden, in denen ich geschlafen habe, habe ich in unruhigen Träumen verbracht. Nate, der grinsend neben mir auf einem Surfbrett paddelt, während ich verzweifelt versuche, mit einem nicht aufhörenden Krampf im Bein das Ufer zu erreichen. Jake, der sich das ganze Spektakel vom Strand anschaut, irgendwann ins Wasser springt, zu mir schwimmt, aber immer kurz vor mir anhält und zu mir sagt: »Du hast dich selbst darauf eingelassen, du wusstest, dass er nicht dir gehört. Warum sollte er nicht mit dir spielen dürfen, wenn du dich ihm so anbietest? Also lass jetzt die Wellen ein wenig mit dir spielen.« Und dann verschwindet Jake immer wieder unter der Wasseroberfläche und das Ganze geht von vorn los.

Ich sollte wirklich niemals meine Träume deuten lassen. Entweder habe ich komische Sexträume oder diesen verdrehten Überlebenskampfmist. Erschreckend.

Nachdem ich mich weitere fünfzehn Minuten im Bett hin und her gewälzt habe, entschließe ich mich dazu, aufzustehen und in der Küche ein Glas Wasser zu trinken. Das Glas, das am Bett stand, habe ich bereits vor dem ersten Einschlafen geleert. Ich hätte Jake darum bitten sollen, mir eine Wasserflasche ins Zimmer zu stellen, dann hätte ich mir diesen nächtlichen Spaziergang in einem Haus, das ich nicht kenne, erspart. Aber was soll's, hier schlafen eh alle und wenn ich leise bin, werde ich Mary und ihre Lover sicherlich nicht aufwecken.

Wie viele es wohl neben Jake noch sind? Wenn die alle so ein Kaliber sind, muss Mary eine Wahnsinnsbraut sein. Braucht eine Frau mehrere Männer, um wirklich glücklich zu sein? Dass manche Männer das scheinbar nötig haben, darf ich ja gerade schmerzhaft am eigenen Leib erfahren.

Ich öffne meine Zimmertür, horche für einen Moment, ob auch wirklich keiner wach ist, und tapse dann in meinem ach so sexy Nachtdress nach unten. Schnell finde ich die große Küche, die wirklich einladend ist. In der Mitte des Raumes steht ein großer Holztisch mit zwölf Stühlen – je fünf an den Seiten und jeweils einer vor Kopf. Jeder Stuhl sieht ein bisschen anders aus, bunt zusammengewürfelt und trotzdem irgendwie schön harmonisch. Vor dem großen Fenster sind zwei Anrichten aufgebaut, die wohl als Ablagefläche für ein mögliches Büfett dienen können.

Die Küche ist alles andere als modern, aber ich verliebe mich auf Anhieb in diesen besonderen Charme. Mary muss eine interessante Frau sein, dass sie ihr Haus so einrichtet. Erinnert mich ein wenig an das Haus meiner Großeltern. Wenn wir dort mit der Familie zusammen waren, haben wir fast immer alle gemeinsam in der Küche gesessen und selten im Wohnzimmer. Daher standen bei meinen Großeltern ein großer Tisch und zwei Sofas in der Küche, sodass möglichst viele Familienmitglieder gleichzeitig Platz fanden.

Wenn man mitten in London wohnt, gibt es nicht unbedingt so etwas wie große Familienzusammentreffen in gemütlichen Häusern. Meine Eltern leben etwas nördlich von London, wenn sie nicht gerade unterwegs sind. Ich habe meinem Geburtsort vor vielen Jahren den Rücken gekehrt, als ich raus aus dem Kleinstadtmief und rein in die Großstadt wollte, wo es meinen Nachbarn egal ist, wenn ich im Jogginganzug meine Post aus dem Briefkasten hole oder jeden Abend einen anderen Mann mit nach Hause bringe. Nicht, dass ich Letzteres jemals getan hätte.

Hier in Marys Küche merke ich aber auf einmal, dass es mir fehlt, Menschen um mich zu haben, die mich lieben. Klar, ich habe Leah, aber manchmal reicht auch eine beste Freundin nicht aus und man braucht Familie. Plötzlich fühle ich mich allein und stehe für einen Moment in der Küche, lasse die Schultern hängen und weiß nicht, was ich machen soll. Schließlich öffne ich den Kühlschrank und greife nach einer Flasche Wasser. Deswegen bin ich ja auch aufgestanden.

»Kannst du nicht schlafen?«

Mit einem leisen Aufschrei lasse ich die Flasche fallen und fahre herum. Meine Augen müssen sich erst an die Dunkelheit gewöhnen, dann aber erkenne ich Jake, der ebenfalls in die Küche gekommen ist.

Ich kann es nicht mehr verhindern, dass die Glasflasche zu Boden fällt, in tausend Scherben zerspringt und sich das Wasser in Windeseile über meine Füße und auf dem Boden vor dem Kühlschrank ausbreitet.

»Bleib stehen und beweg dich nicht, du trittst sonst noch in die Glasscherben!«, ruft Jake und ist mit einem Sprung neben mir. Er greift nach einem Handtuch und wischt vorsichtig Scherben und Feuchtigkeit weg. Wie befohlen bleibe ich reglos stehen und schaue dem großen Mann zu, der mir zu Füßen kniet und mich schließlich mit einem Schwung auf die Arbeitsfläche hebt.

»Hey, was soll das? Lass mich sofort los und runter. Ich bin doch kein kleines Kind und kann sehr wohl aufpassen, dass ich nicht in die Scherben trete«, platzt es aus mir heraus. Zugegeben, vielleicht wieder einmal etwas zu patzig.

»Beruhig dich, Louisa, und sieh ein, dass du nur mit meiner Hilfe klarkommst. Das war schon das zweite Mal, dass ich dir zur Rettung kommen musste!«

Jake wirft die Scherben vorsichtig in den Mülleimer und trocknet den Boden. Nicht, ohne mich mal wieder frech anzugrinsen.

»Und nun, Seemonster? Willst du jetzt noch ein Glas Wasser? Rühr dich nicht vom Fleck, sonst kippt noch mehr um oder du brichst dir den Knöchel, wenn du von der Arbeitsplatte hüpfst.«

»Du solltest besser aufpassen, dass du dir nicht doch einen Bruch hebst, wenn du mich immer so beschwingt rumträgst oder hochhebst! Auch wenn es dir noch so sehr gefallen mag, mich ständig anzufassen. Hinterher muss ich dich noch pflegen, dir Wärmflaschen bringen oder, noch schlimmer, dich massieren!« Ich funkle Jake gespielt böse an, obwohl es mir zunehmend schwerer fällt, ernst zu bleiben. So einen durchtrainierten Körper zu massieren, könnte schon verlockend sein.

Plötzlich steht Jake genau vor mir, sein Gesicht nur wenige Zentimeter von meinem entfernt. Seine Augen funkeln dunkel und ich bemerke sofort den ernsten Ton in seiner Stimme. »Ich habe dir gesagt, dass ich schon ganz andere Lasten getragen habe, und wenn ich das Gefühl habe, dir helfen und für dich da sein zu wollen, dann lass mich das verdammt noch mal tun und hör auf, zu behaupten, du schaffst alles allein. Hier hast du dein Wasser, und nun gute Nacht.«

Jake drückt mir ein Glas in die Hand, hebt mich von der Arbeitsfläche und ist im nächsten Moment mit eiligen Schritten aus der Küche verschwunden. Verdutzt bleibe ich mit meinem Glas Wasser in der Hand stehen. Was war das denn? Und vor allem, was für eine Laus ist dem denn über die Leber gelaufen?

Immer noch verwirrt starre ich im Dunkeln in die Richtung, in die Jake abgehauen ist. Seltsamer Typ. Irritiert schüttle ich den Kopf. Ich bin zu müde, um mir weiter Gedanken darüber zu machen, und so wandere ich mit meinem Glas in der Hand die Treppe zu meinem Zimmer hoch, schließe die Tür hinter mir, stelle das Glas Wasser auf den Nachttisch und lasse mich ins Bett fallen. Binnen Sekunden bin ich eingeschlafen.

7

Als ich am nächsten Morgen aufwache, scheint die Sonne hell in mein Zimmer und durch das leicht geöffnete Fenster dringt das Rauschen des Meeres an mein Ohr. Ich könnte mich daran gewöhnen, jeden Morgen so aufzuwachen.

Ich schlage die Decke zurück und lasse meine Beine aus dem Bett gleiten. Als wäre nichts gewesen, scheint mein Bein, das mich gestern krampfartig im Stich gelassen hat, wieder voll belastbar zu sein.

Ein Blick auf die Uhr sagt mir, dass es schon weit nach zehn Uhr ist. Oh Mist, mein Auto!, geht es mir auf einmal durch den Kopf und ich springe in eine Jeans und ein frisches T-Shirt, putze mir schnell in dem kleinen an mein Zimmer grenzenden Bad die Zähne, drehe meine Haare provisorisch zusammen und laufe keine zehn Minuten später die Treppe runter Richtung Küche. Hoffentlich ist mein Auto noch da und es hat niemand geklaut. Jake hat zwar gestern Abend meine Tasche samt Laptop aus dem Wagen genommen, damit nichts sichtbar auf den Sitzen liegt, aber man weiß ja nie, ob nicht doch der eine oder andere Langfinger unterwegs ist.

»Guten Morgen, Louisa, hast du gut geschlafen?«

Verwirrt schaue ich in das Gesicht einer kleinen, älteren

Frau, die gerade mit mehlbedeckten Händen einen Teig auf dem Tisch ausrollt.

»Nimm dir einfach einen Kaffee und setz dich ein wenig zu mir. Ich würde dir gern selbst eine Tasse einschenken, aber wie du siehst, bin ich momentan ein wenig verhindert.«

Die Frau lacht mich herzlich an und ihre Augen strahlen. Ist das etwa Mary?

»Ach, und bevor du dich wunderst, ich bin Mary. Jake hat dir schon von mir erzählt?«

Okay, Frage geklärt. Das war einfach.

Ich gieße mir eine Tasse Kaffee ein, lasse ein paar Schluck Milch dazu laufen und setze mich zu Mary an den Tisch, die weiter emsig den Teig bearbeitet. »Na ja, erzählt wäre etwas übertrieben, aber er hat gesagt, dass das hier dein Haus ist. Wo ist Jake überhaupt?«

Mary streicht den ausgerollten Teig mit ihren Händen glatt und lächelt mich aus warmherzigen Augen an. »Er hat heute früh mit MJ und Taylor dein Auto eingesammelt und ist jetzt eine Runde surfen. So wie ich die Jungs kenne, wird es noch eine Weile dauern, bis sie zurück sind. Ach, Bryan, bist du so nett und machst Louisa etwas zu essen fertig? Das arme Ding verhungert bestimmt. Es ist ja schon fast Mittag. Auf der Anrichte sind noch ein paar Scones. Butter und Marmelade sind im Kühlschrank.«

Bryan? Wer in drei Teufels Namen ist jetzt schon wieder Bryan? Mary ist vielleicht nicht mehr die Jüngste, aber senil ist sie sicher noch nicht, dass sie jetzt schon mit Personen spricht, die gar nicht da sind.

»Na klar, das schaffe ich gerade so!«

Erschrocken lasse ich fast meine Kaffeetasse fallen. Seit wann bin ich eigentlich so schreckhaft? Ich drehe mich um und blicke in strahlend blaue Augen. Sind denn alle hier dem nächsten Surfermagazin entsprungen? Der Typ, der scheinbar Bryan ist, schaut mich grinsend an und geht an mir vorbei zum Kühlschrank.

»Du bist also Jakes Seemonster?«

Ich muss mich verhört haben. Was erzählt der Typ nur überall von mir? Ich räuspere mich. »Also, ich bin kein Seemonster, und selbst wenn ich eins wäre, wäre ich sicherlich nicht Jakes!«

Anstatt mir böse Blicke entgegenzuwerfen und mir über den Mund zu fahren, schauen Mary und Bryan sich an und fangen an, schallend zu lachen. »Jep, definitiv die Paroli-Variante!«, sagt Bryan und ehe ich es mich versehe, stehen leckere Scones vor mir und mein Kaffee wird nachgeschenkt. »Louisa, dich mag ich!« Surferboy Nummer zwei lässt sich neben mir auf einen Stuhl fallen, knufft mir in die Seite und beginnt genüsslich, ebenfalls einen Scone von meinem Teller zu essen.

Für einen Moment frage ich mich, ob Taylor und MJ auch so gut aussehen wie Bryan und Jake. Keine fünf Minuten später bekomme ich eine Antwort auf meine Frage.

Während Mary, Bryan und ich in der Küche sitzen, ich schweigend meinen Kaffee genieße und den Gesprächen meiner Frühstücksbekanntschaften lausche, wird es auf einmal laut im Flur und schon stehen drei hochgewachsene Männer in Marys Küche, die auf einmal unfassbar klein wirkt. Ich blicke von einem zum anderen, wie sie in ihren Surfanzügen dastehen, oberkörperfrei, die Haare noch nass. Irgendwie fehlt nur noch das Surfbrett in ihren Händen. Und irgendwie scheinen Jake und seine Bekannten den Hang dazu zu haben, ständig oberkörperfrei sein zu müssen.

»Was macht ihr denn schon wieder hier?«, höre ich Bryan neben mir sagen und beobachte, wie er wie selbstverständlich drei weitere Kaffeetassen auf den Tisch stellt.

»Ja«, sagt Surfertyp drei, der links neben Jake steht, »das ist eine gute Frage. Unser guter Jake hat es nicht mehr ausgehalten und wollte seinem nächtlichen Fang einen guten Morgen wünschen.«

»Falsch, Kollege, ich wollte nachsehen, ob Louisa noch lebt und sich nicht sämtliche Knochen gebrochen hat, als sie heute früh aus ihrem Zimmer runtergekommen ist!«

»Honey, nicht mal einen Fingernagel habe ich mir abgebrochen«, funkle ich meinen Retter an. »Und stell dir vor, ich bin mir sicher, Bryan hätte mich notfalls auch auffangen können.«

»Mit Sicherheit hätte ich das«, lacht Bryan neben mir, während Surfertyp vier neben ihm Platz nimmt und ihm grinsend auf die Schulter klopft.

»Oh ja, und Bryan hätte sicherlich jede Sekunde genossen! Ich weiß gar nicht, was Jake uns immer von einem Seemonster erzählen will. Louisa ist doch herzallerliebst.«

»Aufhören, Jungs!«, höre ich Marys ermahnende Worte, die die Situation bis jetzt mit ein wenig Abstand beobachtet hat, ihre Mitbewohner aber wohl so gut kennt, um richtig einzuschätzen, wann es ratsam wäre, dazwischenzugehen. »Ich hoffe für euch, dass ihr den Sand draußen gelassen habt und ich nicht wieder den halben Strand in meiner Küche liegen habe.«

»Ach Mary«, Surfertyp drei nimmt die kleine Frau herzlich in den Arm und wirbelt sie ein wenig in der Küche herum, »und selbst wenn, wissen wir doch alle ganz genau, dass du uns so gut im Griff hast, dass wir das Chaos selbst beseitigen würden!«

Die Männer und Mary lachen herzhaft und selbst Jake, der immer noch etwas muffelig am anderen Ende des Tisches steht, kann sich ein Grinsen nicht verkneifen.

Ich schaue ihn an und unsere Augen treffen sich für einen Moment. »Möchtest du auch einen Kaffee, Jake?« Ich blicke ihn fragend an und bin bereits von meinem Stuhl aufgestanden.

»Gern, Louisa«, antwortet er, geht um den Tisch herum und nimmt wie selbstverständlich auf meinem Stuhl Platz.

Mary grinst mich von der Seite an und zeigt auf die Kanne Milch, die neben der Kaffeemaschine steht. »Jake nimmt seinen Kaffee genauso wie du. Also mehr Milch als Kaffee.«

. . .

Während wir etwas später alle um den Tisch verteilt sitzen, Mary inzwischen aus dem Teig kleine süße Köstlichkeiten formt und die Jungs in ein Gespräch über Wellen, Boards und irgendeinen Wettkampf vertieft sind, bietet sich mir endlich die Gelegenheit, mir meine Surferboys aus der Nähe anzuschauen. Ähm, habe ich gerade *meine* Surferboys gesagt? Louisa, deine Gedanken gehen schon wieder mit dir durch. Wobei … ein bisschen verführerisch ist der Gedanke schon, vier so heiße Teile um mich herum zu haben.

Bryan scheint mit Abstand der Lustigste von ihnen zu sein. Zumindest hat er immer einen flotten Spruch auf den Lippen, neckt die anderen drei, wo es nur geht, und grinst gefühlt konstant von einem Ohr zum anderen. Seine strahlend blauen Augen sind mir sofort aufgefallen und gepaart mit diesem umwerfenden Lächeln, den weißen Zähnen und der blonden Wuschelmähne ist er sicherlich der Traum vieler Frauen. Obwohl er nicht wie die anderen oberkörperfrei neben mir sitzt, zeichnen sich seine Muskeln deutlich unter dem Shirt ab und ich bin mir ziemlich sicher, dass auch er sich nicht verstecken muss. Im Gegensatz zu Bryan und Jake sind MJ und Taylor etwas kleiner, aber nicht weniger durchtrainiert und braun gebrannt. Auch sie könnten glatt für die nächste Kampagne von Abercrombie & Fitch eingesetzt werden.

Tja, und dann wäre da noch Jake. Irgendetwas hat er an sich, das ihn herausstechen lässt. Vielleicht ist es die Tatsache, dass er der Größte und wohl auch Muskulöseste von allen ist, vielleicht aber auch, dass ihn eine Aura umgibt, die ich nicht ganz fassen kann. Dunkel, distanziert und doch irgendwie unfassbare Wärme ausstrahlend. Ich weiß nicht, was es ist, das mich so zu ihm hingezogen fühlen lässt, aber ich ertappe mich dabei, wie ich ihn schon wieder ein paar Sekunden zu lange anstarre.

Taylor räuspert sich neben mir und Bryan lacht laut auf. Was ist passiert? Habe ich schon wieder irgendetwas nicht mitbekommen?

»Was ist los?« Ich blicke fragend in die Runde. Oh Gott, ich hoffe, ich habe nicht gesabbert?!

»Ob du surfen kannst, wollte MJ wissen«, sagt Jake ruhig und ich habe das Gefühl, seine Augen blicken direkt in meine Seele. Oh, und ihm ist ja so was von bewusst, dass ich ihn angestarrt habe.

»Nein, kann ich nicht«, sage ich schnell und drehe mich zu MJ, der gerade versucht, Mary die letzten Teigreste zu stehlen. »Ich bin nicht sonderlich sportlich, wenn ich ehrlich bin. Ich bin perfekter Passivsportler. Ich schaue jeden Boxkampf und jedes Fußballspiel mit euch, aber selbst aktiv bin ich leider nicht.«

Ich blicke an mir herunter und versuche, mir mein schlechtes Gewissen nicht allzu sehr anmerken zu lassen. Neben so durchtrainierten Sportlern komme ich mir wie ein hässliches Entlein vor. Wobei Entlein klein und winzig klingt. Ich bin dann wohl doch eher die Variante Planschkuh. Okay, das ist vielleicht etwas hart ausgedrückt, aber die Tatsachen sind nun mal eindeutig sichtbar.

»Ach Louisa, mach doch nicht so ein Gesicht«, sagt Mary und schaut mich fürsorglich an. »Wenn du willst, haben die Jungs dir das in Windeseile beigebracht. Und glaub mir, du siehst zauberhaft aus.«

Mary muss erkannt haben, dass ich gerade in Gedanken nicht sonderlich nett zu mir war. Ich schaue sie dankbar an. »Danke, vielleicht probiere ich es wirklich mal, aber nicht heute. Ich muss ein wenig arbeiten. Ist es okay, wenn ich bis heute Abend hierbleibe?«

In Wirklichkeit sehe ich mich so was von nicht auf einem Surfbrett, denn allein der Gedanke an mich in einem Neoprenanzug lässt mich innerlich den Kopf schütteln. Womöglich dann auch noch vor Jake? Hell to the no!

»Du kannst so lange bleiben, wie du magst«, lächelt Mary mir entgegen.

»Genau«, stimmt Bryan ihr zu. »Für so nette Gesellschaft ist hier immer ein Zimmer frei. Und außerdem musst du uns noch haarklein berichten, wie du es geschafft hast, dass Jake heute Morgen Wellen hat Wellen sein lassen.«

»Das habe ich doch schon gesagt«, kommt es muffelig aus Jakes Mund. »Ich wollte sehen, dass sie sich nicht alle Knochen bricht. Aber da das ja nicht der Fall ist, kann ich beruhigt wieder los. Will jemand mit? Ich muss noch ein paar Dinge für den Wettbewerb besorgen.«

Alle drei Jungs stehen mit Jake auf und kurze Zeit später sitze ich allein mit Mary in der Küche.

»Ist Jake immer so … na ja … mies drauf?«

»Ach Kindchen, Jake ist nicht immer einfach, das stimmt, aber er ist eine herzensgute Seele, die ein paar dunkle Tage hinter sich hat. Er hat sein Herz am rechten Fleck und wirkt auf jemanden, der ihn nicht richtig kennt, häufig sehr barsch und arrogant. Aber das ist er nicht.«

»Dunkle Tage? Was meinst du damit, Mary?« Neugierig schaue ich die Frau mit der sanften Stimme an.

»Ich habe so ein Gefühl, dass er es dir irgendwann selbst erzählen wird, und es ist nicht an mir, dies zu tun. Wann und ob er es dir erzählt, ist allein seine Entscheidung. Aber stemple ihn nicht ab. Schließlich ist er dein Retter, nicht wahr?«

»Hhmmhmm«, nicke ich und stelle meine leere Kaffeetasse in die Spüle. »Das ist er wohl, aber sag es ihm nicht zu oft, sonst bildet er sich noch was darauf ein.«

Mary grinst mich an und nickt verschmitzt.

»Ich gehe jetzt ein bisschen arbeiten. Hast du eine Idee, wo ich mich ein wenig zurückziehen kann? Ich möchte ungern auf dem Zimmer hocken, vielleicht kennst du eine schöne Ecke draußen?«

Mary schiebt die Gardinen des Küchenfensters zur Seite und deutet auf eine kleine Sitzecke, bestehend aus zwei Holzliegen und einem Tischchen, die in einer kleinen Senke zwischen grasbewachsenen Dünen liegt. Irgendwo kurz dahinter brandet das Meer.

Meine Augen leuchten auf. Was für ein schönes Fleckchen

Erde. Generell ist Marys Haus mit der Nähe zum Meer einfach bezaubernd. Die Menschen, die hier leben dürfen, sind zu beneiden.

Wenige Minuten später laufe ich barfuß mit meinem Laptop unter dem Arm auf die Holzliegen zu und mache es mir gemütlich. Ich habe ein wenig Angst davor, meinen Rechner einzuschalten, denn wahrscheinlich haben mich in der Zwischenzeit zahlreiche E-Mails von Leah erreicht.

Kurze Zeit später scrolle ich dann doch durch meine Liste ungelesener Mails. Gefühlt zwanzig von Leah, zwei von meinen Eltern und meiner Schwester und eine von Nate. Die Werbung samt Spam nicht mitgezählt. Schnell lösche ich Nates E-Mail ungelesen, bevor ich es mir anders überlegen kann. Ist mir doch egal, was er mir zu sagen hat. Zumindest behauptet das mein stolzes Ich. Mein emotionales Ich überlegt sich, was Nate wohl geschrieben haben könnte, ob er sich entschuldigen und mir sagen wollte, dass er nur mich will.

Ich verdränge den Gedanken, so gut es geht, und schreibe schnell eine Mail an meine Eltern und an meine Schwester, dass es mir gut geht, ich ein paar Tage kreative Auszeit am Meer nehme und sie sich keine Sorgen machen müssen.

Ein Blick auf die lange Liste an Nachrichten von Leah weckt das schlechte Gewissen in mir.

Betreff Mail 1: *Süße, ist alles okay?*
Betreff Mails 2-5: *Louisa, wo bist du?*
Betreff Mails 6-19: *Louisa, wo biiiiist duuuu? Ist alles okay?*
Betreff Mail 20: *Verdammt uncool, Louisa. Meld dich gefälligst! Ich mache mir Sorgen!!!!*

Ich weiß, dass meine überstürzte Abreise alles andere als okay war. Ich drücke auf *Antworten* und tippe ein paar Zeilen an Leah.

. . .

Liebes, sorry für mein plötzliches Verschwinden. Entdecke gerade Louisas Welt und nehme mir ein paar Tage für mich. Mach dir keine Sorgen, es geht mir gut. Und bitte nicht feuern! Kuss, L.

Es dauert keine drei Minuten, bis eine weitere E-Mail von Leah in meinem Postfach aufleuchtet.

Okay, dann weiß ich Bescheid! Feuern? Nee … in den Hintern gehört dir getreten! Wie weit bist du mit deinem ersten Artikel?

Leah hat allen Grund, sauer zu sein. Irgendwie ist es schon reichlich unklug, einfach so abzuhauen und seiner Chefin nicht mitzuteilen, warum. Aber es wäre nicht richtig gewesen, ihr von der Sache mit Nate zu erzählen. So ist sie hoffentlich nur ein wenig sauer auf mich und nicht menschlich völlig enttäuscht von mir, dass ich mich auf eine Affäre mit einem vergebenen Mann eingelassen habe und, blöd wie ich bin, heftigst auf die Nase gefallen bin. Scheiß Emotionen. Ich beginne wieder, traurig zu werden. Wie lange soll es noch dauern, bis das endlich aufhört?

Okay, ich war schon immer sehr ungeduldig. Louisa, die Sache mit Nate ist keine zwei Tage her, du darfst verletzt sein, du darfst weinen. Aber ich will es eigentlich nicht. Gefühle sind ein Arschloch.

Leah ist ganz schön ungeduldig, was diesen ersten Artikel angeht. Was will ich nach den paar Tagen auch schon schreiben?

So wirklich geküsst von der Muse fühle ich mich nicht, klappe meinen Laptop zu und lasse meinen Blick in Richtung Meer wandern. Wie bin ich nur in diesen ganzen Schlamassel geraten? Hätte ich mich bloß nicht auf Nate eingelassen. Ein vergebener Mann … noch dazu ein Kollege und, wie ich dachte, guter Freund … Wie konnte ich ihm nur glauben? Und wieso suche ich gerade die Schuld bei mir?

Ich merke, wie ich wütend werde. Wie war das so schön mit den vier Phasen der Trennung? Nicht-wahrhaben-Wollen, Trauer, Wut, Akzeptanz? Mein Körper hält sich scheinbar nicht an die von der Psychologie definierte Reihenfolge, sondern springt lustig hin und her. War ja klar, ich war schließlich schon immer ein bisschen anders als andere. Tja, und Nate hat mir das Gefühl gegeben, als würde er genau das mögen.

Louisa, hör auf, dir etwas vorzumachen. Nate hat bestimmt zig Frauen dieses Gefühl gegeben. Kann mal jemand für diese blöde Dating-App ein Add-on entwickeln, damit gehörnte Frauen herausfinden können, mit wem der erhoffte Traummann noch alles schreibt und sich datet?

Ich klappe meinen Laptop wieder auf und schon nach kurzer Zeit fliegen meine Finger über die Tastatur.

Louisas Welt – Kapitel 1

Liebe im digitalen Zeitalter – Von Sammlern, Jägern und Gehörnten

Wenn man wie ich Mitte dreißig und Single ist, es leid ist, sich bei jeder Feier zwischen all den glücklichen Paaren wie das fünfte Rad am Wagen vorzukommen, wird man erfinderisch. Bisher habe ich es gut gemeistert, meine biologische Uhr zu überhören, und behaupte standhaft bei Freunden, dass ebendiese noch ganz leise ist und ich tiefenentspannt bin. Wenn ich ehrlich bin, weiß ich seit Jahren, wie mein möglicher Sohn heißen soll. Ha – wo wir beim eigentlichen Problem wären. Aktuell fühlt es sich so an, als wäre es einfacher, an ein Kind zu kommen, als an einen anständigen Mann. Was nicht heißen soll, dass ich mir von irgendwem ein Kind machen lassen würde. So verzweifelt bin ich dann doch nicht.

Wo trifft man heute als durchaus erfolgreiche Frau mit gutem Job und gesichertem Einkommen eigentlich seinen Traummann? Abends nach der Arbeit ist man zu müde für Drinks und formloses

Geplänkel in irgendeiner Bar, den Supermarkt verlasse ich immer recht zügig und ich gehöre auch nicht zu denjenigen, die prüfen, was andere Leute in ihrem Wagen haben, was gegebenenfalls ein mögliches Gesprächsthema bieten könnte. Meine Wochenenden verbringe ich inzwischen lieber auf der Couch oder gemütlich zu Hause mit Freunden bei einem leckeren Glas Wein und selbst gekochtem Essen. Wobei wir wieder bei dem Problem des fünften Rads wären.

Ich habe genau eine Freundin, die genauso wie ich Single ist. Und ebendiese Freundin hat mir vor ein paar Tagen diese Dating-App vorgeschlagen. Eigentlich muss man doch dankbar für Freunde sein, die sich für dich interessieren und sich Sorgen um dich machen. Ob es unbedingt Sorgen um meine Libido und mein Sexleben sein müssen, möchte ich jetzt mal offenlassen. Besagte Freundin ist begeistert von dieser Dating-App und so erwische ich mich, wie ich abends auf meiner Couch sitze und sie mir aufs Handy lade. Rein aus Recherchezwecken, versteht sich.

Ungefähr zwei Stunden später bemerke ich, dass die Flasche Wein inzwischen leer ist und ebenso auch beinahe mein Handyakku. Die Suche nach dem Traummann erfordert Energie. Im wahrsten Sinne des Wortes. Ganz nebenbei entdecke ich aber auch neue Seiten an mir. Gruppenbilder und Sonnenbrillen finde ich auf einmal scheiße, ich bin altmodisch und will erst den Mann kennenlernen, bevor ich seinen Penis kenne. Und auch ich bin nicht gefeit gegen digitales Suchtverhalten. Seit Installation der App nutze ich jede freie Minute, um das aktuelle Tagesangebot an möglichen neuen Eroberungen abzuchecken. Als Frau Mitte dreißig scheine ich besonders interessant für Männer Mitte zwanzig oder solche weit jenseits der vierzig. Zugegeben, ich habe meinen Suchradius etwas großzügig angesetzt. Ausgrenzung finde ich doof und außerdem bin ich für einen möglichst großen Markt der Möglichkeiten.

Schnell merke ich aber auch, dass eine Erweiterung meiner Suchkriterien ebenfalls nicht den gewünschten Erfolg bringt. Und auch ein erfolgreiches Match verspricht nicht gleich eine erfolgreiche Kommunikation. Generell lässt sich feststellen, dass es hier scheinbar drei Gruppen von Männern gibt. Die sogenannten

Sammler, die beharrlich schweigen und auch nicht auf meine durchaus spritzigen Nachrichten antworten und scheinbar nur bei Freunden mit der Anzahl ihrer Matches angeben wollen. Die Datejäger, die sich auch nachts um 1 Uhr noch mit mir treffen wollen und mir eine heiße Nacht mit multiplen Orgasmen versprechen. Und diejenigen Männer, und davon gibt es herzlich wenig, die man gegebenenfalls auch mal bei Tageslicht zu einem Kaffee treffen möchte. Wenn das Date dann langweilig wird und bereits nach einer Stunde vorbei ist, kann man beruhigt auf dem Weg nach Hause in der U-Bahn weiter die Muskulatur seines Daumens mit unermüdlichen Wischbewegungen nach links und rechts trainieren.

Leider gehen einem schnell die Angebote aus, wenn man sich öfter im Matchingland aufhält. Dass diese Dating-App und die Wirklichkeit weit auseinanderliegen, merkt man spätestens dann, wenn das Gegenüber so ganz anders aussieht als das wohl stark gephotoshopte Bild oder man auf einmal eine Antwort darauf hat, warum der Mann gegenüber nur Portraits und keine Ganzkörperfotos im Angebot hatte. Noch ein Mann unter eins dreiundsiebzig. Next!

Was passiert aber, wenn einen die Realität einholt und im Tagesangebot der Dating-App auf einmal der Typ ist, in den man eigentlich verliebt ist und der einem die gleichen Gefühle seit Wochen vorgaukelt?

Ich speichere meinen Artikel, öffne anschließend Leahs Mail und klicke auf *Antworten*. So ganz genau weiß ich noch nicht, ob ich hier wirklich das Richtige tue, aber ich habe keine Lust, in den nächsten Tagen von meiner Chefin/Freundin unter Druck gesetzt zu werden, warum ich nichts schreibe, und so dann doch vielleicht meinen Job verliere. Ich tippe ein paar Zeilen an Leah und atme tief durch, als meine E-Mail gesendet ist.

8

Die Sonne fühlt sich warm auf meiner Haut an und die sanfte Brise, die vom Meer zu mir rüberweht, ist angenehm. Hin und wieder ist das Geschrei der Möwen zu hören, aber irgendwie passt das ganz wunderbar in diese Szenerie und fühlt sich nicht nach Krach an. Ich lehne mich zurück und schließe meine Augen. Vielleicht bleibe ich doch noch eine Nacht hier. Hier ist es schön und Mary und die Jungs sind nun wirklich nicht die schlimmste Gesellschaft. Ablenkung tut ja bekanntlich gut. Und was ist die Alternative? Zu Hause in London auf dem Sofa zu hocken, ein Glas Wein nach dem anderen zu trinken und womöglich Tinder noch eine Chance zu geben? Ich kann mir definitiv Besseres vorstellen.

Während ich hier so sitze und ruhig weiter ein- und ausatme, selig dem Rauschen der Wellen zuhöre, schlafe ich allmählich ein. Ich werde erst wieder wach, als mir jemand vorsichtig eine Decke über den Körper legt.

»Du solltest wirklich ein bisschen besser auf dich aufpassen, hier wird es abends schnell kalt und man erkältet sich zu dieser Jahreszeit rasch.«

Jake steht über mich gebeugt und steckt die Decke in meinem Rücken fest. Ich kann die Wärme spüren, die von ihm ausgeht, und atme seinen männlichen Duft ein.

»Was machst du hier?«, fragt er mich ruhig und schaut mir dabei intensiv in die Augen. Keine Spur von Vorwürfen, die ich sonst von ihm gewohnt bin.

Ich setze mich ein wenig auf und ziehe mir die Decke bis unters Kinn. Jake hat recht, es ist wirklich frisch geworden. Ich habe keine Ahnung, wie spät es ist und wie lange ich geschlafen habe, aber mal wieder steht die Sonne schon merklich tiefer am Himmel und es wird ein wenig dunkler. Mein Körper scheint den Schlaf dringend nötig zu haben.

»Ich habe einen Artikel für meine Arbeit geschrieben«, antworte ich ihm ruhig und schaue über die Dünen in Richtung Meer.

»Was machst du beruflich?«, fragt Jake interessiert und zieht sich die zweite Liege neben mich. Dabei berühren sich für einen kurzen Moment unsere Arme und ich habe das Gefühl, die Decke ist auf einmal doch ein wenig zu warm.

»Ich arbeite eigentlich für ein größeres Magazin in der Recherche.«

»Was heißt eigentlich?« Jake schaut mich eindringlich an.

»Nun ja, eigentlich heißt, dass ich eigentlich nur Dinge für andere recherchiere, Artikel Korrektur lese und solche Sachen erledige.«

»Aber?« Er lässt nicht locker.

»Nun, ab und zu kann es auch von Vorteil sein, wenn man Mitte dreißig, Single und so fernab der eigentlichen Zielgruppe ist.«

»Ich verstehe nur Bahnhof!«

Unwillkürlich muss ich lachen, denn meine Erklärungen lassen wirklich zu wünschen übrig. »Also«, beginne ich erneut und erzähle Jake, wie Leah mit dieser verrückten Idee einer eigenen Kolumne auf mich zugekommen ist und dass ich nun also ein bisschen aus Louisas Welt berichten soll. Den wahren Grund, warum ich hier in Newquay sitze und nicht in meinem Büro in London, erwähne ich nicht. Gott sei Dank fragt Jake nicht weiter nach.

»Wovon handelt dein erster Artikel?«

Irgendwie freue ich mich über das ehrliche Interesse, das von Jake ausgeht. Es ist schon eine Weile her, dass sich ein Mann ernsthaft über Dinge erkundigt hat, die in meinem Leben geschehen.

»Über Dating-Apps«, sage ich emotionslos.

»Hast du so was nötig?« Seine Augen schnellen zu mir und ich sehe eine gewisse Verwirrtheit in seinem Blick.

Instinktiv verkrampfe ich mich und auch Jake bemerkt, dass ich andere Fragen wahrlich angenehmer zu finden scheine. »Vermutlich!«, sage ich knapp und ziehe meine Decke wieder ein Stück höher unters Kinn.

Für eine Weile sitzen wir schweigend nebeneinander. Jake schaut mich gelegentlich von der Seite an, aber ich ignoriere seine Blicke und starre in die Ferne, als ob ich damit rechnen würde, plötzlich weiß Gott was in den Dünen auftauchen zu sehen.

»Wollen wir reingehen?«, fragt er plötzlich und erhebt sich von seiner Liege. »So wie ich Mary kenne, hat sie sicher schon den Tisch fürs Abendbrot gedeckt.«

Jake hilft mir nicht auf, als ich mich von der Liege hochhieve, aber er geht auch nicht vor, sondern wartet auf mich, bis ich meine Knochen geordnet habe, und nimmt mir dann die Decke ab, damit ich meinen Laptop sicher tragen kann.

»Ich glaube, ich hätte auch Decke und Laptop allein ...«, beginne ich, doch Jakes Blick lässt mich innehalten. »Danke für deine Hilfe«, sage ich stattdessen und gehe schweigend neben ihm zurück ins Haus.

Warum verunsichert mich dieser Mann ständig und warum ist er so, wie er ist? Und warum sieht sein Hintern in der Jeans so unfassbar sexy aus?

Im Haus herrscht reges Treiben. Während Mary am Herd steht und in einer großen Pfanne rührt, decken die Jungs den Tisch. Neben Bryan, MJ und Taylor sind zwei weitere Personen in der gemütlichen Küche und schnell stellt sich heraus, dass Brianna und Mike regelmäßig wiederkehrende

Gäste in Marys B&B sind und jedes Jahr zur Surfsaison ein paar Tage hier einkehren.

»Was kochst du denn Leckeres«, frage ich Mary und blicke ihr über die Schulter.

»Bratkartoffeln mit Spiegelei, richtig grandiose Haute Cuisine«, lacht sie und hält mir einen Löffel hin. »Hier, probier mal, ob genug Salz dran ist!«

»Lass bloß Jake oder Louisa nicht nachwürzen. Die sind verliebt, die versalzen uns das Essen noch!«, ruft Bryan dazwischen und kann nur noch in Deckung gehen, weil in dem Moment auch schon ein Handtuch in seine Richtung fliegt.

»Lass solche Sprüche«, funkelt Jake ihn an. »Das ist nicht lustig! Du weißt genau, wie unpassend das ist. Ich kann nicht für Louisa sprechen, aber lass mich da raus!«

Für einen Moment ist es unangenehm still in der Küche, aber es ist Mary, die die Stimmung wieder auflockert und alle an den großen Tisch bittet.

Ein paar Minuten später ist nichts mehr von dem kleinen Zwischenfall zu bemerken und wir füllen alle genüsslich unsere Teller. Frische Seeluft macht hungrig und da ich heute nicht zu Mittag gegessen habe, knurrt mein Magen verräterisch laut. Es ist faszinierend, zu beobachten, was für Portionen die Jungs verdrücken können. Kein Wunder also, dass Mary nicht nur eine, sondern zwei große Pfannen auf dem Herd stehen hat.

Brianna und Mike sind sehr nett und erzählen mir, dass sie jedes Jahr aus Liverpool herkommen. Brianna ist in London aufgewachsen, hat Mike auf einer Geschäftsreise kennengelernt und ist der Liebe wegen nach Liverpool gezogen. Ihre Liebe für das Meer und das Wellenreiten hat sie aber nicht aufgegeben, hat Mike sogar damit angesteckt. Und so kommt es, dass die beiden nun immer, wenn sie hier in Newquay sind, bei Mary einkehren. Noch ein Beweis für mich, dass ihr B&B ein tolles Fleckchen Erde ist, an dem man sich gern aufhält.

Verstohlen schaue ich während des Essens immer wieder zu Jake. Was ist nur mit diesem Mann, dass er oftmals so empfindlich reagiert? Mary wird mir sicherlich nichts dazu sagen, aber vielleicht spreche ich Bryan morgen darauf an. Vielleicht ist er nicht so schweigsam wie sie.

Nach dem Essen räumen wir alle gemeinsam ab und bleiben gemütlich in der Küche sitzen. Ich lausche den Jungs, Brianna und Mike, wie sie von den Boardmasters erzählen, dem Wettkampf, der nächste Woche hier stattfindet. Während Mike und Brianna nur Zuschauer des Spektakels sein werden, nehmen Jake und die Jungs teil. Ich glaube, ich werde morgen Richtung Strand wandern und mir ein Bild davon machen, ob sie wirklich so gut sind, wie sie es in ihren Erzählungen ausschmücken. Vielleicht lohnt es sich ja sogar, die paar Tage hierzubleiben und mir den Surfcup anzuschauen. So ein paar heiße Surfer sind doch nun wirklich nicht schlecht für das weibliche Auge. Eye Candy für *Louisas Welt*. Ich sollte überlegen, meine Artikel mit Bildern aufzuwerten.

»Und was führt dich her?«, fragt Brianna mich plötzlich und schaut mich erwartungsvoll an. Die Frage musste wohl oder übel irgendwann kommen. »Du hast noch nicht einen Ton davon verlauten lassen. Ich habe nur gehört, dass Jake dich am Strand aufgegabelt hat und du einen Platz für die Nacht brauchtest, weil du noch kein Hotel hattest.«

Ich schlucke unbemerkt und schaue in die Runde. Scheinbar hat Jake niemandem von meinem Beinahe-Ertrinken erzählt, wofür ich ihm in dieser Sekunde unendlich dankbar bin.

»Stimmt, Louisa!«, hakt Taylor nach. »Wie kam es dazu, dass Jake dich aufgegabelt hat?«

»Habt ihr das gerade nicht selbst gesagt?«, raunt Jake und steht plötzlich direkt neben mir. »Ich war surfen und bin anschließend mit Louisa ins Gespräch gekommen. Und da hat sie erzählt, dass sie noch kein Hotel hat und eine Bleibe für die Nacht sucht.«

»Das mag ja sein«, lacht MJ, »aber das erklärt noch lange

nicht, warum du sie halb schlafend und mit nassen Haaren hier reingetragen hast und wir morgens losmussten, um ihr Auto zu holen.«

Jake will gerade antworten, als ich mich aufrecht hinsetze und mich räuspere. Dann sage ich mit fester Stimme: »Jake hat mir das Leben gerettet.«

Sofort wird es still in der Küche und alle Augenpaare sind auf mich gerichtet.

»Ich war unvernünftig und bin allein zu weit rausgeschwommen. Dann habe ich plötzlich einen Krampf im Bein bekommen. Ich hatte Angst, zu ertrinken, weil ich nicht mehr genug Kraft hatte, an Land zu schwimmen. Und auf einmal war Jake da.«

Meine Stimme bricht, als ich von den Ereignissen der letzten Nacht erzähle. Jakes Hand legt sich beruhigend und wie völlig selbstverständlich auf meinen Arm.

»Ist ja alles noch mal gut gegangen!« Seine tiefe Stimme ist unfassbar beruhigend.

»Ja«, schlucke ich. »Aber es hätte schlimm ausgehen können.« Die anderen nicken fast unmerklich. »Und alles nur wegen dieses Typen«, füge ich ohne darüber nachzudenken hinzu, während mir eine Träne über die Wange läuft.

»Oh Gott, Kindchen«, ruft Mary und reißt entsetzt die Augen auf. »Wie bitte?«

Wenn es vorher schon still war, könnte man jetzt eine Stecknadel fallen hören. Ich senke die Augen, denn ich spüre fragende Blicke auf mich gerichtet und auch der Druck von Jakes Hand auf meinen Arm hat sich verstärkt.

»Es ist egal, es ist bedeutungslos.« Ich rutsche hastig von meinem Stuhl, dränge mich an Jake vorbei und laufe durch die Hintertür der Küche nach draußen.

»Louisa!«

Jakes Stimme donnert mir hinterher und innerhalb weniger Schritte hat er mich im Garten eingeholt. Statt etwas zu sagen, legen sich seine Arme um mich und er zieht mich fest an seine Brust.

»Du hast doch wohl nicht geglaubt, du könntest im Wettrennen gegen mich gewinnen?«, sagt er ruhig und streichelt über mein Haar. Ich spüre, wie er versucht, sich das Grinsen zu verkneifen und mir gleichzeitig ein Grinsen auf die Lippen zu zaubern. Ebenso spüre ich aber auch Sorge von ihm ausgehen. Verrückter Typ.

Ich schüttle fast unmerklich den Kopf und weine lautlos vor mich hin. Gott, wie ich diese ewige Weinerei hasse, aber ich bekomme meine Gefühle einfach nicht kontrolliert. Jakes Arme schließen sich noch fester um mich und er lässt mich weinen, sagt kein Wort und ab und zu spüre ich seine Hand, wie sie beruhigend und unfassbar vorsichtig über meinen Rücken streichelt.

»Du musst nicht immer für mich da sein«, sage ich leise an seiner Brust. Sofort versteift Jake sich kaum spürbar. »Aber danke, dass du es gerade bist.«

Sein Körper entspannt sich wieder und für eine Weile stehen wir einfach nur da. Ich in seinen Armen, meinen Kopf an seine Brust gelehnt und um uns herum nichts als Dunkelheit. Für einen Moment wünsche ich mir, die Zeit würde stillstehen.

Irgendwann drückt Jake mich ein Stück von sich weg. »Dir muss doch kalt sein, Louisa.« Besorgt schaut er mich an.

»Nein, es ist alles gut. Mir ist nicht kalt. Du bist so … na ja … warm.«

Und wirklich, so eng an ihn geschmiegt spüre ich nur seine Nähe, seine Wärme und seinen Duft, der mich umgibt.

»Entschuldige, dass ich dir gerade dein Shirt vollheule«, ergänze ich. Ich wische mir mit einer Hand über die Augen und ziehe die Nase hoch. »Ich bin so furchtbar theatralisch. Nein, eigentlich bin ich einfach nur saublöd und ein totaler Idiot! Ich habe so viel für ihn gemacht und so viel von mir preisgegeben.«

Ich schlucke und schließe wieder die Augen. Instinktiv lege ich meinen Kopf erneut an Jakes Brust und in dem Moment wird mir mehr und mehr bewusst, wie dumm ich wirklich war. Dass ich nichts hinterfragt habe, Nate nicht darauf angesprochen habe, wenn er wieder mal nur auf Stippvisite bei mir war, wenn er sich lieber bei mir treffen wollte, als gemeinsam einen Kaffee trinken zu gehen. Wenn seine Zärtlichkeiten eigentlich keine waren und er mehr auf seine eigene Befriedigung aus war als auf meine. Was ist nur aus meinem Selbstwert und meiner Selbstachtung geworden? Und warum müssen Menschen andere so belügen?

»Jake, glaubst du, dass es Menschen gibt, die es nicht verdient haben, geliebt zu werden?« Leise murmele ich gegen seine Brust.

Ein Schlucken ist zu hören und als ich meinen Kopf anhebe, sehe ich in seinen Augen eine Mischung aus … ja, was? Unverständnis? Unsicherheit? Mitleid? Verzweiflung? War meine Frage zu viel? Schließlich kennen wir uns eigentlich gar nicht. Sicherlich habe ich ihn damit in eine schrecklich unangenehme Situation gebracht.

Louisa, behalt doch einfach mal Dinge für dich. In Gedanken schlage ich mir mit der flachen Hand vor die Stirn.

Ich lasse den Kopf sinken und wünschte, ich hätte die Frage nie gestellt.

Mit den Fingern hebt Jake mein Kinn an, zwingt mich so, ihn anzuschauen. Seine freie Hand streichelt über mein Haar, sanft streifen seine Lippen meine Stirn.

»Jeder Mensch ist es wert, geliebt zu werden, Louisa. Und niemand ist es wert, dass man sich für ihn aufgibt, immerzu hintenanstellt und sich vergisst. Man muss vielleicht für sein Glück kämpfen, aber wenn der Kampf sinnlos ist, darf man sich nicht in ihm verlieren.«

Jake flüstert die letzten Worte fast in mein Ohr und seine Nähe jagt mir ein Schaudern in sämtliche Glieder. Mein gesamter Körper wird von einer Gänsehaut überzogen. Ich weiß nicht, was es ist, aber ich lege meine Hände in seinen Nacken und ziehe ihn noch ein Stück näher zu mir, obwohl ich ihm schon so nah bin. Als ich meine Hand auf seinen Brustkorb lege, spüre ich, wie er sich anhebt, weil Jake tief einatmet. Ich stelle mich auf die Zehenspitzen und dann berühren meine Lippen seinen Mund, streifen ihn behutsam.

Für einen Moment scheint er irritiert, als würde er nicht wissen, wie er reagieren soll, doch dann zieht er mich näher zu sich und küsst mich. Fast vorsichtig legen sich seine Lippen auf meine und ich spüre seine Zunge, die kaum merklich über meinen Mund streicht und um Einlass bittet. Meine Zunge sucht seine und als sie sich berühren, durchzieht mich ein warmes, wohliges Gefühl und ich lasse mich tiefer in den Kuss fallen. Er ist vorsichtig und behutsam, so anders als Nates Küsse, und als hätten sie nie etwas anderes gemacht, finden sich unsere Zungen und beginnen ein zärtliches Spiel. Sinnlich und sanft.

Irgendwann lösen sich seine Lippen von meinem Mund, er legt seine Hände auf meine Hüften und schiebt mich ein Stück von sich weg. Sein Blick wandert über mein Gesicht, über meine Brüste, hin zu meinem Bauch. Fast scheint es, als wolle er sich alles genau einprägen. Instinktiv ziehe ich den Bauch ein Stückchen ein. Atme jetzt bloß nicht aus, Louisa!

»Wir sollten reingehen. Es wird kalt und ich will nicht, dass du anfängst zu frieren und dich erkältest.«

Für einen Moment will ich protestieren, ihm zeigen, dass seine Küsse mich definitiv nicht frieren lassen, doch ich merke, dass jeder Widerstand zwecklos ist, und so lasse ich mich widerwillig von ihm Richtung Haus schieben.

Ein bisschen habe ich befürchtet, dass alle auf uns warten, mich mit Fragen löchern oder vielleicht sogar das Spektakel draußen durch die Fenster beobachtet haben, aber als wir das Haus betreten, ist es still. Die Küche ist dunkel und es scheint, als hätten sich alle auf ihre Zimmer zurückgezogen oder wären ausgegangen.

Jake geht hinter mir die Treppe hoch und ich überlege für einen Moment, wie sexy es wohl ist, wenn ich meinen Hintern vor ihm hin und her schwingen lasse. Selbstbewusst, unfassbar weiblich. Ich werde rot bei dem Gedanken, dass Jake auf meinen Po starren könnte, vielleicht sogar von seiner

Größe abgeschreckt wird, und entscheide mich statt für beherzte Schwingungen für möglichst unauffälliges Treppensteigen.

Soll ich Jake gleich auf mein Zimmer bitten? Küssen wir uns wieder? Himmel, was ist bloß in mich gefahren? Ihn einfach so zu küssen. So bin ich doch sonst nicht! Und warum bin ich gerade so nervös?

Vor meiner Zimmertür bleiben wir stehen. Jake greift an mir vorbei und legt seine Hand auf die Klinke. Kommt es mir nur so vor oder versucht er, möglichst meinen Körper nicht zu berühren?

»Gute Nacht, Louisa. Du solltest jetzt schlafen. Bis morgen früh.«

Jake öffnet meine Zimmertür.

»Und Louisa?«

»Ja?« Erwartungsvoll sehe ich ihn an.

»Lass das.«

»Was genau soll ich lassen?«

»Dir ständig über deinen Bauch und deinen Hintern Gedanken zu machen.«

»Mache ich doch gar nicht!« Entrüstet schaue ich ihn an.

»Oh doch, das tust du. Könnte dein Hintern sprechen, hätte er gerade auf der Treppe mit jedem Schritt gesagt: *Schau weg, schau weg, schau weg.* Schön im Rhythmus der Schwingungen.«

Bevor ich ihn noch entgeisterter anschauen und ihm antworten kann, schiebt er mich in mein Zimmer.

»Schlaf jetzt, mein Seemonster!«

Mit diesen Worten schließt Jake die Tür hinter mir und ich stehe allein im Raum.

9

ALS ICH AM nächsten Morgen ausgeschlafen und gut gelaunt meine Zimmertür öffne, falle ich beinahe über etwas, das vor meiner Tür liegt. Der hat doch nicht etwa … Ich traue meinen Augen nicht. Zu meinen Füßen liegt ein ordentlich zusammengelegter Neoprenanzug, darauf eine kleine Karte.

Keine Widerrede – ich treffe dich um 9 Uhr am Strand.

Nee, ist klar, mein Guter. In das enge Teil kriegen mich keine zehn Pferde.

Ich schnappe mir den Anzug und stiefele runter in die Küche, wo Mary am Tisch sitzt und Zeitung liest. »Jetzt ist er völlig verrückt geworden!«, grummle ich vor mich hin.

»Wer?« Mary schaut mich fragend an. Ist das ein Lachen, das sie sich mühselig verkneifen muss?

»Na Jake! Der will, dass ich in dieses figurschmeichelnde Monstrum steige und zu ihm an den Strand komme!«

»Mmhmm …« Mary nickt und hält mir etwas entgegen. Ein weiterer Zettel. Das ist doch nicht ihr Ernst.

• • •

Wenn du nicht von allein kommst, zieh ich dir den Anzug höchstpersönlich an.

»Mary, steckst du etwa mit ihm unter einer Decke? Fall mir doch nicht so in den Rücken! Ich kann mich in diesem Ungetüm doch nicht zur Lachnummer von ganz Newquay machen.«

Ich will nicht völlig leidend klingen, aber meine Begeisterung hält sich definitiv in Grenzen. Vielleicht hätte ich doch gestern abreisen sollen.

Bryan kommt ebenfalls in die Küche und steckt mir auf dem Weg zur Kaffeemaschine einen weiteren Zettel zu. Nicht er auch noch!

Du kannst das natürlich auch Bryan machen lassen. Der freut sich bestimmt.

»Ihr seid doch echt alle unmöglich!«, stöhne ich frustriert auf. »Soll ich jetzt noch warten, bis MJ und Taylor da sind, damit ihr zelebrieren könnt, mir den Neo anzuziehen?«

»Nö, musst du nicht«, sagt Bryan grinsend. »Du könntest ihn auch einfach freiwillig anziehen und zu Jake an den Strand gehen. Das ist wahrscheinlich die einfachste Variante. Für mich natürlich schade, aber wenn ich du wäre, würde ich mich beeilen.«

Ungläubig schüttle ich den Kopf. Ich kann nicht glauben, dass ich in dieser Sekunde wirklich in Erwägung ziehe, mich in dieses furchtbare Teil zu zwängen, um zu Jakes Surfstunde zu gehen. Gut, was habe ich schon zu verlieren. Mich kennt hier eh keiner und wenn sie ein Problem mit meinem Körper haben, kann ich ja fast beruhigt darüber sein, dass ich wahrscheinlich eh die meiste Zeit vom Board ins Meer fallen werde und man meinen dramatischen Anblick nicht ertragen muss.

Mary sieht mir an, dass ich gerade dabei bin, Jake gewinnen zu lassen. »Kindchen, Jake ist ein super Lehrer und hat wirklich Geduld. Und vielleicht macht es dir ja auch Spaß? Niemand erwartet, dass du sofort perfekt auf dem Brett stehen wirst. Es ist noch kein Meister vom Himmel gefallen. Sieh es so: Du wirst ein wenig von deinen trüben Gedanken abgelenkt und außerdem tut Bewegung nach einem Tag am Laptop immer gut. So, und nun ab mit dir nach oben und rein ins Vergnügen!«

Ich schaue von Mary zu Bryan und wieder zurück. Hier ist wohl keine Unterstützung zu erwarten. Stattdessen grinsen beide mich fast anfeuernd an und so ergebe ich mich meinem Schicksal und stampfe hoch in mein Zimmer, um mich umzuziehen. Worauf habe ich mich hier bloß eingelassen? Das kriegt Jake zurück. Ich weiß zwar noch nicht, wie, aber gnade ihm Gott. Vielleicht trifft ihn zufällig unter Wasser mein Fuß am Schienbein oder ich wirble beim Runterfallen so heftig mit den Armen, dass ihn ein Kinnhaken erwischt. Oh Jake, wart's ab, dich kriege ich!

In meinem Zimmer ziehe ich mir den Neoprenanzug an und schaue in den großen Spiegel, der neben der Tür steht. Na ja, ein T-Shirt darüber zu ziehen, bringt jetzt auch nicht den erwünschten Erschlankungseffekt. Und wenn ich den Bauch einziehe, zumindest bis ich im Wasser bin, ist es vielleicht gar nicht sooo schlimm.

In Gedanken zähle ich die Schritte bis zum rettenden Nass. Pah, soll Jake eben sehen, dass er eine blöde Idee hatte. Jetzt ist's auch egal. Ich muss einsehen, dass es kein Entkommen gibt, denn zwischenzeitlich hat Bryan schon an die Zimmertür geklopft und gefragt, ob er mir helfen solle.

Als ich fünfzehn Minuten später die Treppe runterkomme, sitzen inzwischen auch MJ und Taylor in der Küche und pfeifen mir hinterher, als ich zähneknirschend an ihnen vorbeigehe.

»Scharfes Gerät, Louisa! Da wird Jake seinen Spaß haben. Heiz ihm mal richtig ein!«

Ich schüttle den Kopf und kann mir zugegebenermaßen ein Lachen kaum verkneifen. Dann trete ich durch die Tür ins Freie. Männer sind doch so was von blöd. Vor allem diese schnuckligen Surferexemplare in Marys Küche.

Ich muss nicht weit gehen, bis ich Jake am Strand erblicke. Er hat zwei Boards neben sich in den Sand gestellt und sitzt mit dem Rücken zu mir gewandt, den Blick aufs Meer gerichtet. Sein Haar ist feucht und er hat seinen Surfanzug tief auf seine Hüften runtergezogen. Da er mir seinen Rücken zugedreht hat, kann ich ihn zum ersten Mal in Ruhe betrachten. Jake ist ein wahnsinnig gut aussehender Mann und mein Körper scheint auf seine Nähe zu reagieren. Obwohl er noch ein paar Schritte von mir entfernt ist, spüre ich eine extreme Anziehungskraft von ihm ausgehen, die mich magisch zu ihm zieht. Jakes Rücken ist muskulös und breit, seine starken Schultern und Arme wie auch der Rest seines Körpers – zumindest soweit ich das sehe – braun gebrannt und zum Niederknien. Einige Tattoos zeichnen sich auf seiner Haut ab und ich ertappe mich bei dem Gedanken, dass ich diese gern aus der Nähe betrachten würde.

Ich stelle mich neben ihn und räuspere mich. »Willst du dann mit deinen magischen Fähigkeiten loslegen?«

Jake zuckt zusammen. Er hat mich wohl wirklich nicht gehört und scheint mit seinen Gedanken woanders gewesen zu sein. Sein Kopf schnellt zu mir herum. »Ach, Louisa, ich habe dich gar nicht kommen hören. Musst du dich so anschleichen?« Fast klingt es so, als sei er ein wenig sauer.

»Ich bin nicht geschlichen. Mein Stampfen durch den Sand hat mit Sicherheit kleine Seebeben verursacht. Das musst du doch gesehen haben, als du aufs Meer raus gestarrt hast. Hast du darauf gewartet, dass eine Meerjungfrau erscheint?«

Ich versuche, meine Unsicherheit zu überspielen und Jake von meinem Körper in dem eng anliegenden Neoprenanzug abzulenken.

»Die Seebeben kommen, wenn überhaupt, daher, dass die Meerjungmänner unter der Oberfläche versucht haben, ihre

Erregung aufgrund deiner Schwingungen in den Griff zu bekommen.«

»Welche Schwingungen?«

Jake grinst mich an und sein Blick bleibt genüsslich auf meinem Hinterteil hängen. Oh Gott, er starrt mir unverfroren auf den Po. Ich werde rot.

Er scheint dieses Spielchen zu genießen, denn sein Blick wandert weiter von meinem Hintern hoch über meinen Bauch zu meinen Brüsten. Als sein Blick meine Augen erreicht, schaut er mich durchdringend an. »Ich habe dir gesagt, dass du damit aufhören sollst.«

»Womit?«

»Dich ständig klein zu machen und selbst schlechtzureden.«

»Mache ich doch gar nicht!«

»Doch. Du hast vielleicht diesmal nicht den Bauch eingezogen, als ich dich angeschaut habe, aber du musst nicht versuchen, mit solchen Kommentaren deine Unsicherheit zu überspielen. Ich sage nur Seebeben. Das hast du nicht nötig.«

Ich schlucke und warte ab, bis Jake sich erhoben hat und sich den Sand vom Anzug klopft. Für eine Sekunde muss ich mich zusammenreißen, ihm nicht dabei zu helfen.

»Gut, Jake, wie du willst. Wie fangen wir denn nun an? Wann darf ich ins Wasser?«

»Ich weiß, dass du das am liebsten sofort möchtest, damit dich bloß nicht zu viele hier sehen, aber ins Wasser kommst du noch lange nicht. Wir fangen erst mal hier an Land mit dem Üben des Take offs an.«

»Mit dem was?« Warum kann er eigentlich meine Gedanken lesen?

»Mit dem Take off. Das ist mit das Wichtigste beim Wellenreiten. Kompliziert ausgedrückt beschreibt es den Vorgang, die Welle anzugleiten und auf das Surfboard zu springen.«

»Aha, und einfach ausgedrückt?«

»Wie schaffst du es, deinen auf dem Surfboard liegenden

Körper im Wasser in den Stand zu bekommen. Wie viele Liegestütze schaffst du?«

Ich bezweifele langsam, dass das hier eine gute Idee war.

»Ähm … einen? Vielleicht zwei?« Ich lasse meinen nackten Fuß durch den Sand gleiten und sehe verlegen nach unten.

»Mmh …« Jake schaut mich an und greift dann beherzt nach einem von den Surfboards, die immer noch neben uns im Sand stecken. »Dann wird das wohl ein etwas längeres Trockentraining.« Mit seinem Fuß zeichnet Jake eine Linie in den Sand, die die Mitte des Boards simulieren soll. »Los, leg dich auf die Linie«, fordert er mich auf.

»Geht das auch netter?« Ich stemme meine Hände in die Hüften.

»Louisa, zick nicht rum. Magst du deinen Astralkörper vielleicht auf die Linie betten?« Er grinst von einem Ohr zum anderen. Oh, er weiß genau, dass ich gerade überall sein möchte, nur nicht hier.

Ruhig erklärt Jake mir, dass ich mich auf die Linie legen soll, die Hände nah am Körper in Höhe der untersten Rippen aufsetzen muss. Dann muss ich mich wie beim Liegestütz in einem schnellen Ablauf hochstützen, dabei meinen Oberkörper mitdrehen, sodass die Endstellung der Schultern parallel zum Board ist.

Hilflos schaue ich Jake an. »Nee, ist klar. Wie?«

»Bleib ruhig, Louisa. Es ist kaum jemand hier, der uns beobachtet. Stell dich nicht dusseliger an, als du bist. Das klappt schon. Hoch mit dem Hintern!« Er zwinkert mir zu.

Auch eine halbe Stunde später ist mir der Bewegungsablauf noch nicht wirklich in Fleisch und Blut übergegangen. Ich bin vielleicht nicht ungelenkig, aber meine mangelnde Schnellkraft und Ausdauer in der Oberkörpermuskulatur machen mir einen Strich durch die Rechnung. Mit inzwischen hochrotem Kopf versuche ich immer und immer wieder, mit einer schnellen Sprungbewegung auf die Füße zu kommen, aber irgendwann verlässt mich meine Kraft und auch die Lust. Ich bemühe mich, meinen Frust nicht an Jake auszulassen, der ruhig neben mir steht, mir wieder und wieder hilft und mir gut zuredet. Ganz so leicht fällt es mir nicht, den Mund zu halten und nicht lauthals meinen Unmut kundzutun. Ich merke selbst, dass dieser blöde Take off um einiges leichter wäre, wenn ich ein bisschen trainiert wäre und nicht so ein Schlappschwanz. Dass ich zusätzlich ein paar Pfund mehr hochstemmen muss, tut sein Übriges.

»So, ich glaube, für heute reicht es mit dem Training. Hast du Lust, ein wenig rauszupaddeln?«

Dankbar schaue ich Jake an und nicke. »Gern. Wozu trage ich auch dieses sexy Teil hier, wenn ich es nicht einweihen darf?«

Jake grinst mich an und hilft mir auf die Beine. »Du willst mich ja nur hibbelig machen, wenn der Neo durchnässt auf deiner Haut klebt und sich an deinen Körper schmiegt.«

Bevor ich etwas sagen kann, ist Jake auch schon mit seinem Surfboard ins Wasser gelaufen und wartet dort auf mich. Ich schüttle mit dem Kopf, muss aber gleichzeitig alles daransetzen, mir das Grinsen zu verkneifen.

Dieser Mann …

Kurze Zeit später paddeln wir ruhig nebeneinander her und ich genieße es, das kühle Nass auf meiner Haut zu spüren. Dieses Mal mit Jake im Wasser ist so anders als unsere erste Begegnung. Ich weiß jetzt schon, dass ich morgen den schlimmsten Muskelkater meines Lebens haben werde, denn auch wenn ich das Paddeln genieße, ist es für so ein untrainiertes Wesen wie mich anstrengend. Während ich langsam neben Jake übers Wasser gleite, schaue ich immer wieder verstohlen zu ihm und genieße den Anblick seines muskulösen Körpers.

»Warum hast du dich gestern so schnell verabschiedet?«, frage ich auf einmal und wundere mich über mich selbst, dass ich so eine Frage einfach so stelle.

Für einen Moment paddelt Jake weiter neben mir her, stoppt dann ab und setzt sich auf sein Surfboard. »Dein Herz war nicht bei mir, Louisa, sondern du warst gedanklich bei einem anderen Mann. Du hast mich geküsst, um ihn für einen Moment zu vergessen. Ich bin niemand, den man für so was ausnutzt. Es ist okay, ich habe es verstanden und nehme es dir nicht übel, aber es wäre nicht richtig gewesen, die Situation auszunutzen. Ich wollte nicht, dass du dich heute Morgen schlecht fühlst.«

Ich sage gar nichts, schaue ihn nur an, wende irgendwann meinen Blick ab und lasse ihn in die Ferne schweifen. Hat Jake recht? Der Abend gestern hat mich aufgewühlt und als Brianna mich darauf angesprochen hat, warum ich hier bin, sind alle Erinnerungen an Nate, unsere letzte gemeinsame Nacht und der gefühlte Betrug wieder in mir hochgekommen.

»Wir sollten zurück zum Haus«, sagt Jake und dreht sein Surfboard so, dass es Richtung Strand zeigt. »Deine Trainingsstunde war anstrengend und du wirst froh sein, wenn du die Füße hochlegen kannst. Auch wenn es sich jetzt vielleicht noch nicht so anfühlt, dein Körper wird es dir heute Abend danken, wenn du ihm gleich Ruhe gönnst. Los, komm! Kannst du noch?«

Ich nicke.

Es dauert eine kleine Weile, bis wir wieder zum Strand zurückgepaddelt sind. Auch wenn ich merke, dass ich so viel Bewegung nicht gewohnt bin und mir jetzt schon die Kraft in den Armen und Beinen fehlt, bin ich ein wenig traurig, als wir aus dem Wasser steigen.

»Können wir vielleicht noch einen Moment hierbleiben?«, frage ich Jake und lege mein Board in den Sand. »Ich würde gern ein paar Minuten am Strand sitzen und aufs Meer schauen. Leistest du mir Gesellschaft?«

Ich schaue ihn erwartungsvoll an. Irgendwie will ich noch nicht zurück zum Haus und zu den anderen. Irgendwie möchte ich noch einen Moment mit Jake allein sein.

Er nickt, zieht sich langsam den Neoprenanzug aus und

steht Sekunden später nur noch in Boxershorts neben mir. »Siehst du einem Mann gern beim Ausziehen zu?« In seinen Augen liegt ein übermütiges Funkeln.

Ich werde rot. Schon wieder. »Ich dachte, du wolltest dir ein bisschen mehr Zeit beim Ausziehen lassen. Du gönnst einer Frau ja gar nichts!« Ich grinse frech und Jake schüttelt lachend den Kopf.

»Sosehr du dieses Spiel genießt, Louisa, du solltest deinen Anzug auch ausziehen. Hier im nassen Anzug zu sitzen, ist nicht das Wahre. Dafür ist es nicht mehr warm genug. Und außerdem hast du doch einen Bikini drunter. Zieh den Anzug aus und trockne dich mit einem von meinen Handtüchern ab. Wie ich sehe, hast du keins mitgebracht.«

Er wirft mir eins seiner großen Handtücher zu und stellt sich hinter mich.

»Was hast du vor?« Ich drehe meinen Kopf zu ihm.

»Dir aus dem Anzug helfen. Das ist nicht ganz leicht, wenn er so nass auf der Haut klebt.«

Dann spüre ich, wie er langsam meinen Reißverschluss herunterzieht, und vergesse zu atmen. Hoffentlich merkt er nicht, wie kribbelig seine Nähe mich macht.

»Du hast das heute gut gemacht«, sagt Jake leise, stellt sich vor mich und streicht mir eine nasse Haarsträhne aus der Stirn hinters Ohr. Ich vergesse nicht nur, zu atmen, sondern habe auch das Gefühl, als würde mein Herzschlag für einen Moment aussetzen.

»Mmmh, na ja … ich hab noch nicht mal den Take off anständig geschafft. Das war wirklich keine Meisterleistung.« Ich lasse den Kopf hängen, denn mir ist mein sportliches Versagen durchaus bewusst.

Jakes Hände legen sich auf meine Schultern. Wärme durchströmt mich.

»Aber du hast nicht aufgegeben und das finde ich absolut bemerkenswert. Alles andere kommt mit der Zeit. Mit ein bisschen Übung gelingt dir das demnächst spielend auch im Wasser.«

Jake hat es wirklich raus, mich aufzumuntern, und ich schaue ihn dankbar an, betrachte seine langen dunklen Wimpern, seinen Mehr-als-drei-Tage-Bart und seine Grübchen, die man immer zu Gesicht bekommt, wenn er lächelt. Leider tut er das viel zu selten. Warum eigentlich?

»Erzähl mir ein bisschen von dir, Jake«, sage ich und setze mich mit dem Handtuch um mich geschlungen in den Sand. Inzwischen ist es mir fast egal, dass ich hier nur im Bikini sitze. Na ja, das Handtuch bietet zumindest ein bisschen Schutz.

Jake lässt sich neben mich in den Sand sinken. »Was möchtest du denn wissen, Louisa?«

Ich mag es, dass er so häufig meinen Namen sagt. Irgendwie klingt er schön aus seinem Mund.

»Mmh, wo du herkommst, was dich nach Newquay führt. Was du eben erzählen magst.«

Erwartungsvoll schaue ich ihn an. Ich bin gespannt wie ein Flitzebogen, endlich mehr von diesem Mann zu erfahren, der mich gerettet hat, mich irgendwie fasziniert und von dem gleichzeitig eine gewisse Unnahbarkeit ausgeht.

»Eigentlich bin ich nur wegen Taylor und MJ hier«, beginnt Jake zu erzählen.

»Was heißt eigentlich?« Was er kann, kann ich schon lange.

»Ich kenne die beiden aus meiner Studentenzeit. Wir waren zusammen in einer Verbindung und während die zwei International Economics und Management studiert haben, habe ich English Language und Literature studiert. Also etwas völlig anderes. Aber wir kennen uns seit Beginn der Studienzeit und sind Freunde geblieben.«

»Wo habt ihr studiert?«

»Oxford.«

Ich muss schlucken und fühle mich für eine Sekunde unfassbar unintelligent. Ich habe zwar auch einen Master in Englischer Literatur, aber bei dem Wort Oxford zuckt man wohl doch automatisch zusammen, schließlich gehört die Universität zu den ältesten und renommiertesten der Welt.

»Nach dem Studium sind wir zusammen nach London gegangen. Während Taylor und MJ zusammen eine Firma gegründet haben, die inzwischen sehr erfolgreich ist, habe ich aus der Not heraus angefangen, für die *Times* zu arbeiten.«

Wenn ich könnte, würde ich noch tiefer in den Sand rutschen. Mich vielleicht sogar eingraben. »Aus der Not heraus?«, hake ich nach.

»Nun, mein Traum war es nicht, für die Zeitung zu arbeiten.«

»Aber die *Times* ist doch eine Wahnsinnsreferenz!«, platzt es aus mir heraus.

»Das ist richtig, doch ich bin von Haus aus kein Journalist.«

»Sondern?«

»Du lässt aber auch nicht locker, oder?«, fragt Jake mich, ohne zu mir rüberzuschauen, und ich kann beobachten, wie sein Blick sich wieder auf dem Meer verliert.

Ich schüttle demonstrativ den Kopf.

»Ich wollte immer als Autor arbeiten. Das habe ich auch eine ganze Weile gemacht. Auch noch, nachdem ich meine Frau kennengelernt habe und wir zusammengezogen sind. Für sie war das aber brotlose Kunst. Vor allem hat sie nie verstanden, wenn ich Phasen hatte, in denen mir die Kreativität fehlte und ich quasi in einer Schaffenskrise steckte, was ja mal vorkommen kann.«

Er schnaubt kaum hörbar. Ich bemerke zwar seine Frustration, meine Gedanken drehen sich aber nur um eine Sache.

Jake ist verheiratet? Ich habe gar keinen Ring an seiner Hand registriert. Auch wenn ich es nicht wahrhaben will, spüre ich einen Kloß im Hals.

»Ist deine Frau in London, während du hier bist?«

»Ich weiß nicht genau, wo meine Ex-Frau gerade ist«, antwortet Jake beinahe emotionslos.

Für eine Weile sitzen wir still nebeneinander. Mir ist durchaus aufgefallen, dass Jake sich bei meiner Frage versteift hat, aber ich traue mich nicht, weiter nachzufragen. Warum ist er nur wegen MJ und Taylor hier? Sein Blick ist aufs Meer gerichtet und ich sehe seinem Körper an, wie angespannt er ist.

Als ich meine Hand auf seinen Arm lege, zieht er ihn zurück und steht auf. »Wir sollten jetzt gehen«, sagt er. Mehr nicht.

Ich traue mich nicht, ihm zu widersprechen, und spüre, dass die unbeschwerten Momente der Surfstunde vorbei sind. Ich weiß, dass ich für den Moment nicht mehr von ihm erfahren werde, denn so verschlossen wie gerade habe ich ihn bisher nicht erlebt.

Ich nicke, packe meine Sachen zusammen und trage schweigend mein Surfboard neben ihm zurück zum Haus. »Ich gehe duschen«, sage ich zu ihm. »Sehen wir uns später noch?« Insgeheim hoffe ich, dass er Ja sagt.

»Na klar, Mary wird sicherlich Abendbrot für alle machen. Bis später, Louisa, leg dich noch ein wenig hin. Dein Tag war anstrengend.«

Jakes Laune scheint sich wieder gebessert zu haben und nachdem er mir mein Surfboard abgenommen hat, drückt er mich fest. »Gut gemacht, Seemonster!«

10

Nach dem Abendbrot sitze ich in Marys Küche vor meinem Laptop und grinse vor mich hin. Der nächste Artikel für *Louisas Welt* hat sich förmlich von selbst geschrieben. Ich berichte über meine erste Surfstunde, bedauere meine nichtvorhandene körperliche Fitness und bringe meinen Wunsch nach weniger körperbetonter Surfkluft für kurvenreiche Frauen zum Ausdruck.

Louisas Welt – Kapitel 2

Ready for Take off: Von Seebeben, Schwingungen und einer Surferbraut im Kurvenrausch

Eigentlich müsste ich den Artikel nur noch an Leah schicken, aber das würde bedeuten, dass ich mein E-Mail-Programm öffnen müsste. Wer weiß, was mich da erwartet. Wahrscheinlich fand Leah den ersten Artikel schrecklich und hat mich gefeuert. Und vielleicht ist auch wieder eine Mail von Nate dabei. Für einen Moment frage ich mich, was das Schlimmere von beidem sein könnte.

Oh, Louisa, typisch Verdrängung, was?

Da ewiges Grübeln und Wegschieben nichts bringt, öffne ich kurze Zeit später mein E-Mail-Postfach und warte darauf, dass das Chaos über mich hereinbricht. Neben der täglichen Werbung für Potenzmittel und Millionengewinne sind tatsächlich aber nur zwei weitere Mails in meinem Posteingang – beide sind von Leah. Ich klicke auf die erste mit dem Betreff *Knallerfrau.*

Louisa, grandioser Start. Wo hast du nur all die Zeit gesteckt? Ich hab's ja schon immer gewusst. Deine Kolumne startet in der nächsten Ausgabe! Dein Stil, dein Wortwitz. Ich bin begeistert und schon gespannt auf deinen nächsten Artikel. Ich kann es kaum abwarten. Sobald du ihn fertig hast, schick ihn mir. Umgehend! Louisas Welt bekommt ihren Platz in jeder Ausgabe, also her damit!

Erleichtert klicke ich auf *Antworten* und sende Leah meinen nächsten Artikel. Ein bisschen stolz bin ich ja schon auf mich. Und so langsam gewöhne ich mich auch an den Gedanken, dass andere Menschen von mir und meiner *Welt* lesen können. Aufregend! Da *Elements* wöchentlich erscheint, ist es nicht schlecht, einen kleinen Vorsprung bei den Artikeln auszubauen.

Ich atme tief durch und klicke auf Leahs zweite Mail. Untypisch für sie hat sie hier die Betreffzeile vergessen. Oha! Normalerweise fange ich mir immer böse Kommentare ein, wenn mir so etwas hin und wieder passiert, denn *der Mensch will wissen, worum es in der E-Mail geht.* O-Ton Leah. Diesmal scheint sie es mit ihrer Mail sehr eilig gehabt zu haben.

WER IST ES? OH MEIN GOTT, WER IST DAS SCHWEIN? DEN MACHE ICH FERTIG! DAS MACHT DER NICHT MIT MEINER FREUNDIN. KENNE ICH IHN? BIST DU DESWEGEN WEG?

-xo L.

Leah scheint nicht nur den Betreff vergessen, sondern auch die Capslock-Taste für sich entdeckt zu haben. Ich überlege für einen Moment, wie und ob ich antworten soll. Es brennt mir in den Fingern, einfach *Nate* zu tippen, aber was soll das bringen? Ich will nicht noch mehr Stress am Arbeitsplatz und vor allem will ich nicht, dass Leah so unfassbar von mir enttäuscht ist, dass sie womöglich nicht mehr mit mir redet. Und ich will eigentlich auch nicht mehr an Nate denken. Wenn ich ihr jetzt reinen Wein einschenke, beginnt das Drama erneut und nimmt vielleicht nicht einzuschätzende Ausmaße an. Das möchte ich nicht. Ich möchte meine Ruhe. Zumindest solange ich nicht in der Redaktion sein muss. Leider wird das schon früh genug wieder passieren.

Ich tippe also schnell ein paar Zeilen, um meine sich in Angriffsstellung befindende Freundin zu besänftigen.

Hey,

du kennst ihn nicht. Es geht mir gut, der Typ ist Geschichte. Kein Grund, sich Sorgen zu machen. Ich hoffe, der Artikel von heute gefällt dir. Diesmal gibt's was zu lachen. Ich lerne nämlich gerade Wellenreiten und stelle mich grandios trottelig an. Ein Glück, dass du noch keine Fotos für die Artikel gefordert hast … Untersteh dich! Danke für deine Unterstützung, aber du kannst die Krallen wieder einfahren und die Waffen wieder wegschließen. Ach ja … und schrei mich nicht so an. ;)

- Louisa

Ich glaube, das ist das erste Mal in den letzten Tagen, dass es mir wirklich gut geht. Also mental, so vom Kopf her … Körperlich ist das eine ganz andere Sache, denn ich merke, dass mir morgen der übelste Muskelkater meines Lebens drohen wird. Meine Arme fühlen sich ein wenig wie Pudding an und mein ganzer Rücken schreit jetzt schon nach einer heißen Wanne, Massage oder Wärmflasche. Vielleicht auch nach einer Kombination aus allem?

Ich greife mit meiner Hand in Richtung Schulter und beginne, sie und meinen Nacken zu massieren.

»Lass mich das machen.«

Plötzlich steht Jake hinter mir und legt seine Hände auf meine Schultern. Wo kommt der denn auf einmal her? Ich habe gar nicht gehört, dass er in die Küche gekommen ist. Schwer vorzustellen bei einem fast zwei Meter Hünen.

»Hast du nicht noch heute mit mir gemeckert, dass ich mich immer anschleiche? Du kannst das mindestens genauso gut.« Ich blicke vorwurfsvoll zu ihm. Natürlich habe ich mich ein bisschen erschreckt.

»Ich habe Hallo gesagt, aber du warst so sehr in deine Arbeit vertieft, dass du mich nicht gehört hast. Was machst du? Schreibst du wieder?«

Wieder dieses Interesse an mir und an dem, was ich tue. Wie gut sich so etwas anfühlen kann.

Mit Jake hinter mir scheint die Küche innerhalb von Sekunden kleiner geworden zu sein. Er ist einfach ein Riese. Na ja, vielleicht habe ich auch nur das Gefühl, dass es gerade nur ihn und mich gibt und alles andere um uns herum ein wenig verschwommen und unwichtig ist?

Himmel, Louisa, was ist los mit dir?

Jake beginnt, langsam meinen Nacken zu massieren, und ich schließe die Augen. »Mmmhmm«, gebe ich verräterisch von mir und genieße die kreisenden Bewegungen seiner Finger. »Ich habe meinen nächsten Artikel geschrieben.«

Hoffentlich hört er damit nicht so schnell auf …

»Geht es wieder um Dating-Apps?«, will Jake wissen, während seine Finger sanft über meinen Nacken streichen.

»Nein.« Seinen Kommentar von gestern Abend habe ich noch nicht vergessen. »Diesmal geht es um mich und mein

Talent, Seebeben durch meine neue Variante des Take offs zu erzeugen.«

Jake hält inne und plötzlich ist sein Mund ganz nah an meinem Ohr.

Atmen, Louisa, ATMEN!

»Louisa, fang nicht wieder an, dich niederzumachen! Du hast das fürs erste Mal wirklich gut gemacht und solltest du in deinem Artikel auch etwas zu deinem Trainingsoutfit geschrieben haben, so hoffe ich, dass du darüber berichtet hast, wie unfassbar sexy du darin aussahst.« Seine Stimme ist eine Mischung aus Rauheit, unfassbarer Männlichkeit und purem Sex.

Für einen langen Augenblick herrscht völlige Stille in der Küche, die Luft ist wie elektrisch geladen und ich nehme nur unser beider Atem wahr, während er mich weiter sanft, aber mit der richtigen Intensität massiert.

Ich wünschte, mir würde etwas Spritziges als Antwort einfallen, stattdessen sage ich nur: »Ähm, vielleicht?!«

Aus dem Augenwinkel sehe ich, wie Jakes Augen funkeln. »Louisa, du bist völlig verspannt. Mach dich locker!«

Leichter gesagt als getan. Wie soll ich das bitte schön nach so einem Satz machen?

Jake konzentriert sich weiter auf meinen Nacken und noch immer traue ich mich nicht, auch nur ein weiteres Wort zu sagen. Was sagt man auch zu so einem Satz? Ich und sexy? Im Neoprenanzug? Meint der das ernst? Ich überlege kurz, ob ich ihn bei meinen unwirschen Versuchen mit dem Surfbrett mit ebendiesem heftig am Kopf getroffen habe, was diese verwirrenden Äußerungen seinerseits erklären könnte.

Dann beginnt seine Hand, meine Wirbelsäule runterzugleiten, und mein Gehirn setzt vollständig aus. Seine Hand beschreibt kleine Kreise und fühlt sich unfassbar gut auf meinem Rücken an. Obwohl ich ein T-Shirt trage, habe ich das Gefühl, seine Finger würden sich in meine Haut brennen. Ab und zu werden die Kreise größer und Jakes Hand wandert weiter meinen Rücken hinab. Ich lehne mich ein Stück zurück und spüre, wie sich mein Rücken an seine Brust drückt.

»Das tut gut, Jake«, sage ich und atme seinen männlichen Duft ein.

Jake hält inne und für einen Moment spüre ich, wie sich sein Brustkorb hinter mir gleichmäßig hebt und senkt. Überlegt er, was er sagen soll? Was er machen soll? Ist es ihm unangenehm, mich so nah an sich zu spüren? Herrgott, Jake, tu was! Notfalls habe ich gerade eine ganze Sammlung an Ideen!

»Ich weiß«, sagt Jake dann und tritt einen Schritt zurück. »Du solltest dir ein Bad einlassen, bevor du schlafen gehst, sonst kannst du dich morgen gar nicht bewegen. Weißt du was? Ich mache das schnell für dich, dann kannst du dich schon mal fertig machen und deine Sachen zusammenpacken.«

Ich kann gar nicht so schnell etwas sagen, wie Jake seine Hände von meinem Rücken genommen hat und sich auf den Weg in Richtung Bad macht.

Was war das denn jetzt? Nahezu unbefriedigt bleibe ich allein in der Küche sitzen. Schlagartig merke ich, wie kühl es im Raum ist. Dieser Mann ist doch wirklich nicht einzuschätzen. Sein Fluchtreflex bei körperlicher Nähe scheint auf jeden Fall mehr als ausgeprägt. Zumindest wenn es um meine körperliche Nähe geht.

Ich bleibe noch einen Moment sitzen, um mich zu sammeln, klappe dann meinen Laptop zu und stiefle ein wenig frustriert die Treppe hoch zu meinem Zimmer. Dann nehme ich halt ein verdammtes Bad, wenn der Herr das will.

Ich höre, wie Jake in meinem Badezimmer Wasser in die Wanne laufen lässt. Als ich meinen Kopf durch die Tür strecke, fügt er gerade herrlich duftenden Badezusatz ins Wasser hinzu. Im ganzen Bad macht sich ein angenehmer Lavendelduft breit. Jake hat die Ärmel seines T-Shirts weit hochgekrempelt und ich sehe seine muskulösen Arme, die den Schaum im Wasser verteilen. Für einen Moment möchte ich am liebsten ins Badezimmer stürmen, ihn ins Wasser schubsen und mich direkt hinterherschmeißen. Natürlich besinne ich mich, das Leben meiner Mitmenschen liegt mir selbstverständlich am Herzen und ich will nicht, dass ich Jake mit so viel Körpereinsatz erdrücke beziehungsweise ertränke.

Ich lehne mich in den Türrahmen und schaue ihm einen Moment zu, bevor ich mich leise räuspere. »Du machst es uns aber gemütlich.«

Mein Blick ist fest auf Jake gerichtet und ich bemühe mich, sexy zu klingen. Ha, mal schauen, was er dazu sagt.

»Uns? Louisa, nur weil du ein paar Pfund mehr drauf hast, musst du doch nicht gleich in der Mehrzahl von dir sprechen. Oder zählst du jede deiner wunderbaren Kurven einzeln?«

Bähm, sprachlos, Treffer, versenkt.

»Ähm«, stammle ich vor mich hin und scheine sämtliche Sprachkompetenz verloren zu haben.

Jake grinst mich frech an und schnippst mir ein wenig Schaum entgegen. »Seemonsterlein, mach den Mund zu, zieh dich aus und schwing deine sexy Kurven ins Wasser. Deine Muskeln brauchen ein wenig Wärme, sonst killt dich dein Körper morgen. Soll ich dir beim Ausziehen helfen?«

Wie hat der Kerl es geschafft, dass ich hier mit offenem Mund und Schamesröte auf den Wangen stehe und nicht weiß, was ich sagen soll? Wollte ich doch ach so spritzig mit meinem Kommentar sein. Wer rechnet denn mit so einer Antwort?

»Das schaffe ich schon allein«, stammle ich immer noch und schiebe mich an Jake vorbei neben die Badewanne. »Wenn du jetzt gehen würdest? Ich habe alles, was ich brauche.«

»Aber natürlich, Louisa. Ruf einfach, wenn du mit dem Hintern nicht mehr aus der Wanne kommst.«

»Geht's noch? So fett ist mein Hintern auch nicht!«

Entrüstet schaue ich Jake an. Hat der sie noch alle? Erst

sexy und jetzt soll ich wegen meines Hinterns in der Wanne stecken bleiben?

»Entspann dich, Louisa. Ich meine, weil du k. o. vom Surfen bist und es sein kann, dass dir nachher die Kraft fehlt. Sei nicht immer so verdammt empfindlich. Meine Güte! Das hält ja so kein Kerl mit dir aus.«

Tränen treten in meine Augen und ich wische sie schnell weg. »Kann schon sein«, sage ich knapp und schiebe Jake ohne ein weiteres Wort in Richtung Tür.

»Louisa, ich wollte dich nicht kränken. Es tut …«

»Schon gut«, falle ich ihm ins Wort. »Ich komme schon klar und brauche niemanden.«

Ich drücke die Tür hinter Jake zu und stehe allein im Badezimmer. Bin ich wirklich so unmöglich, dass man es nicht mit mir aushält? Ist das der Grund, warum Nate sich andere Frauen sucht? In Gedanken gehe ich die vergangenen Wochen und Monate durch und kann mich an keine Situation erinnern, in der ich Nate genervt haben könnte. Eigentlich haben wir nie gestritten oder heftig miteinander diskutiert. Na ja, wenn man nur Sex hat, kommt das Reden häufig zu kurz.

Je mehr ich über die gemeinsame Zeit mit Nate nachdenke, desto mehr wird mir bewusst, wie wenig wir zusammen unternommen haben. Meist haben wir uns bei mir getroffen. Warum ist mir das nicht vorher aufgefallen?

Noch einen kurzen Moment höre ich Jake, der weiter vor der Badezimmertür steht, doch dann entfernen sich seine Schritte und es wird still.

Ich streife meine Klamotten ab, lege sie auf den Stuhl neben der Wanne und lasse mich ins Wasser gleiten. Die Wärme fühlt sich einfach wunderbar an und es tut gut, sich in den duftenden Schaum sinken zu lassen. Nach einer Weile spüre ich, wie meine Muskeln sich entspannen. Eine kleine Weile später hören auch meine Gedanken auf, so schnell zu rasen, und ich schließe die Augen und atme ruhig und gleichmäßig. Fast gelingt es mir, mich vollständig treiben zu lassen.

Jake hat mich mit seinem letzten Satz verletzt und ich weiß nicht, ob er nicht doch recht hat mit dem, was er gesagt hat. Vielleicht hält es ja wirklich kein Mann bei mir aus. Meine Gedanken nehmen wieder Fahrt auf, sind bei Nate, bei Jake und wieder bei Nate. Ich habe wirklich gedacht, dass das mit Nate etwas Ernstes werden könnte, er sich für mich entscheidet. Nie im Leben habe ich damit gerechnet, dass er mich so verletzen könnte. Pah, Männer und ihr Jäger-und-Sammler-Gen. Für mich war das mehr als Sex, mehr als eine Affäre. Aber scheinbar ging es Nate nur um die schnelle Befriedigung, das Abenteuer. Je mehr ich darüber nachdenke, desto klarer werden die Dinge für mich. Ich war für Nate nichts Besonderes und jederzeit ersetzbar. Mir wird kalt, als mir bewusst wird, wie schrecklich naiv ich war.

Weil ich das Bad nun nicht mehr richtig genießen kann, wasche ich mir die Haare und steige aus der Wanne. Gott sei Dank war Jake so nett und hat mir ein Handtuch bereitgelegt, sonst hätte ich nackt in mein Zimmer schlüpfen müssen. Und wer weiß, wer mir auf dem Weg dorthin begegnet wäre.

So schlinge ich mir das Handtuch um meinen Körper und stecke es mir oberhalb meines Busens fest, bevor ich aus dem Badezimmer in mein Zimmer gehe. Ein Gutes hat es ja, wenn man nicht gerade wenig Vorbau hat – das Handtuch rutscht definitiv nicht so schnell.

In meinem Zimmer angekommen, setze ich mich auf die Bettkante und fahre mir frustriert durch die nassen Haare. Jakes Worte klingen mir immer noch im Kopf nach und ich kann nicht verstehen, wie er annehmen kann, dass ich so ein unmöglicher Mensch bin, bei dem es niemand aushält. Er kennt mich überhaupt nicht und da ich Seemonster, wie er mich immer noch nennt, ihm ja scheinbar recht egal bin, kann ich ihn auch direkt konfrontieren und ihm ins Gesicht sagen, was ich von seinem dämlichen Kommentar halte. Und er soll gar nicht meinen, seine *Deine sexy Kurven*–Sprüche würden es wiedergutmachen.

Ich ziehe mir mein Handtuch enger um den Körper und

stecke es erneut an meiner Brust fest. Anschließend gehe ich über den Flur zu seinem Zimmer. Unter der Tür hindurch sehe ich einen Lichtschein hervorblitzen. Jake scheint noch wach zu sein. Prima, dann muss ich ihn nicht aus seinem Dornröschenschlaf wecken, wo er wahrscheinlich von braun gebrannten Surfbabes träumt, die ihm lasziv von ihren ach so tollen Surfbrettern mit ihrem Bikinioberteil zuwinken. Natürlich nachdem sie den perfekten Take off hingelegt haben.

Ich klopfe leise an Jakes Tür und öffne sie, ohne auf ein Herein zu warten. Insgeheim hoffe ich, dass Jake schläft, aber er liegt in Boxershorts und T-Shirt auf dem Bett und scheint in ein Buch versunken. Ich kann sehen, wie ein überraschter Ausdruck in seine Augen tritt, als er mich im Türrahmen entdeckt.

»Louisa, ist alles in Ordnung?« Jake lässt sein Buch sinken und setzt sich auf.

Ohne ein Wort zu sagen, trete ich an das Ende seines Bettes und setze mich auf die Bettkante. Jakes Augen verfolgen jede meiner Bewegungen aufmerksam. Er scheint zu versuchen, sich einen Reim auf meinen plötzlichen Besuch in seinem Zimmer zu machen. Neben dem Erstaunen in seinem Blick kann ich einen Hauch von Besorgnis entdecken.

»Jake, bin ich wirklich so schlimm, dass mich niemand ertragen kann?«

Nachdem die Frage raus ist, halte ich die Luft an. Hat ja super geklappt mit meinem Plan, ihn zurechtzuweisen.

Obwohl ich mir vorgenommen hatte, ihm fest in die Augen zu schauen, senke ich meinen Blick, blinzle die Unsicherheit weg und lasse meine Schultern sinken. Von meinem ach so selbstbewussten Plan ist nichts mehr vorhanden, denn auch wenn ich es mir erst nicht eingestehen wollte, kostet es mich eine unfassbare Überwindung, die Worte laut auszusprechen, und ich bin mir im nächsten Moment nicht sicher, ob es nicht ein riesiger Fehler war, zu ihm zu gehen. Was, wenn er Ja sagt?

Jake sagt kein Wort und ich spüre nur seinen Blick, der seit dem Moment, in dem ich sein Zimmer betreten habe, auf mich gerichtet ist und jede meiner Bewegungen verfolgt. Ich traue mich nicht, aufzublicken, und schaue daher unsicher auf meine Hände, die in meinem Schoß liegen.

Ich spüre, wie Jake sich erhebt und neben mir Platz nimmt. »Louisa, schau mich an.«

Seine linke Hand legt sich unter mein Kinn und er zwingt mich, ihn anzusehen. Ich versuche, den Kloß im Hals hinunterzuschlucken, und blicke durch einen Tränenschleier in seine Augen. Seine schönen, funkelnden Augen. Er schaut auf meine Lippen, wischt mir mit seinem Daumen eine Träne von der Wange und blickt mir danach wieder direkt in die Augen.

»Ich weiß nicht, wer dir vermittelt hat, nichts oder nur wenig wert zu sein, wer dich an dir hat zweifeln lassen und wer dir das Gefühl gegeben hat, nicht schön und begehrenswert zu sein. Seit ich dich völlig durchnässt am Strand habe sitzen sehen, nachdem ich dich aus dem Wasser gezogen habe, will ich nichts mehr, als dir nah zu sein und dir zu zeigen, wie bezaubernd und unfassbar sexy du bist.«

Das Funkeln in Jakes Augen zieht mich in seinen Bann und als seine Hand über mein Haar und meine Wangen streicht und anschließend meinen Kopf zu sich zieht, vergesse ich für einen Moment zu atmen und warum ich hier bin. Wieder fährt sein Daumen über meine Lippen. Gott, dieser Mann ist so verboten sexy.

Als unsere Lippen sich treffen, durchfährt mich ein sanfter Schauer. Seine Zunge streift über meine Lippen und findet ihren Weg in meinen Mund. Unsere Zungen beginnen einen hungrigen Tanz und ich stöhne leise in seinen Mund. Jake legt seine Hand auf meine Hüfte und zieht mich näher an sich. Sein Geschmack, sein Geruch, seine Nähe … ich spüre, dass seine Berührungen mich entflammen wie Feuer trockenes Holz.

Ein Tropfen löst sich aus meinen nassen Haaren und läuft über meine Schulter. Jakes Finger folgt der Spur, hinunter über meine Schulter, hinunter zum Handtuch, das ich immer noch eng um mich geschlungen habe. Sein Finger hält inne und er schaut mir fest in die Augen. Mit nur einem Griff löst er das Handtuch, das mir sofort herunterrutscht und den Blick auf meine vollen Brüste freigibt. Und nicht nur das. Ich sitze nackt vor ihm, denn in der Eile habe ich nicht einmal eine Panty angezogen. Ich höre, wie Jake den Atem scharf einzieht. Wieder beugt er sich zu mir herab und seine Lippen streifen meine, küssen sie verführerisch, fordernd. Meine Zunge sucht nach seiner. Ein angenehmes Gefühl breitet sich in meiner Magengegend aus. Sind das etwa Schmetterlinge?

Unser Kuss ist sanft, doch dann erwidert Jake ihn plötzlich mit einer unfassbaren Leidenschaft, die meine Sinne benebelt. Ich spüre seine Hand in meinem Nacken, wie sie mich noch näher an sich zieht. Mein nackter Oberkörper berührt seine Brust und ich bin mir sicher, dass er meine aufgerichteten Spitzen durch den dünnen Stoff seines weißen T-Shirts spüren kann.

»Du bist so sinnlich, Louisa«, sagt er und streift mit der Hand über meinen Busen. Meine Hände legen sich auf seine Brust und ich spüre kräftige, feste Muskeln. Meine Finger wandern unter sein T-Shirt und ich halte einen Moment inne, weil mein Verlangen nach ihm mich berauscht. Mit behutsamen Berührungen malt er kleine Kreise auf meine empfindliche Haut, immer wieder berührt er dabei wie zufällig meine Brust. Ich genieße, was er mit meinem Körper anstellt, und als er meine Brustwarze vorsichtig zwischen die Zähne nimmt, entweicht mir ein leises Stöhnen.

Jake legt mich sanft nach hinten auf sein Bett, wickelt sich eine meiner langen braunen Haarsträhnen um den Finger und schaut an meinem Körper entlang hinab. »Entspann dich, Baby, und lass dich fallen«, flüstert er und nimmt wieder meinen Nippel in den Mund, saugt an ihm und liebkost ihn mit seiner Zunge.

Und ich versuche es, biege ihm meinen Körper entgegen und fasse in seine Haare, ziehe ihn näher zu mir. Er löst sich ein Stückchen von mir und wieder wandert sein brennender Blick über meinen Körper. Mir ist völlig bewusst, dass ich nackt vor ihm liege, und es ist mir egal. Seine Lippen finden meine und wieder küssen wir uns. Immer fordernder werden unsere Küsse, sein Bein schiebt sich zwischen meine Schenkel und er drückt seine Hüften auf meine. Oh Gott, ich spüre seine Männlichkeit auf meiner Haut und wünsche mir für einen Moment, dass kein Stoff mehr zwischen uns ist. Nur nackte Haut – seine nackte Haut auf meiner. Ich schlinge mein Bein um seine Hüften und versuche, ihn noch fester an mich zu ziehen. Seine Hand wandert in meine Kniekehle und er erhöht den Druck, presst seinen Unterleib immer wieder gegen meinen. Für einen Moment lässt Jake mich los, setzt sich auf und zieht sich sein T-Shirt und seine Shorts aus. Seine Augen sind auf meine fixiert und als ich nach ihm greife und ihn wieder zu mir ziehe, sehe ich das Lodern in ihnen. Als seine Hände über meinen Bauch streichen, ist für einen Moment die Unsicherheit wieder da und ich versteife mich ein wenig.

»Schhh, du sollst dich fallen lassen, Louisa.«

Jakes Lippen fahren den Weg seiner Hände nach und wieder drückt er mit seinem Knie meine Beine weit auseinander. Als seine Finger über meinen Venushügel wandern, keuche ich auf und dränge mich seiner Hand entgegen.

»Hör nicht auf, Jake …«, stöhne ich und bin von meiner eigenen Lust überrascht, die sich so anders anfühlt als bei Nate.

Jake rutscht weiter zwischen meine Beine, senkt seinen Kopf und ich kann seinen warmen Atem auf mir spüren.

»Jake«, stöhne ich wieder. »Was tust du da?«

Ich spüre, wie er lacht und seinen Kopf ein Stück zwischen meinen Beinen anhebt. »Soll ich aufhören?«

»Oh Gott, nein!«, kann ich nur von mir geben und schon drücke ich seinen Kopf wieder zwischen meine Beine. Als sich sein Mund erneut um meine empfindlichste Stelle schließt, merke ich, wie sich langsam ein Orgasmus in mir aufbaut. Ich drücke ihm mein Becken weiter entgegen und auf einmal löst er sich mit einem Ruck von mir.

Oh nein, habe ich etwas falsch gemacht? Bin ich ihm doch zu viel?

»Jake … ich wollte nicht … ich …«, stammle ich und setze mich ebenfalls auf.

»Pssst, alles in Ordnung«, beruhigt Jake mich und seine Lippen suchen meinen Mund. Dann beugt er sich über mich und greift in seinen Nachttisch. Was hat er vor?

Aus der Schublade zieht Jake ein Kondom. »Bist du dir sicher?« Er schaut in meine Augen. »Ich will dich zu nichts drängen!«

Ich nicke heftig und ziehe ihn wieder zu mir, mir meiner inzwischen schmerzhaft pochenden Mitte bewusst. »Jake, du bist so groß, ich weiß nicht, ob …«, beginne ich, gegen seinen Hals zu stöhnen, doch da spüre ich schon, wie sein Daumen sich auf meine Knospe legt und beginnt, sie zu massieren. »Oh Jake!«

Ich lasse mich tiefer ins Laken sinken. Plötzlich spüre ich seine Finger in mir, spüre, wie er beginnt, sie vor und zurück zu bewegen. Dann überrollt mich beinahe ohne Vorwarnung ein heftiger Orgasmus und ich verliere für einen Moment die Kontrolle über Raum und Zeit.

Während die Welle meines Orgasmus noch nicht ganz abgeklungen ist, streift Jake sich das Kondom über, zieht meine Beine hoch und legt sie über seine Schultern. Mit einem kräftigen Stoß dringt er in mich ein und füllt mich im nächsten Moment vollkommen aus.

Mir entfährt ein Schrei, als mein Körper versucht, sich seinem großen Schwanz anzupassen. Er dehnt mich aus und für einen Moment ist es unangenehm. Jake hält sofort inne und zieht sich ein Stück aus mir zurück. »Scheiße, Louisa, es tut mir leid, ich wollte dir nicht wehtun!«

»Schhh, mach langsam weiter, aber hör jetzt bloß nicht auf!«

Ich ziehe ihn wieder näher zu mir und Jake deutet mein

Zeichen richtig. Vorsichtig beginnt er, sich erneut ruhig in mir zu bewegen. Ich spüre, wie ich entspanne und mein Körper erneut auf diese elektrisierende Reibung reagiert.

Ich stütze mich auf meine Ellenbogen und schaue Jake in die Augen. Auf seiner Stirn haben sich kleine Schweißperlen gebildet und ich sehe, dass ein Schweißfilm seinen Körper benetzt. Für einen Moment schauen wir uns in die Augen. Der Sex ist heiß und ich kann mich nicht erinnern, jemals so intensiven Sex beim ersten Mal mit einem Mann gehabt zu haben. Jake weiß genau, was er will und was er tun muss, um mich in Ekstase zu versetzen. Und das macht mich wahnsinnig an.

»Fuck, Louisa, du bist unfassbar! Ich weiß gar nicht, was du mit mir machst.«

Er gleitet aus mir heraus, streichelt über meine Beine und dreht mich dann so, dass ich vor ihm knie. Für einen Augenblick überlege ich, ob es mir peinlich sein sollte, wenn Jake den vollen Ausblick auf mein Prachtstück bekommt, aber die Lust übermannt mich und ich genieße den Moment, als Jake sich wieder in mich schiebt.

»Louisa, ich kann nicht mehr lange, Baby!«

Von seiner Leidenschaft übermannt, beginnt Jake, immer schneller und heftiger in mich zu stoßen, und ich spüre, wie der immer schneller werdende Rhythmus neue Beben in mir auslöst.

»Dann komm für mich«, stöhne ich ihm entgegen, während mein gesamter Unterleib sich zusammenzieht und ich von einem erneuten Orgasmus überrollt werde.

Das schickt Jake über die Klippe. Mit einem lauten Stöhnen kommt er und ich spüre, wie sein Schwanz in mir pulsiert und kräftig zuckt.

Noch während die Beben meines Orgasmus abklingen, zieht Jake sich aus mir zurück und steht auf. Binnen Sekunden bin ich wie nüchtern und sämtliche elektrisierende Spannung ist aus mir gewichen. Was ist das denn jetzt? Ich bin in absoluter Alarmbereitschaft.

Auch wenn ich alles daransetze, ich kann nicht verhindern, dass vor meinem inneren Auge ein Déjà-vu abläuft. Ich glaube, ich bin im falschen Film. Das darf nicht wahr sein. Jake geht ins Bad und lässt mich im Bett zurück. Ich mache mich auf das gefasst, was kommen wird. Kommt jetzt Jakes Version von Nates *Du bist toll, aber ich kann das nicht*–Spruch? Zumindest beweist er mir wieder seinen ausgeprägten Fluchtinstinkt, was mich betrifft. Wie hat er sich ausgedrückt? Seit er mich das erste Mal gesehen hat, will er mir nah sein? Na, das Vergnügen hatte er ja nun. Ich bin auch wirklich blöd, dass ich wieder auf so etwas reinfalle. Es geht ihm um Sex, nicht mehr. Nicht, dass ich schon den Gang zum Altar geplant habe, aber ist es zu viel verlangt, nach dem Sex nicht sofort das Weite zu suchen? Scheinbar scheint das jetzt die neue Mode bei den Herren zu sein.

Während Jake noch im Bad ist, springe ich aus dem Bett und habe das dringende Verlangen, mich wieder fest in mein Handtuch zu hüllen, das am Fußende des Bettes auf dem Boden liegt. Nichts wie raus hier.

Ich wickle mir das Handtuch um den Körper und gerade als ich zur Tür gehen will, kommt Jake aus dem Badezimmer. Er ist immer noch nackt und der Blick auf seinen durchtrainierten Körper versetzt mir einen Stich ins Herz und schickt gleichzeitig eine neue Welle der Erregung durch meinen Körper.

»Wo willst du hin, Louisa? Ist alles okay?« Jake schaut mich irritiert an. Zumindest scheint es so.

»Ich gehe, wir hatten ja unseren Spaß. Ich bin müde, und wie hast du es heute Nachmittag so schön gesagt? Mein Körper wird es mir danken, wenn ich ihm Ruhe gönne. Und das mache ich jetzt. Gute Nacht, Jake.«

11

Ich werde wach, als es an meine Zimmertür klopft. Noch etwas verschlafen drehe ich mich in meinem Bett um und muss erst mal meine Knochen sortieren. Aua! Obwohl ich es schon geahnt hatte, mein Muskelkater ist von einem anderen Stern und wahrscheinlich hat der Sex gestern Nacht sein Übriges getan, sodass ich mich heute kaum bewegen werde.

»Herein?« Verschlafen reibe ich mir die Augen.

Mary streckt den Kopf zur Tür herein und mit ihr kommt der Duft frischen Kaffees in mein Zimmer. »Liebes, ich wollte mal sehen, ob du noch lebst. Wir haben bereits elf Uhr und so langsam hatte ich Angst, dass du dich vor lauter Muskelkater nicht aus dem Bett bewegen kannst und Hilfe brauchst. Ist alles in Ordnung mit dir?«

Sie kommt rein und stellt die Tasse Kaffee auf meinen Nachttisch.

»Elf Uhr?!« Ich fahre im Bett hoch und merke sofort, dass das nicht die beste Idee war. Meine Beine, mein Bauch, mein Po … Oh Gott, da habe ich überall Muskeln? Ich bemühe mich, mein Gesicht nicht allzu sehr zu verziehen. Ist ja schon etwas peinlich, sich als völlig untrainiert und so was von nicht fit zu outen.

»Da war wohl einer recht k. o. nach dem gestrigen Tag.

Frische Seeluft und Bewegung machen müde, wenn man das nicht gewohnt ist. Ist doch nicht schlimm. Ich habe mir nur ein wenig Sorgen gemacht. Möchtest du runterkommen und etwas essen oder noch ein wenig weiterschlafen? Ich wollte nachher ein paar Besorgungen machen. Mit dem anstehenden Surfcup kommen auch ein paar zusätzliche Gäste und ich wollte ein paar Blumen und Kleinkram kaufen. Den Großteil bekomme ich ja Gott sei Dank geliefert. Vielleicht möchtest du mitkommen? Dann zeige ich dir Newquay ein bisschen. Wir fahren zum Leuchtturm raus, zum Hafen und trinken später einen Kaffee zusammen. Was hältst du davon? Du kannst natürlich auch die nächste Surfstunde mit Jake nehmen, wenn dir das lieber ist.« Mary grinst mich verschmitzt an.

»Nein danke! Aber ich komme gern mit dir mit. Ich kenne Newquay noch nicht. Na ja, bis auf den Strand.«

Ich schwinge möglichst galant beide Beine aus dem Bett und mache eine kurze Bewegungspause auf der Bettkante. So muss es sich anfühlen, alt zu sein. Ich sehe das Bild meines Zukunfts-Ichs vor meinem inneren Auge.

»Ja, Newquay ist wirklich traumhaft. Nimm deine Kamera mit, dann kannst du ein paar Erinnerungen einfangen.«

»Ich habe meine Kamera nicht mit, Mary«, antworte ich ihr und drücke mich von der Bettkante ab. Es ist ja nicht so, dass ich an Urlaub gedacht habe, als ich panisch von zu Hause abgehauen bin.

»Ihr jungen Leute habt doch heutzutage alle neumodische Handys, die gute Fotos machen. Dann nimm das einfach mit.«

Mary beobachtet mich schmunzelnd bei meinen theatralischen Versuchen, mich ohne schmerzerfülltes Gesicht gerade aufzurichten. Eigentlich habe ich keine Lust, mein Handy anzumachen, aber da ich eh schon regen E-Mail-Verkehr mit Leah und meinen Eltern geführt habe, macht das jetzt auch nichts mehr. Selbst wenn Nate mir Nachrichten hinterlassen hat und das Display zig verpasste Anrufe anzeigen sollte, die sind ja mit wenigen Wischs gelöscht.

»Okay, Mary, also das Handy«, nicke ich ihr zu und schaue ihr lächelnd hinterher, als sie mein Zimmer verlässt.

Mary ist eine tolle Frau, die so viel Herzenswärme ausstrahlt, dass ich mich auf den Tag mit ihr wirklich freue. Und außerdem – ein Tag nicht in der Nähe von Jake ist ein toller Tag. Ihm jetzt zu begegnen, wäre wohl alles andere als angenehm. Wobei, so cool wie er ist, bin ich schon lange.

Ein bisschen stolz bin ich auf meinen spontanen Rückzug gestern Abend schon. Jake hat zumindest nicht schlecht aus der Wäsche geschaut, als ich nach dem Sex so schnell sein Zimmer verlassen habe. Na ja, was heißt Wäsche … er war nackt … Oh, und was sah er gut aus.

Ich verdränge den kleinen Stich in meinem Herzen, mache mich schnell fertig und laufe dann, so zügig mein Muskelkater es zulässt, die Treppe runter zu Mary in die Küche. Mein Handy hat zwar ein paar Nachrichten von Nate angezeigt, aber die sind so schnell gelöscht wie die E-Mail, die ich von ihm bekommen habe. Was ich nicht weiß, macht mich nicht heiß, oder wie heißt das noch gleich? Ich habe keine Lust auf eine *Es tut mir so leid*-WhatsApp-Nachricht. Die kann er sich sparen. Mir tut es leid, dass ich mich auf ihn eingelassen habe. Das wird mir von Tag zu Tag klarer.

Wenig später sitze ich neben Mary in ihrem Range Rover und fahre mit ihr die paar Meilen von ihrem zauberhaften B&B in die Stadt. Mit weniger als zwanzigtausend Einwohnern ist Newquay im Vergleich zu London eine Oase der Ruhe und Entspannung. Hier wirkt alles viel stiller und bescheidener und das ist es auch, was mich sofort an diesem Ort verzaubert hat.

Für diese Jahreszeit ist es herrlich warm und wir haben die Fensterscheiben runtergekurbelt. Ewig kann ich nicht auf diesem wunderbaren Fleckchen Erde bleiben, denn auch wenn Leah mir meine Flucht … ähm, ich meine, kreative Entdeckungsreise … ohne Einwände gestattet hat, muss ich irgendwann wieder normal in der Redaktion arbeiten. Aber daran will ich jetzt noch nicht denken. Noch muss ich nicht zurück. Obwohl ich nach meinem Beinahe-Ertrinken nur eine Nacht bleiben wollte, freue ich mich jetzt schon auf den Surfcup und ein paar weitere Tage hier in Newquay.

»Ach, ich soll dich übrigens von MJ und Taylor grüßen. Sie erwarten, dass du das nächste Mal, wenn sie dich sehen, perfekt auf dem Board stehst.«

Mary holt mich aus meiner Tagträumerei und ich schaue zu ihr, wie sie frohen Mutes den Truck in Richtung Stadtzentrum navigiert. Ich muss lachen. »Ach, und das können sie mir nicht selbst sagen? Oder haben sie so viel Angst vor meiner Reaktion, dass sie dich vorschicken?«

Mary parkt den Wagen vor einem Gartencenter, das in einem wunderschönen Gebäude aus rotem Backstein untergebracht ist. »Die zwei mussten für einen Geschäftstermin, der sich spontan ergeben hat, zurück in die City, werden aber hoffentlich pünktlich zum Surfcup wieder hier sein«, klärt sie mich auf.

»Surfen die Jungs alle beim Cup mit?« Insgeheim hoffe ich, Jake aus der Ferne anhimmeln zu können, wie er sich auf dem Board beweist.

»Jake und Taylor, ja. MJ ist nach einer Verletzung vorsichtiger geworden. Und Bryan … Tja, bei Bryan weiß man das nicht so genau. Angemeldet ist er, aber eigentlich hat er eher ein Auge für die Surferchicks als für die perfekte Welle.«

Schon wieder muss ich lachen. Marys Mimik bei dem Wort Surferchicks ist wirklich zu lustig. Ich hole mein Handy aus der Tasche, lehne mich an ihre Schulter und mache ein Foto von uns als Erinnerung.

Als wir wenig später die Blumen und Pflanzen in Marys Auto laden, knurrt mein Magen.

»Na, da hat so langsam aber wohl doch jemand Hunger.« Mary zwinkert mir zu.

»Ach, so schnell falle ich schon nicht vom Fleisch. Wir erledigen jetzt erst mal all deine Besorgungen und dann finden wir schon irgendwo was, wo wir eine Kleinigkeit essen können«, antworte ich ihr und hoffe, dass mein Magen sich die nächste laute Knurrattacke gut überlegt.

»Jake hat wirklich recht, Kindchen. Du hast einen Hang dazu, immer deine Figur mit ins Spiel zu bringen.« Sie schaut mich mütterlich besorgt an.

Ich verkneife mir mein *Stimmt doch gar nicht* und sage stattdessen: »Ja, vielleicht. Ich muss das ändern.«

»Ja, das musst du. Jake gefällst du nämlich genau so, wie du bist.«

Ich merke, wie ich rot werde, und krame verlegen in meiner Handtasche, die auf dem Beifahrersitz steht.

»Nach was ist dir denn, Louisa? Pancakes? Kuchen? Seafood? Pizza? Newquay ist zwar klein, aber wir haben hier definitiv alles, was das Herz begehrt.«

»Du kochst doch eh heute Abend, oder, Mary?« Ich schaue zu ihr rüber, wie sie die letzten Blumen im Auto verstaut.

»Aber sicher! Stell dir bitte mal die Gesichter der Jungs vor, wenn heute die Küche kalt bleibt.«

»Dann würde ich gern einen Kaffee trinken gehen und vielleicht gibt es da ja auch ein leckeres Stückchen Kuchen? Ich glaube, ich habe heute einen süßen Zahn.«

»Perfekt, Kindchen! Bei süß bin ich immer dabei. Dann lass uns zwei Süßen mal zu Patrick's Bakery gehen. Dort gibt es die leckersten Kuchen, Milchshakes, Pancakes und das weltbeste Eis, das du dir vorstellen kannst.«

Mary springt ins Auto und ich habe noch nicht ganz neben ihr Platz genommen, als sie auch schon den Motor anlässt. Mary ist vielleicht nicht mehr die Jüngste, aber sie hat Energie für drei Zwanzigjährige. Und mit Sicherheit nicht so einen Muskelkater wie ich. Unauffällig reibe ich über meine Oberschenkel.

»Jake hat dich gestern wohl wirklich gequält, was?«

Oh Gott, sie hat uns doch wohl letzte Nacht nicht gehört? Ich schlucke. »Ähm, wie meinst du das?«

Bitte sei ahnungslos, bitte sei ahnungslos …

»Also irgendwie seid ihr zwei heute komisch«, lacht Mary. »Jake hat heute Morgen auch schon so angestochen reagiert. Ich meine, gestern, bei der Surfstunde! Herrje, Kinder!«

»Ach so, ja. Na ja, was heißt gequält. Ich bin einfach total untrainiert und Jake war wirklich sehr geduldig mit mir.«

Puuh, noch mal Glück gehabt. Ob sie was ahnt? Und selbst wenn … Mary ist ganz Gentlewoman und geht nicht weiter darauf ein. Und welches Recht nimmt Jake sich eigentlich heraus, angestochen zu sein?

12

»Du musst unbedingt einen der leckeren Kuchen probieren«, fordert Mary mich kurze Zeit später auf und wedelt mit der Karte vor meiner Nase herum. »Die sind to die for!«

Unwillkürlich muss ich über ihren doch nicht ganz alterstypischen Ausspruch lachen. »Ja, Mary, wenn die so to die for sind, darf ich mir die wohl nicht entgehen lassen. Welchen kannst du mir empfehlen?«

Fünf Minuten später sitze ich vor einem großen Stück Red Velvet Cake und blicke gleichzeitig auf eine Waffel mit Kirsch-Oreo-Eis, die auch vor mir auf dem Tisch steht, weil ich mich wie immer nicht entscheiden konnte. Ich habe gestern in doppelter Hinsicht Sport getrieben und da ich sicherlich nicht noch einmal in einen Neoprenanzug steigen werde, ist die doppelte Zuckerbombe jetzt auch egal.

»Los, hol dein Handy raus, Louisa. Wir machen für die Jungs ein Erinnerungsfoto. Das glauben die uns sonst nie, dass wir beide gleich doppelte Portionen vertilgen!«

Mary lehnt sich zu mir und bringt ihren Schoko-Kuchen samt *Mint Oreo & Chocolate Chip Cookie Dough*-Eis in Position. Ich bin nämlich nicht die Einzige von uns beiden, die sich nicht entscheiden konnte. Lachend rutsche ich näher zu Mary und drücke auf den Auslöser.

So viel Spaß wie heute Nachmittag hatte ich schon lange nicht mehr. Okay, das ist gelogen. Auch der Nachmittag gestern mit Jake hat mir Freude gemacht, aber das hier ist anders. So unverkrampft und befreiend. Außerdem habe ich nicht ständig das Verlangen, meinen Bauch einziehen zu müssen, oder breche in leichte Panik aus, weil Jake es schon wieder geschafft hat, dass ich rot werde.

»Darf ich dich mal was fragen, Mary?« Ich lege mein Handy zurück auf den Tisch, nachdem wir noch für ein weiteres Bild gepost haben, und schaue sie an.

»Natürlich, Kindchen, frag!«

»Was macht eine tolle Frau wie du allein mit einem Bed and Breakfast in Newquay?«

Für einen Moment glaube ich, die falsche Frage gestellt zu haben und in ein riesiges Fettnäpfchen getreten zu sein, denn Mary wird still und rutscht ein Stück von mir weg. Ich muss schlucken, als ich sehe, dass sie nach den richtigen Worten sucht. In Gedanken schicke ich eine Runde Ohrfeigen an mich auf den Weg.

»Du musst nicht antworten. Es tut mir leid. Ich war neugierig und es geht mich auch nichts an. Ich wollte dich mit der Frage nicht verletzen.«

Fast als wollte sie mich beruhigen, legt sie ihre kleine, warme Hand auf meine. »Kindchen, es ist okay. Ich war nicht immer allein hier, weißt du.« Sie holt tief Luft, schaut auf unsere Hände und dann wieder in meine Augen. »Wie du, Jake und die anderen Jungs habe ich viele Jahre in der Stadt gelebt. Dort habe ich John kennengelernt. Er hat damals bereits als Arzt gearbeitet und suchte eigentlich nur jemanden, der sich um seinen Haushalt, Besorgungen und so etwas kümmert. Tja, zwei Wochen nachdem ich bei ihm angefangen habe, habe ich festgestellt, dass ich mich mein ganzes Leben nur noch um ihn kümmern wollte. Und ihm ging es wohl genauso. Es war quasi Liebe auf den ersten Blick.«

Während Mary mir ihre und Johns Geschichte erzählt,

leuchten ihre Augen und ich kann ihr förmlich ansehen, wie viel Liebe die beiden füreinander empfunden haben.

»Und wie seid ihr dann hier in Newquay gelandet?«, frage ich sie ungeduldig.

Mary nimmt einen genüsslichen Bissen von ihrem Kuchen und ihr Blick verliert sich ein wenig in der Ferne. »Leider ist es mir nie möglich gewesen, Kinder zu bekommen. John hatte seine Arbeit und ich habe mich um ihn und den Haushalt gekümmert und unsere sozialen Kontakte gepflegt. Hier ein Theaterbesuch mit Freunden, dort eine Einladung zum Essen. Lange Jahre hat mir das auch gereicht, aber irgendwann habe ich ihm gesagt, dass mir etwas fehlt. John hat mich nur angeschaut und gesagt: *Wovon träumst du? Was möchtest du für dich?* Ich war damals sehr irritiert über seine Frage. *Wie meinst du das, was ich für mich möchte?*, habe ich ihn gefragt. Dann hat er meine Hände in seine genommen, mich angeschaut und geantwortet: *Mary, all die Jahre hast du dich um mich und meinen Traum gekümmert, nenn mir deinen und ich helfe dir, ihn zu verwirklichen.* Und obwohl ich mir nie wirklich Gedanken darüber gemacht habe, habe ich meinen Mund geöffnet und gesagt: *Ich habe uns ein schönes Zuhause bereiten können, das möchte ich auch für andere tun. Und wenn es nur für einen Moment ist. Ich möchte ein kleines Bed and Breakfast eröffnen und für andere da sein.* Tja, und nun schau mich an. Ich lebe meinen Traum. Und für drei Jahre hat John ihn auch mit mir gelebt. Dann ist er leider gestorben.«

In Marys Augen glitzern Tränen und auch ich kann mir ein Schniefen nicht verkneifen.

»Kind, es gibt keinen Grund, traurig zu sein. John hat mich so sehr geliebt, dass es noch für viele Jahre anhält. Er hat seinen Traum für meinen aufgegeben und ist mit mir hierhergezogen. Ich vermisse ihn jeden Tag, aber spüre ihn in meinem kleinen Bed and Breakfast jeden Moment um mich. Und ich bin ja nicht allein. Es sind immer Gäste da, die Jungs sind da, und nun bist du es auch.«

»Weißt du eigentlich, was für ein wunderbarer Mensch du

bist, Mary?« Ich nehme ihre Hand in meine und drücke sie ganz fest. »Und nur damit du es weißt: Ich fühle mich in deinem und Johns Bed and Breakfast unfassbar wohl.«

PLING!

Mein Blick fällt auf das Display meines Handys, das immer noch auf dem Tisch liegt.

Wo bist du, Baby? Ich vermisse dich jeden Tag mehr. Es tut mir leid. Bitte glaube mir!

Panisch lasse ich das Handy in meine Handtasche verschwinden und stoße dabei fast die zwei leeren Kaffeetassen um, die auf dem Tisch stehen. Gott, hoffentlich hat Mary die Nachricht auf dem Display nicht gesehen. Und hoffentlich hat sie nicht Nates Namen lesen können.

Sie schaut mich nur kurz prüfend an, winkt dann nach dem Kellner und bittet um die Rechnung. »Wir sollten so langsam zurück, Louisa, ich muss noch einiges erledigen. Und wenn wir heute Abend nicht das Grummeln leerer Männermägen ertragen wollen, muss ich mir so langsam Gedanken darüber machen, was es später zu essen gibt. Hast du einen Wunsch?«

»Ähm, nicht wirklich«, stammle ich und laufe neben ihr zurück zum Auto. »Überrasch mich einfach, es wird bestimmt lecker sein.«

Auf der ganzen Fahrt zurück rede ich mir ein, dass das kein hektischer Aufbruch war, aber Mary ist wie immer gut gelaunt und singt wunderbar schief zu den Klängen mit, die aus dem Radio schallen. Als wir am Bed and Breakfast ankommen, sind meine Sorgen wie weggeflogen und ich helfe dieser wunderbaren Gastgeberin, die Einkäufe ins Haus zu tragen. Wo sind die Männer, wenn man sie braucht? Wobei, bevor ich mir von Jake auch nur noch einmal bei irgendetwas helfen lasse, schleppe ich lieber noch hundert Blumen ins Haus.

»Kannst du schon mal Wasser aufsetzen? Ich bringe die Blumen und den Rest in den Schuppen. Dann geht es gleich schneller.« Mary wartet gar nicht auf meine Antwort und ist binnen Sekunden durch die Tür.

Ja, Wasser aufsetzen. Das ist nicht wirklich schwierig und sollte selbst ich talentfreies Kochwunder hinbekommen.

Ich werfe meine Handtasche auf die Anrichte, lege meine Schlüssel und mein Handy darauf und mache mich auf die Suche nach einem großen Topf. Keine halbe Minute später weiß ich, warum Mary es auf einmal so eilig hatte. Jake kommt durch die Tür und sofort fühlt sich diese Küche wieder unfassbar klein an.

»Keine Angst, du musst nicht sofort wieder verschwinden, ich will nur einen Schluck Wasser und bin dann wieder weg.«

Seine Stimme ist hart und sein Blick eisig. Hat der sie noch alle? Wer ist denn bitte schön gestern beim innigsten Moment zwischen zwei Menschen überhaupt sofort aufgesprungen und konnte nicht schnell genug das Weite suchen?

»Hier verschwindet niemand!« Mary steht in der Tür und ehe Jake es sich versieht, landet ein großer Sack Kartoffeln vor seiner Nase. »Du weißt, wo das Messer ist? Schälen ist angesagt!«

Auch wenn Jakes Gesicht Bände spricht und er sicherlich überall lieber wäre als hier, verkneift er sich einen Spruch und beginnt, zwar noch ein wenig knurrend, die Kartoffeln zu schälen. Ich kann mir ein Grinsen nicht verkneifen.

»Du musst gar nicht so siegessicher tun, Louisa, den Haufen Kartoffeln könnt ihr euch schön teilen. In der Schublade liegt ein zweites Messer. Und übrigens, immer wenn John und ich uns gestritten haben, haben wir zusammen Bratkartoffeln gekocht. Und das macht ihr zwei jetzt gefälligst auch.«

»Louisa und ich sind aber nicht John und du!«, knurrt Jake und dreht seine Haare wieder in diesen Man-Bun, den ich zugegeben so langsam richtig sexy an ihm finde.

Aufpassen, Louisa, wir sind sauer auf den Herrn! Mein Körper ist so ein Verräter.

»Richtig, ihr seid noch starrköpfiger, als wir es je waren!«, lacht Mary und beginnt, neben uns auf der Anrichte einen Salat vorzubereiten.

»Ich bin nicht starrköpfig«, gebe ich von mir und verfluche das Schälmesser, weil mir bereits nach der dritten Kartoffel der Finger wehtut. Vielleicht stelle ich mich aber auch einfach nur furchtbar dusselig an.

»Nein, natürlich nicht. Schuld sind immer die anderen und alles, was Louisa macht, muss immer von allen verstanden werden.«

Noch bevor Jake weiter ausholen und mir noch mehr Sprüche entgegenwerfen kann, wird er jäh vom Klingeln meines Handys unterbrochen. Oh nein, bitte nicht schon wieder! Warum habe ich Trottel das Handy nicht sofort nach Nates Nachricht ausgeschaltet?

Mein Kopf schnellt Richtung Anrichte, wo Mary steht und gerade Tomaten für den Salat schneidet. Auf dem Display ist klar Nates Name zu erkennen. Mist. Meine Augen weiten sich vor Panik und ich lasse mein Messer fallen und will nach dem Handy greifen.

»Louisa, Kind, dieser Nate scheint dich wirklich dringend erreichen zu wollen. Vielleicht gehst du besser dran?« Mary hält mir besorgt das Handy hin.

»Ich will nicht mit ihm reden!« Ich reiße ihr förmlich das Handy aus der Hand, was mir im nächsten Moment schon wieder leidtut, und drücke auf *Ablehnen*. Warum habe ich Idiot das Handy nicht wieder ausgeschaltet? Und was will Nate von mir? Ich dachte, er hätte kapiert, dass ich nichts von ihm hören will.

Erst jetzt bemerke ich, dass ich den ganzen Tag noch nicht an Nate denken musste, bis seine WhatsApp-Nachricht kam. Und jetzt der Anruf. Der Typ hat ein scheiß Timing!

»Ja, Louisa, vielleicht gehst du besser ran?«

Bilde ich mir das nur ein oder ist Jakes Stimme noch eisiger geworden? Wenn Blicke töten könnten, würde ich auf jeden Fall in den nächsten Sekunden auf der Stelle tot umfallen.

»Nein! Und sag mir gefälligst nicht, was ich zu tun habe. Das geht dich im Übrigen auch überhaupt nichts an!« Meine Stimme überschlägt sich und ich habe das Gefühl, dass meine Wangen vor Erregung brennen.

Mary trocknet ihre Hände am Handtuch ab und ich spüre ihre kleine Hand, die sich fürsorglich auf meinen Rücken legt. »Louisa, wer ist Nate? Können wir irgendwie helfen?«

»Nein.« Ich drehe mich von ihr weg und greife nach meiner Tasche, die immer noch hinter mir auf der Anrichte liegt. Meine harsche Reaktion ist nicht fair, das weiß ich, aber ich will einfach nicht mit und vor allem nicht über Nate reden.

Jetzt legt auch Jake das Schälmesser aus der Hand und beugt sich mir ein Stück entgegen. »Mary, lass sie. Keine Ahnung, was mit ihr los ist und warum sie tickt, wie sie tickt. Scheinbar hat sie für alles irgendeinen Grund, den man ja bloß zu verstehen hat. Grund, einfach Menschen über den Mund zu fahren, die es gut mit ihr meinen, Grund für dramatische Abgänge oder sonst was. Wahrscheinlich ist Nate ihr Typ, der auch genug von ihr hatte, ihr die Meinung gegeigt hat und Fräulein ist dann einfach abgehauen, weil's ja die einfachste Lösung ist. Das kann sie wohl gut. Weil der Typ Anstand hat, telefoniert er ihr hinterher, weil er sich Sorgen macht, dass ihr was passiert ist. Nicht mehr und nicht weniger.«

»Jake! Jetzt ist es aber verdammt noch mal genug. Ich weiß nicht, was zwischen euch passiert ist, aber so kannst du nicht mit Louisa reden!«

Mary schaut Jake vorwurfsvoll an und ist wohl genauso entgeistert von seinem Gefühlsausbruch wie ich.

Tränen steigen mir in die Augen. Bei Jakes Worten hat sich mein Magen krampfhaft zusammengezogen. Ich schaue ihn an, unfähig, noch Widerstand zu leisten, lasse die Schultern sinken und sage leise: »Ja, Nate hatte genug von mir. Nachdem wir über Monate eine wunderbare Zeit miteinander hatten, hat er vor ein paar Tagen an meinem Geburtstag mit mir Schluss gemacht. Hat noch einmal mit mir geschlafen, ist nach dem Sex sofort aufgestanden, hat mir gesagt, dass er das nicht mehr kann, und ist gegangen. Tolles Geburtstagsgeschenk, oder?« Meine Stimme ist leise geworden, aber ich bin ein wenig über mich selbst überrascht, dass ich die Worte aussprechen kann, ohne in heftiges Schluchzen auszubrechen. »Er ist der Grund, warum ich weg bin von daheim. Ich konnte ihm nicht täglich auf der Arbeit gegenübertreten, mit dem Wissen, dass er mich nach dem Sex einfach weggeworfen hat, mich austauschen konnte, und mit dem Wissen, dass er parallel dazu schon auf Dating-Apps aktiv war und ich wohl nicht genügt habe.« Die Tränen brennen in meinen Augen. »Ich bin es wohl nicht wert, geliebt zu werden, und es ist völlig okay, dass man nach dem Sex mit mir panisch das Weite sucht.«

In der Küche ist es ganz still geworden.

Mary schlägt sich entsetzt die Hände vor den Mund. »Oh Gott, Louisa! Sag das nicht. Jeder Mensch hat es verdient, geliebt zu werden. So geht man doch nicht mit anderen um!« Sie breitet ihre Arme aus und geht einen Schritt auf mich zu.

»Nicht, Mary.« Ich strecke meinen Arm aus und halte sie zurück. »Ich möchte jetzt gern allein sein. Wenn es okay ist, bleibe ich noch eine Nacht und werde morgen früh abreisen. Sag mir bitte, was ich dir für die Übernachtungen und alles Weitere schulde.«

Noch ehe Mary etwas sagen kann, steht Jake auf einmal vor mir. »Du gehst nirgendwo hin. Mary, lass uns bitte allein.«

Sie widerspricht ihm nicht und ich sehe aus dem Augenwinkel, wie sie ihm zunickt und sich zurückzieht. Dann sind Jake und ich allein. Warum ist jeder Raum nur so unfassbar klein, wenn er darin steht?

»Scheiße, Louisa, du zitterst!«

Seine Arme strecken sich nach mir aus und ich bemerke gar nicht, dass ich rückwärtsgehe, bis ich gegen die Anrichte stoße. Lautlos beginne ich zu weinen und versuche, Jake nicht in die Augen zu schauen.

»Ich bin so ein Arsch. Bitte verzeih mir. Ich hätte nie im Leben so harte Worte gegen dich richten dürfen.« Jake geht wieder einen Schritt auf mich zu. »Sieh mich bitte an.«

Seine Hand legt sich unter mein Kinn. Seine Stimme klingt so anders als eben. Weich und nicht mehr eiskalt. Ich weiß, dass ich verloren habe, wenn ich ihn jetzt anschaue.

Jake scheint das zu spüren und tritt noch einen Schritt näher. Dann schlingt er seine Arme um mich und ich habe das Gefühl, in seiner Umarmung zu kapitulieren.

So stehen wir eine ganze Weile, niemand sagt ein Wort und ich weine lautlos an seiner Brust. Sein Brustkorb hebt und senkt sich gleichmäßig unter meiner Wange und während Jake mich hält, streichelt er behutsam meinen Rücken.

»Magst du es mir erzählen?«

Ich nicke stumm.

»Setz dich ins Wohnzimmer, ich koche uns einen Tee und mache ein Feuer im Kamin. Du zitterst immer noch am ganzen Leib.«

Während Jake spricht, schiebt er mich in das angrenzende Wohnzimmer. Komisch, dass mir dieser Raum mit seiner gemütlichen Couchecke und dem Kamin noch nicht wirklich aufgefallen ist. Jake drückt mich auf die Couch, breitet die Decke über mir aus und nach ein paar Minuten brennt ein wohliges Feuer im Kamin. Jake kommt mit zwei Tassen Tee zurück. Ohne ein weiteres Wort setzt er sich neben mich und reicht mir eine Tasse. Und so sitzen wir eine Weile und schweigen. Ich bin froh, in diesem Moment doch nicht allein zu sein. Es ist komisch, dass Jake mir so vertraut ist, obwohl ich ihn erst so kurz kenne.

»Weißt du«, sage ich irgendwann leise, »ich habe wirklich gedacht, ich würde ihm etwas bedeuten.«

Und dann beginne ich, zu erzählen. Erzähle davon, wie alles anfing, erzähle von Nate und wie wir uns getroffen haben, miteinander umgegangen sind. Und dann erzähle ich Jake von dem Abend meines Geburtstages. Er hört mir still zu, sagt kein Wort und auch wenn er mein Verhalten, mit einem Mann, der in einer Beziehung ist, eine Affäre begonnen zu haben, vielleicht nicht gutheißt, lässt er es mich nicht spüren.

Als ich aufhöre, zu erzählen, ist es Jake, der als Erster wieder Worte findet. »Das ist auch der Grund, warum du gestern Nacht so plötzlich gegangen bist, nachdem wir miteinander geschlafen haben, oder? Weil ich so schnell aufgestanden und im Bad verschwunden bin? Weil es dich an Nate erinnert hat und du gedacht hast, ich sage dir auch so etwas? Von wegen, dass ich das nicht kann oder will?« Jake schaut in die Flammen des Feuers, das wunderbar warm im Kamin brennt.

»Ja«, sage ich leise und spüre, wie er sich neben mir wieder einmal versteift. Und dann zieht er mich auf einmal auf seinen Schoß, schlingt seine Arme um mich und hält mich fest. So fest, dass ich mich nicht mehr rühren kann.

»Ich würde so etwas nie tun, Louisa, bitte glaub mir das. Ich wollte wirklich nur das verdammte Kondom loswerden und habe nicht darüber nachgedacht, dass mein schnelles Aufstehen so auf dich wirken könnte. Es tut mir so leid. Ich wollte dir nie so ein Gefühl geben.« Sein schlechtes Gewissen ist dem Ton seiner Stimme mehr als anzumerken.

Ich lehne mich an seine Brust und meine Hände legen sich unter der Decke auf seine Arme, die mich fest umschlungen halten. Ich weiß nicht, was ich antworten soll, und schweige.

Es vergehen weitere Minuten und langsam merke ich, wie ich wieder ruhiger werde, Jakes Wärme auf mich übergeht und ich nicht mehr zittere. So sitzen wir da, Jake hält mich immer noch fest auf seinem Schoß und zwischenzeitlich wundere ich mich, ob ihm bei meinem Gewicht nicht seine Beine eingeschlafen sein müssen. Während ich an ihn gelehnt bin, fallen meine Augen immer wieder zu.

»Bist du müde, Louisa?« Jake haucht mir die Worte förmlich ins Ohr und ich bekomme eine leichte Gänsehaut.

»Mmh, ja«, muss ich zugeben, obwohl ich eigentlich nicht schlafen will. Ich habe Angst davor, allein im Bett zu liegen und wieder von den Gedanken an Nate und das, was vorgefallen ist, überrannt zu werden. Aber das sage ich Jake nicht. Es reicht, dass er mich wieder mal so verletzlich gesehen hat. Entweder erlebt er mich als unkalkulierbares Ungetüm oder als hilfloses, halb ertrinkendes oder, schlimmer noch, heulendes Etwas. Nicht gerade der perfekte Eindruck, den man bei einem Mann hinterlassen will. Und schon gar nicht bei einem so sexy Exemplar wie Jake. Aber das kann ich jetzt nicht mehr ändern. Und irgendwie bin ich auch zu müde, um mir deswegen Sorgen zu machen.

»Ich bringe dich jetzt hoch, du brauchst dringend Schlaf.«

Jake steht mit mir auf, legt die Decke zusammen und stellt die Tassen in die Küche.

»Was ist mit dem Kamin?«, frage ich ihn müde.

»Das Feuer geht langsam von allein aus, wenn ich kein Holz nachlege. Mach dir keine Sorgen.«

»Und was ist mit der Küche? Da liegt doch noch alles. Lass mich das bitte schnell wegräumen.«

»Das hat Mary schon erledigt.«

»Wann denn? Ich habe überhaupt nichts mitbekommen.« Erstaunt schaue ich Jake an.

»Mary war eben kurz unten. Sie war wohl etwas neugierig, ob wir uns schon umgebracht haben oder nicht. Alles ist gut. Du hast sie nur nicht gehört. Und jetzt ab ins Bett mit dir!«

Es ist erstaunlich, wie viel Verständnis diese zwei Menschen für mich haben, und das, obwohl sie mich gar nicht richtig kennen und ich vor Kurzem als Fremde in ihr Leben getreten bin. Und ich mich zudem bisher nicht wirklich dankbar gezeigt habe, Mary eben über den Mund gefahren bin und Jake … Ja, Jake musste schon ganz schön unter mir leiden und trotzdem ist er für mich da und läuft nicht weg. Und er hätte wirklich alles Recht dazu.

Langsam schlurfe ich vor Jake die Treppe hoch. »Schau mir nicht wieder auf den Arsch«, murmle ich vor mich hin. »Auch wenn er dir gerade so schön vor der Nase herumschwingt.«

»Wird da etwa schon wieder jemand übermütig?«, lacht Jake hinter mir.

»Nee, ich glaube, das ist einfach die Müdigkeit, die aus mir spricht«, antworte ich ihm. »Oder der Wahnsinn, man weiß es nicht.«

Um ganz ehrlich zu sein, finde ich den Gedanken schon ein klein wenig toll, wenn Jake mir auf den Hintern starrt und ihn am liebsten anfassen würde.

Hilfe, Louisa, was passiert mit dir?

Vor meiner Tür drehe ich mich zu Jake um und schaue ihm endlich in die Augen. »Danke für heute Abend. Ich weiß, dass ich es nach meinem Verhalten nicht verdient habe, dass du dich mit mir abgibst. Das ist nicht selbstverständlich.«

Jakes Finger schlingen sich um meine Handgelenke und sein Griff ist fest und hart. Seine Worte auch, die er an mich richtet. »Louisa, hör auf damit. Hör auf damit, dich klein zu machen. Zu sagen, du hättest bestimmte Dinge nicht verdient. Dass andere nicht für dich da sein müssten oder sonst einen Irrsinn, der sich scheinbar in dein kleines hübsches Köpfchen verirrt hat.«

Moment … kleines hübsches Köpfchen?

»Aber Jake, du versteeeee…«

Ich kann gar nicht so schnell reagieren, wie Jake mich hochnimmt und mich fast spielerisch über seine Schulter wirft.

»Was machst du da? Lass mich sofort runter!«

»Nein, ich werde jetzt dir und deinem sexy Hintern zeigen, dass du jede Aufmerksamkeit und ganz viel Liebe verdient hast.«

Und mit diesen Worten haut Jake mir mit seiner Hand auf den Hintern, dass es nur so knallt, und stapft mit mir über der Schulter in sein Zimmer. Komische Vorstellung von Liebe, die er hat. Mein Po zwirbelt ganz schön und ich strample und versuche alles, damit er mich runterlässt.

Paaaatsch, ein zweites Mal landet seine Hand auf meinem Hinterteil. Oh, auf dass jetzt zwei große rote Abdrücke meinen Po zeichnen.

»Ich lasse dich erst runter und höre auf, wenn du ruhig bist und mich machen lässt.«

»Dich was machen lässt?« Ich drücke mich mit meinen Händen von seinem Rücken ab und spüre die Muskeln, die sich unter seinem Shirt abzeichnen.

Jakes Hände gleiten über meinen Hintern, bleiben vielleicht eine Sekunde zu lange darauf liegen und dann lässt er mich langsam runter. Man könnte meinen, er genießt dieses Spielchen ein bisschen zu sehr. Aber es ist nicht so, als würde es mir anders gehen. Nur dass ich nicht weiß, was er vorhat, stört mich ein klein wenig.

»Dich was machen lässt?«, wiederhole ich ungeduldig meine Frage, stemme die Hände in meine Hüfte und schaue ihn herausfordernd an.

Jake greift nach meinen Händen und drückt sie mir auf den Rücken. So steht er mal wieder vielleicht ein bisschen zu nah vor mir und ich vergesse für einen Moment, zu atmen, und schaue ihn gespielt vorwurfsvoll an. Wirklich rühren kann ich mich nicht. Seine Arme sind um meinen Körper geschlungen und er schaut zu mir runter.

»Dir zeigen, dass du es verdient hast, dass man sich um dich sorgt und kümmert«, flüstert er mir zu und dann senken sich seine Lippen auf meine. Ich spüre, wie sich Jakes große, starke Hände in meine schieben. »Atmen nicht vergessen, Sexy.« Jakes Mund verzieht sich zu einem Lächeln.

»Das sagst du so einfach.« Ich kann mir das Grinsen nicht verkneifen und atme seinen wunderbaren Geruch ein.

»Ach ja?« Ich spüre Jakes Zunge, die meinen Mundwinkel neckt.

»Ach ja, Jake. Lässt du mich jetzt los oder muss ich im Stehen schlafen?« Wenn er mich nur nicht so nervös machen würde.

»Oh, dann muss ich dich aber anbinden. Wenn dir danach ist?« Seine Augen blicken zu mir herab und glitzern verführerisch.

»Lass mich kurz überlegen … Ähm … nein! Oder stehst du darauf, wenn die Frau angebunden vor dir steht und du sie anstarren kannst?«

Jake atmet scharf ein und sein Blick verdunkelt sich. »Oh, ich stehe drauf, wenn die Frau in meinen Armen gefangen ist und sich mir hingibt. Gegen Fesseln habe ich aber auch nichts. Wenn es der Frau gefällt.«

Ich muss schlucken. Und dann dreht Jake sich mit mir um und schiebt uns in Richtung seines Bettes. Er zieht die Decke zurück und drückt mich vorsichtig aufs Laken. Langsam und behutsam kommt er mit seinem Körper hinterher und legt sich für einen Moment auf mich. Gott, ist dieser Mann sexy. Er rutscht ein Stück zurück und zieht mir meine Hose aus. Ha, diesmal habe ich wenigstens eine Unterhose an, im Gegensatz zu gestern Nacht. Wenn auch meine sportliche Baumwollpanty nicht das Schärfste ist, was ich mir in dieser Situation vorstellen kann. Aber wenn ich bei meiner Flucht aus London an eins sicherlich nicht gedacht habe, dann an sexy Lingerie. Wer kann denn ahnen, dass er auf das berauschendste aller männlichen Wesen trifft?

Jake wirft meine Hose über den Sessel am Fenster und legt sich dann wieder ganz dicht an mich. Er zieht die Decke über uns, schaltet das Licht aus und legt seinen Arm um mich.

»Ähm, Jake, was wird das?« Ich bin irritiert und hatte ehrlich gesagt mit etwas anderem gerechnet.

»Jetzt schlafen wir. Du bist müde!«

Ich kann Jakes Gesicht zwar nicht sehen, weiß aber, dass er von einem Ohr zum anderen grinst. Oh, und er weiß genau, woran ich gedacht habe.

»Spielverderber«, murmle ich lachend und schiebe meine Hände unter sein Shirt. »Wenn ich schnarche, bist du selbst schuld. Du hast mich ja schließlich in dein Bett entführt.«

»Ach Louisa, und du glaubst wirklich, dass ich nicht damit gerechnet habe, dass Seemonster schnarchen?«

»Eyyy!«, rufe ich spielerisch entrüstet und will mich hochdrücken, doch Jakes Arme halten mich fest und ich höre nur sein leises Lachen.

»Sei ruhig, sexy Seemonster, und schnarch … ähm, schlaf jetzt.«

Und damit drückt Jake mir einen Kuss auf die Stirn und ich schließe die Augen. Die letzten Stunden waren emotional aufwühlend, aber in Jakes Armen fühle ich mich ruhig und … ja, irgendwie aufgehoben und beschützt. Und mit diesem Gefühl schlafe ich keine zwei Minuten später ein.

13

Als ich wach werde und verschlafen die Augen öffne, sehe ich Jake am Türrahmen des Zimmers gelehnt.

»Oh Gott, beobachtest du mich etwa? Ich sehe doch schlimm aus!« Schnell ziehe ich mir die Bettdecke über den Kopf und werde rot. Hoffentlich habe ich nicht geschnarcht oder, noch schlimmer, gesabbert, während er mich beim Schlafen beobachtet hat. Das fehlt mir jetzt auch noch.

Ich fasse mit der Hand an meinen Mund. Rein zur Kontrolle, versteht sich. Gott sei Dank ist alles in Ordnung und ich blinzle unter der Bettdecke hervor. »Schau mich nicht so an, das ist mir peinlich. Ich sehe doch sicher furchtbar zerknautscht aus.«

Jake lächelt mich liebevoll an und in seinen Augen entdecke ich einen Ausdruck, der mein Herz erfüllt. »Du siehst wunderschön aus, Louisa.«

Ich seufze und er tritt einen Schritt näher.

»Möchtest du frühstücken gehen? Oder lieber erst duschen?«

»Duschen«, sage ich und setze mich im Bett auf. »Und danach brauche ich eine riesige Tasse Kaffee«, ergänze ich lachend.

»Wie die Dame befiehlt. Ich gehe runter und stelle schon

mal die Kaffeemaschine an. Nimm dir einfach eins meiner Handtücher. Und wenn du so weit bist, kommst du runter?«

»Klingt perfekt, Jake«, sage ich, gleite aus dem Bett, tapse auf ihn zu und küsse ihn vorsichtig auf die Wange. »Bis gleich.« Und bevor die Badezimmertür hinter mir ins Schloss fällt, ergänze ich: »Mit viel Milch bitte!«

»Ich weiß«, ruft Jake lachend durch die geschlossene Badezimmertür und dann kann ich hören, wie er das Zimmer verlässt und die Treppe runtergeht.

Allein im Badezimmer, schaue ich in den Spiegel und streiche mir die Haare aus dem Gesicht hinters Ohr. Da kann Jake noch so charmant sein, ich sehe heute Morgen ganz schön zerknautscht aus.

Ich spritze mir Wasser ins Gesicht. Als hätte Jake an alles gedacht, liegt eine neue Zahnbürste auf dem Waschbeckenrand. Nachdem ich mir die Zähne geputzt habe, fühle ich mich schon ein wenig frischer und wuschle mir durchs Haar. Du siehst schon fast alltagstauglich aus, denke ich mir und grinse meinem Spiegelbild entgegen.

In dem Moment geht hinter mir die Badezimmertür auf, ich fahre überrascht herum und schaue ein wenig irritiert in Jakes Gesicht.

»Tut mir leid, ich kann nicht anders«, sagt er und ist mit drei Schritten bei mir, umfasst meine Taille und zieht mich zu sich. Er presst seinen Körper an mich und seine Lippen suchen meinen Mund. Seine Zunge verlangt, dass ich meine Lippen öffne, und ich lasse einen langen, fordernden Kuss zu. Sein Geschmack berauscht mich und ich umklammere seine Schultern, damit ich mich irgendwo festhalten kann.

»Du hast nicht abgeschlossen, Sexy«, tadelt Jake mich und vergräbt sein Gesicht in meinem Haar.

»Oh, ich wusste nicht, dass ich das hätte tun sollen«, antworte ich grinsend und schmiege mich an seine Brust.

»Besser ist das, wenn ich Sehnsucht nach dir habe. Dann kann ich für nichts garantieren«, raunt Jake mir zu und im nächsten Moment dreht er mich um und küsst meinen

Nacken. Sein Atem kitzelt mich am Ohrläppchen und ich zucke leicht zusammen. Binnen Sekunden bildet sich eine Gänsehaut auf meinem Körper.

»Darf ich mit dir duschen?«, fragt Jake mich und küsst meine Halsbeuge.

»Mmmh, vielleicht«, flüstere ich und betrachte uns beide im Spiegel.

»Wovon machst du deine Entscheidung denn abhängig?«, raunt Jake mir ins Ohr und lässt seine Lippen langsam an meinem Nacken entlangwandern. Ich kann nicht antworten und muss schlucken.

»Sieh uns an, Sexy«, fordert er mich auf. »Sieh dich an. Du bist wunderschön.«

Jake streift mit seinen Händen meine Arme entlang, umfasst meine Handgelenke und zieht sie über meinen Kopf. Seine Hände gleiten wieder an mir hinunter, wandern unter mein T-Shirt und ziehen es mir mit einem Ruck aus. Ich beobachte ihn im Spiegel und kann das Pochen zwischen meinen Beinen nur schwer ignorieren.

Jake streichelt vorsichtig über meine Brüste. Fährt mit dem Daumen über meine Brustwarze und streift an der Unterseite meiner Brust entlang. Seine Hände wandern weiter an meinem Körper hinunter und dann schiebt er seine Finger seitlich in meine Panty und zieht sie mir langsam herunter. Ich steige aus dem Höschen und beobachte jede seiner Bewegungen im Spiegel.

Wenige Momente später strömt das Wasser aus der Dusche über uns beide hinweg und ich schaue zu ihm hoch, während er seine Hände über meine Brüste und meinen Bauch wandern lässt.

»Lehn dich an die Wand, Louisa«, fordert er mich sanft auf und schiebt mich gegen die Kacheln. Dann senken sich seine Lippen auf meine Haut.

Erregung durchströmt mich. Fast automatisch öffne ich meine Beine ein Stück. Jake bemerkt diese feine Regung meines Körpers und unser Kuss wird leidenschaftlicher. Ich ringe nach Luft, als er sich zwischen meine geöffneten Beine schiebt und seine Hand sich auf meinen Venushügel legt. Seine Lippen lösen sich von meinem Mund und er schaut mir in die Augen. Sein Blick ist voller Lust und Erregung. Ich habe das Gefühl, mein Körper ist jetzt schon total überreizt und will nur noch erlöst werden.

Seine Hand schiebt sich weiter zwischen meine Beine und dann tauchen seine Finger in meine Nässe, kreisen langsam über die Erhebung und bringen mich zum Stöhnen. Als wäre das nicht schon Reiz genug, fährt er mit seinen Händen über die Innenseite meiner Schenkel und geht vor mir in die Knie.

Ich stöhne kehlig, als ich seine Lippen auf mir spüre, und er beginnt, mich sanft mit seiner Zunge zu streicheln.

»Hör nicht auf, Jake«, hauche ich ihm entgegen und vergehe fast vor Verlangen, als er weiter an mir knabbert, mich kostet und leckt.

Jake lacht zwischen meinen Beinen. »Nimmersatt.« Das entlockt mir ein hungriges Stöhnen.

Er lässt mit seinem Mund von mir ab und während sein Blick zu mir hochwandert, gleitet sein Finger über meine feuchten Schamlippen. Ich komme so heftig und schnell, dass ich keuchend versuche, an der Wand Halt zu finden, um nicht runterzusacken. Ich habe das Gefühl, als würde ich auslaufen, und schaue erschrocken nach unten.

»Mmmh, das kann auch nicht jede!«, sagt Jake genüsslich und leckt sich über die Lippen. Fassungslos schlage ich mir die Hände vors Gesicht. »Schhhh, Louisa, das ist verdammt sexy«, stöhnt er mir ins Ohr und steht auf einmal wieder vor mir, in seiner Hand einen Schwamm. »Dreh dich um und stütz dich an der Duschwand ab.«

Ich tue wie von mir gefordert und dann spüre ich den Schwamm an meinem Rücken. Ich schließe die Augen und konzentriere mich auf die Berührungen. Jake steht hinter mir und wäscht mit kreisenden Bewegungen meinen Rücken, fährt mit dem Schwamm über meinen Po und dann über meine Beine. Als er mit dem Schwamm wieder hochgleitet, halte ich die Luft an. Doch er lässt ihn nur kurz über meinen Schritt wandern und wäscht dann meinen Bauch, meine Brüste und meinen Hals. Ich drücke mich gegen ihn und kann seine Erregung hart an meinem Po spüren. Sein Atem geht schnell und schwer. So cool, wie er tut, ist er wohl auch nicht mehr ganz. Unwillkürlich muss ich lachen.

Jakes Körper schmiegt sich an mich und seine Härte ist wirklich verräterisch. Im nächsten Moment realisiere ich, dass er den Schwamm aus der Hand gelegt hat, und meine Anspannung wächst. Wie schnell mein Körper doch wieder bereit für ihn scheint.

»So, Louisa, frühstücken. Kaffee ist fertig!« Jake greift neben uns und innerhalb von Sekunden hat er sich ein Handtuch um die Hüften geschwungen und breitet ein zweites um mich aus.

»Ist das dein Ernst?« Ungläubig starre ich ihn an.

»Na klar. Ich habe Hunger!«

Jake grinst mich verschmitzt an und rubbelt mich mit dem Handtuch trocken. Dann schiebt er mich aus der Dusche, hält mich für einen Moment an sich gedrückt und ich bekomme eine erneute Gänsehaut, als ich seinen Atem an meinem Ohr spüre.

»Glaub nicht, dass ich schon mit dir fertig bin. Und ja, für mich ist das hier gerade genauso schwer wie für dich. Jetzt ab mit dir, zieh dir schnell was an und ich erwarte dich unten in der Küche.«

Mit diesen Worten schiebt Jake mich grinsend aus dem Badezimmer. Bevor er die Tür vor meiner Nase schließt, strecke ich ihm die Zunge raus.

Oooooh, das bekommst du zurück, du sexy Surfgott!

14

»MEINST DU, du hast später noch genug Kraft, um mir die nächste Surfstunde zu geben?«

Ich sitze gemütlich mit Jake in der Küche und wir teilen uns ein Stück von dem leckeren Cheesecake, den Mary heute Morgen gebacken hat.

»Ist das dein Ernst?« Jake schaut mich ungläubig an. »Du willst es tatsächlich noch mal wagen?«

»Muss ich jetzt tödlich beleidigt sein oder neckst du mich? Ich weiß, dass ich nicht die größte Sportskanone bin und wahrscheinlich werde ich auch heute diesen komischen Take off nicht hinbekommen, aber ich wollte es wenigstens noch mal versuchen.« Ich schiebe meine Unterlippe etwas vor und schaue Jake gespielt brummig an.

Er lacht. »Louisa, ich meinte weniger deine nicht vorhandene Armmuskulatur, sondern eher die Tatsache, dass du dich freiwillig noch einmal in den Neo wagen willst.«

»Sehe ich darin so fett aus?« Ich lasse die Gabel sinken und schiebe den Kuchenteller weiter zu Jake.

Sofort verschließt er meinen Mund mit einem Kuss. Dann schaut er mir intensiv in die Augen und sogleich wird mir wieder etwas warm. »Du willst es also tatsächlich noch mal wagen, deinen absolut verführerischen, heißen, kurvigen

Körper in den Neo zu schmeißen, auch auf die Gefahr hin, dass ich ihn dir am liebsten sofort vom Körper reißen will? Und das meinetwegen auch vor anderen Menschen, die sich mit uns am Strand aufhalten?«

Ich muss schlucken. »Das würdest du nicht tun, Jake.«

Würde er nicht?

»Na, sei dir da mal nicht so sicher, du verdammt heißes Teil!«

»Wer ist ein heißes Teil?« Plötzlich steht Bryan vor uns in der Küche und schaut uns neugierig an. »Lebt ihr auch noch? Ich habe das Gefühl, ich habe euch ewig nicht gesehen. Aber Mary meinte schon, dass ihr momentan ein wenig mit euch selbst beschäftigt seid.« Frech grinst er uns an und klaut mir meine Gabel, um das letzte Stück Cheesecake zu vertilgen.

»Du bist ja nur neidisch«, grinst Jake zurück und hält ihm die Faust zum Faustcheck hin.

»Wo du recht haben könntest«, antwortet Bryan, zwinkert mir zu und checkt ein. Mit der Gabel kratzt er die letzten Kuchenkrümel auf dem Teller zusammen. »Heute sei dir das wilde Liebesleben noch gestattet, aber ab morgen brauche ich wieder deine Hilfe. Es sind noch ein paar Dinge für den Surfcup zu organisieren. Nicht viel, aber allein schaffe ich das nicht bis Samstag.«

Ich habe total das Zeitgefühl verloren. »Welchen Tag haben wir denn überhaupt? Ich komme schon ganz durcheinander.« Ich schaue Jake verwirrt an.

»Heute ist Sonntag. Es sind also noch ein paar Tage bis zum Surfcup. Wenn man aber Bryans Arbeitsweise hat, kann es schon passieren, dass er um eine Woche verschoben werden muss.«

»Alter, das stimmt doch gar nicht!« Bryan boxt Jake gegen die Schulter. Jake lacht und ich verstehe nur Bahnhof.

»Kann mich mal einer aufklären? Und kann ich vielleicht auch bei irgendwas helfen?« Ich schaue zwischen Jake und Bryan hin und her.

»Jake will damit nur sagen, dass die ganzen Surfmädels,

die in den Tagen vor dem Surfcup anreisen, Bryan ein wenig von der Arbeit abhalten«, sagt auf einmal eine Stimme hinter mir und Mary steht in der Küche.

»Stimmt ja gar nicht!«, meckert Bryan.

»Stimmt ja wohl!«, sagen Jake und Mary im Chor.

Mir bleibt nichts anderes übrig, als zu lachen.

»Geht es dir besser, Liebes?«, fragt Mary und drückt mich fest an sich.

»Ja, mir geht es besser«, antworte ich ihr und mein Blick wandert zu Jake. »Viel besser!«

»Get a room!«, neckt Bryan mich und ich werde mal wieder rot.

»Nix da!« Jake räumt das Geschirr in die Spüle und ein Klaps landet auf meinem Po, als ich von meinem Platz aufgestanden bin, um ihm zu helfen. Was hat dieser Mann nur immer mit meinem Hinterteil? »Louisa schmeißt sich jetzt wieder in ihren sexy Neo und dann gibt es für sie die nächste Surfstunde.«

»Und mit dem Klaps auf meinen Hintern willst du mir sagen, dass ich jetzt hoch auf mein Zimmer gehen soll, um mich umzuziehen?« Ich grinse ihn an.

»Das auch. Aber eigentlich wollte ich nur deinen Arsch anfassen.«

Vielleicht sollte ich mich schon mal daran gewöhnen, dass ich in Jakes Nähe immer die Schamesröte im Gesicht haben werde.

»Oh, diese ganzen Hormone hier in der Küche sind zu viel für mich«, lacht Mary und öffnet die Tür zum Garten. »Ich muss noch ein paar Blumen für die Zimmer fertig machen. Heute Abend kommen die nächsten Gäste an.«

»Kommen MJ und Taylor auch bald wieder?«, frage ich in die Runde.

»Vielleicht Freitagabend«, antwortet Mary. »MJ hat heute früh angerufen. Die zwei haben wohl unfassbar viel in der Firma zu tun und können es leider noch nicht genau abschätzen.«

»Besser für mich«, grinst Bryan.

»Weil?« Ich schaue ihn fragend an.

»Er dann mehr Chicks abbekommt, wenn die Jungs nicht da sind«, lacht Mary und verschwindet nach draußen.

Ein paar Minuten später stehe ich startklar an der Tür und warte auf Jake, der unsere zwei Surfboards holt.

»Bereit?«

»Na klar«, lüge ich ihn an und weiß jetzt schon, dass mir wahrscheinlich auch heute der Take off nicht richtig gelingen wird. Aber der Gedanke, mit ihm ein wenig allein zu sein und hemmungslos seinen Körper in seinem sexy Neoprenanzug anstarren zu können, reicht mir vollkommen. Wenn ich ganz viel Glück habe, zieht er ihn nach dem Surfen wieder auf seine Hüften runter und erlaubt mir ungenierte Blicke auf seinen durchtrainierten Oberkörper.

Wir laufen gemeinsam zum Strand und im Gegensatz zu vorgestern ist er heute bedeutend voller. Machen wohl das Wochenende und das für diese Jahreszeit wirklich gute Wetter. Die Möwen fliegen kreischend durch den blauen Himmel und ich beobachte die Wellen, die leise am Strand brechen.

»Ist es okay für dich, dass hier heute mehr los ist?« Jake schaut mich prüfend von der Seite an.

»Na ja, ich kann wohl nicht verhindern, dass sich am Strand Menschen aufhalten.« Ich vergrabe meine Zehen im warmen Sand. »Aber eins sag ich dir: Ich mag vielleicht keine Elfe auf dem Surfbrett sein, aber wenn dich eine heiße Surfertussi anmacht, habe ich genug Kraft, ihr das Surfboard um die Ohren zu hauen.«

Jake lacht und zieht mich an sich. »Da brauchst du dir wirklich keine Sorgen zu machen. Ich habe eh nur Augen für dich.«

Und dann küsst er mich und neckt mich mit seiner Zunge.

Ich schlinge meine Arme um seinen Hals und erwidere seinen Kuss.

»Aufhören, Süße«, raunt Jake und schiebt mich ein Stück von sich. »Sonst bekomme ich gleich in aller Öffentlichkeit eine Megalatte und im Neo kann ich die nicht sonderlich gut verstecken.«

Ich lächle ihn an. Gott sei Dank hat er keine Ahnung, wie sehr auch ich ihn gerade will. Diese Nummer heute Morgen unter der Dusche war einfach berauschend und schon wieder spüre ich ein Pochen zwischen meinen Schenkeln, das förmlich danach schreit, von Jake gestillt zu werden.

Keine dreißig Minuten später verfluche ich meine Idee, diesem Brett noch einmal eine Chance gegeben zu haben. Es klappt zwar minimal besser als beim ersten Mal, aber nachdem Jake auf die Idee gekommen ist, mich samt Brett ins flache Wasser zu verfrachten, und ich mir mehrmals das Surfboard in die Seite geknallt habe, gebe ich für heute auf und reibe mir meinen Beckenknochen.

»Das gibt bestimmt einen blauen Fleck«, brumme ich und lasse meinen Oberkörper über das Surfboard hängen.

»Möchtest du trotzdem noch ein wenig mit mir rauspaddeln? Ich würde dir gern etwas zeigen.« Jake legt seine Hand auf meine schmerzende Stelle und streichelt darüber.

»Na klar. Solange wir es langsam angehen lassen.« Ich hoffe, Jake findet mein klägliches Bemühen wenigstens etwas süß, so im Rausch der Hormone oder Sinne.

»Machen wir«, nickt er mir zu und zusammen paddeln wir los.

»Was willst du mir denn zeigen?«, frage ich ihn nach einer Weile.

Jake setzt sich auf sein Board und zeigt mit seinem ausgestreckten Arm in Richtung einer kleinen Bucht. »Sie ist nicht groß, aber da man nur von der Seite des Meeres sicher rankommt, ist dort nur ganz selten jemand anzutreffen. Und vielleicht haben wir ja Glück und sind ein wenig allein?« Verschmitzt grinst er mich an.

»Ach, und du glaubst, dass ich mit dir allein sein möchte?«

»Ich glaube es nicht nur. Ich weiß es.«

»Mmmh, dann scheinst du mich ja schon gut zu kennen«, sage ich und beiße mir verführerisch auf die Unterlippe.

»Louisa, hör sofort auf damit.« Seine Augen verdunkeln sich.

»Warum?« Ich lasse meine Zunge über meine Lippen gleiten.

»Weil ich sonst nicht garantieren kann, dass ich dir deinen Neo nicht gleich vom Körper reiße. Und denk dran … du musst auch wieder vom Strand ins Haus kommen.«

Wir paddeln eine Weile und als wir wieder Boden unter den Füßen spüren, nimmt Jake mir das Surfbrett ab und steckt beide in den Sand. Dann tritt er nah an mich heran. Noch näher. Ganz, ganz nah. Seine Hand legt sich auf meinen Rücken und langsam öffnet er den Reißverschluss meines Neos. »Mach noch mal, was du gerade gemacht hast.«

»Was habe ich denn gemacht?«, sage ich und schaue ihn unschuldig an, nicht ohne mir dabei wieder auf die Unterlippe zu beißen.

»Biest!« Er fährt sich durch die Haare, die nass auf seinen Schultern liegen. Dann leckt er sich über die Lippen, ohne den Blick von mir zu nehmen.

Ich lasse meine Hände über seine breite Brust wandern, streife an seinen Seiten entlang und lasse sie auf seinen Rücken gleiten. »Magst du es, wenn ich dir an den Hintern fasse?«, frage ich ihn grinsend und hauche ihm einen Kuss auf den Mund. Ich spüre, wie seine Lippen sich zu einem Lächeln verziehen, und kneife ihm fest in seine knackigen Pobacken. Ein Raunen dringt aus seinem Mund. Dann presse ich seinen Körper so eng an mich, dass ich seinen Schwanz spüre, der sich dicht an meinen Bauch drückt.

»Dein Körper ist verdammt perfekt, Jake«, murmle ich

und lasse meine Hand von seinem Po nach vorn wandern, streife über seinen Schritt und spüre, wie sein Schwanz unter meiner Berührung härter wird. »Ich muss dich einfach anfassen.«

»Glaub nicht, dass dein Körper nicht wie geschaffen für mich ist«, atmet Jake intensiv an meinem Ohr. Ich reibe mich an ihm und spüre seine Erregung an meinem Bauch. »Dein Körper«, er küsst mich und in seinen Augen flackert pure Wildheit, »bettelt förmlich danach, von mir geküsst und leidenschaftlich geliebt zu werden.« Er küsst verführerisch meine Halsbeuge und zieht mir langsam den Neo aus, seine Lippen zu einem zufriedenen Lächeln verzogen.

»Was ist, wenn uns jemand sieht?«, frage ich ihn und bin mir nicht ganz sicher, ob die Nervosität daher kommt, dass ich Angst davor habe, erwischt zu werden, oder ob es daran liegt, dass Jakes Finger über meinen Bauch hoch zu meiner Brust gleiten.

Jake zieht mich ein Stück weiter auf den Strand hinter eine kleine Steingruppe. »Man kann wirklich nur vom Meer hierherkommen und wir würden es schon merken, wenn hier auf einmal Surfer auftauchen. Na ja … und im schlimmsten Fall haben wir eben Pech gehabt!«

Ich schaue ihn ungläubig an. »Pech?«

Jake lacht. »Baby, mach dir keine Sorgen. Ich bin nicht exhibitionistisch veranlagt und nichts liegt mir ferner, als hier mit dir in Aktion erwischt zu werden. Wir passen auf. Und nun entspann dich.«

Seine Hand wandert wieder über meinen Bauch, umfasst meine linke Brust und zieht sie aus dem Bikini-Oberteil.

»Habe ich dir schon gesagt, wie schön deine Brüste sind?«

Sein Kopf senkt sich und ich erschaudere, als seine Zunge über meine Brustwarze streift, die sich sofort verräterisch aufrichtet.

»In den letzten zwei, drei Stunden nicht«, sage ich leise und streichle durch seine wilde Haarmähne.

Seine Zunge umkreist meine Brustwarze und beginnt ein

verdammt erregendes Spiel. Meine Hände zerren an seinem Neo und er hilft mir, ihn davon zu befreien. Fasziniert starre ich auf seinen muskulösen Bauch und als meine Finger in seine Shorts gleiten, stößt Jake hart den Atem aus und sein Griff um meine Brust wird fester. Ich drücke ihn in den Sand und mit einem Ruck befreie ich ihn von der nassen Hose. Meine Hände wandern über seine warme, weiche Haut, ich spüre die Muskeln, die sich unter meiner Berührung anspannen. Meine Hand wandert weiter seinen Körper hinab, ich lasse meine Fingerspitzen sanft über den Bereich unter seinem Bauchnabel streifen und beobachte fasziniert, wie sein Schwanz sich mir entgegenbewegt.

»Louisa, du musst das nicht tun«, keucht Jake unter mir.

Ich lächle ihn an und küsse seinen Bauch. »Ich weiß. Aber ich möchte es.«

Während meine Zunge ihn weiter neckt, achte ich auf jede Regung seines Körpers und sein immer schneller gehender Atem lässt mich wissen, dass er dies hier genießt und meine Berührungen die richtige Wirkung haben.

»Oh Gott, Louisa, langsam. Ich will nicht so schnell kommen.«

Mit einem Stöhnen drückt er seinen Rücken weiter durch und ich betrachte fasziniert das Schauspiel, das sich mir bietet. Seine Spitze ist feucht und dieser schöne Mann unter mir atmet schwer. Ich schaue ihn an, lächle und senke meinen Kopf, lasse meine Zunge über seine Eichel gleiten. Seine Hand schnellt auf meine Schulter, er hält sich fest. Ich genieße es, dass ich ihn so erregen kann. Langsam öffne ich meine Lippen und lasse seinen Schwanz in meinen Mund gleiten. Vorsichtig beginne ich, leicht zu saugen, und teste, was ihm gefällt. Sein Stöhnen ist Bestätigung genug.

»Louisa«, raunt er. »Wenn du nicht aufhörst, komme ich gleich!«

Jakes Atem ist stoßartig und er wirft seinen Kopf zur Seite. Statt von ihm abzulassen, nehme ich seinen Schwanz so tief in meinen Mund, wie ich kann.

»Baby«, stöhnt Jake unter mir, »lass mich dich berühren. Bitte!«

Ich schüttle den Kopf, presse meine Lippen fester um seinen Schaft und umkreise ihn mit meiner Zunge.

Plötzlich beginnt Jakes Schwanz in meinem Mund zu zucken. Er stöhnt auf und drückt sich tief in meine Kehle. Seine Hände halten meinen Kopf fest und dann verliert er sämtliche Kontrolle über seinen Körper und ergießt sich in meinem Mund. Ich schmecke seinen Saft und spüre ein heftiges Beben, das seinen Körper durchzuckt, als ich seinen Schaft noch einmal in den Mund nehme und an ihm sauge, den letzten Tropfen in mir aufnehme.

»Louisa, du bläst fantastisch. Wo hast du das gelernt?«

Heftig atmend liegt Jake unter mir und ich genieße das Gefühl, ihn so ermattet zu sehen.

Ich muss lachen. »Tja, gute Frage. Pornos?«

Jake setzt sich auf. »Du guckst Pornos?« Ungläubig schaut er mich an.

»Nein, aber dein Gesicht war mir die Antwort wert.«

Und dann küssen wir uns und während seine Zunge in meinen Mund drängt, schmecken wir beide die Leidenschaft, die sich auf unseren Lippen verteilt.

»Wollen wir zurück?«, frage ich und ziehe mir meinen Bikini wieder richtig an.

»Du bist ja noch gar nicht auf deine Kosten gekommen!«

»Das ist schon okay«, beruhige ich Jake. »Jetzt sind wir quitt.«

»Quitt?« Er schaut mich irritiert an.

»Ja, erinnerst du dich an heute Morgen unter der Dusche?«

»Oh ja, Louisa, wie könnte ich vergessen, wie du ausgelaufen bist!«

»Jake!« Ich schlage erneut die Hände vor mein Gesicht.

Er lacht und schließt mich in seine Arme. »Baby, das war so geil, dass ich das Ganze gern erleben würde, wenn mein Schwanz in deiner wunderschönen Pussy verschwindet.«

»Hat dir schon mal jemand gesagt, dass du ein ganz schönes Ferkel bist, Herr von und zu?« Ich tue gespielt entrüstet.

»Ja, du gerade!«

Und dann küsst er mich und das Pochen zwischen meinen Beinen wird fast unerträglich.

»Jetzt aber zurück mit uns zwei Hübschen. Dann haben wir noch Zeit, uns vor dem Bonfire ein bisschen wärmer anzuziehen.«

»Bonfire?« Ich schaue ihn fragend an.

»Ja«, sagt Jake und zieht sich seinen Neo wieder an. »An den Abenden vor dem großen Surfcup gibt es am Strand gemütliche Lagerfeuer. Einige bringen etwas zu essen mit, andere tanzen. Insgesamt ist es immer eine schöne Atmosphäre und die Leute sind gut drauf. Möchtest du mit mir da hingehen?«

»Mit dir gehe ich überall hin, Jake.« Ich werde bei der Antwort ein wenig rot – mal wieder.

»Ist der Sex zwischen uns für dich eigentlich okay?« Jake schaut mich fragend an.

»Soll ich den etwa mit Schulnoten bewerten?«, frage ich irritiert. »Ich bin mir nämlich nicht sicher, ob der Notenbereich schon erfunden wurde.«

Jake lacht und auch ich kann mir ein Grinsen nicht verkneifen. »Das meine ich nicht«, antwortet er. »Ich möchte einfach nicht, dass du dich unwohl fühlst oder das Gefühl bekommst, ich würde dich nur für meine Lust und Befriedigung benutzen. Ich will, dass du es auch genießen kannst und dich gut fühlst.«

Beinahe zaghaft streicht er mir eine Locke hinters Ohr und scheint gespannt auf meine Antwort zu warten.

Ich nehme seine Hand in meine und küsse seine Handfläche. »Jake, ich fühle mich so geborgen wie schon lange nicht mehr und wenn du auch nur in Ansätzen glaubst, ich könnte nicht befriedigt sein oder mich nicht gut fühlen, könnte ich ja noch einmal den heutigen Morgen ins Spiel bringen, so ganz nebenbei.«

Statt einer Antwort nimmt Jake mich in den Arm und sagt: »Du bist ganz schön inspirierend, weißt du das?«

»Inspirierend?« Ich sehe ihn verdutzt an.

Jake lacht und reicht mir mein Surfboard. »Vielleicht, du meine Muse!«

15

»Ich habe uns noch eine Decke eingepackt«, sagt Jake, als wir im Auto sitzen und den kurzen Weg zu dem Teil des Strandes fahren, auf dem das Lagerfeuer stattfinden soll.

»Du denkst wirklich an alles.« Ich kuschle mich an seine Seite. »Bist du immer so?«

»Wie meinst du?« Jake schaut mich prüfend an.

»Na ja, so aufmerksam und irgendwie immer um mich besorgt. Also, ich meine … nicht, dass man sich um mich Sorgen machen müsste, aber es ist dir wichtig, dass es den Menschen um dich herum gut geht, oder?«

Mir kommt es vor, als würde Jake etwas unruhig hinter dem Steuer hin und her rutschen, bevor er kurz zu mir schaut und dann seinen Blick wieder auf die Straße richtet. »Es ist mir einfach wichtig, aufmerksam zu sein und auf die Menschen um mich herum zu achten. Viel zu schnell und oft ist man nur auf sich fixiert und übersieht Dinge, die nicht selbstverständlich sind. Und es ist schön, zu wissen, dass es den Menschen, die man mag, gut geht.«

»Ach, du magst mich?« Ich kann mich nicht erinnern, dass ich jemals in der Gegenwart eines anderen Mannes so mutig und, ja, selbstbewusst gewesen wäre, aber ich fühle mich in seiner Nähe wohl und traue mich zu so einer Frage.

»Nee, dich mag ich nicht.« Jakes Hand legt sich auf mein Knie, seine Finger streifen den Stoff meines Kleides etwas zur Seite und ich spüre die Wärme seiner Haut auf meinem Bein. »Dich habe ich, glaube ich, schon echt verdammt gern.«

Ich blicke auf seine Hand, lege meine darauf und schaue aus dem Fenster, lasse die letzten Strahlen der Abendsonne auf mich wirken, die Newquay in ein wunderschönes Licht kleiden. Ich bin glücklich. London und Nate sind so weit weg, aller Kummer liegt meilenweit entfernt und scheint schon Vergangenheit zu sein. Jakes Nähe und sein ständiges Bemühen, dass es mir gut geht, lassen mich meine Enttäuschung und meine Angst vor Zurückweisung vergessen. Auch fühle ich mich nicht mehr konstant wie ein totales Wrack, was meine Emotionen betrifft. Dieses dauerhafte Weinen war ja wirklich nicht ich. Wahnsinn, wie ein Mensch ein Leben innerhalb von wenigen Tagen komplett auf den Kopf stellen kann.

»Hast du eigentlich schon wieder einen Artikel geschrieben?«, fragt Jake mich nach ein paar Minuten.

»Ich habe die zwei geschrieben, von denen ich dir erzählt hab. Aktuell fehlt mir ein wenig der Input. Ich könnte natürlich auch über hemmungslose Sex-Eskapaden schreiben. Das wäre vielleicht was. Schließlich habe ich in den letzten Stunden genug Input bekommen.« Ich grinse ihn an.

»Honey, du hast noch nicht ansatzweise genug In-put bekommen, glaub mir«, antwortet Jake und sein Griff um mein Bein wird fester und seine Hand schiebt sich ein Stückchen weiter unter mein Kleid.

»Wer hat mich heute Morgen Nimmersatt genannt?« Ich schaue Jake spielerisch tadelnd an und halte seine Hand fest, bevor sie noch weiter unter meinem Kleid verschwinden kann.

»Bist du glücklich, Louisa?«, fragt er mich und für einen Moment ist es ganz still im Auto und wir lauschen den Klängen des Radios, das leise im Hintergrund läuft.

»Ich fühle mich sehr befreit und meine Traurigkeit der

letzten Tage ist von mir gewichen. Dafür bin ich dir sehr dankbar.«

»Dafür bin ich aber nicht allein zuständig.«

»Das weiß ich, Jake. Als ich in Newquay angekommen bin, war ich auf der Flucht. Du, Mary und die Jungs habt es geschafft, dass ich mich innerhalb kürzester Zeit an diesem wunderbaren Fleckchen Erde verdammt wohlfühle. Auch wenn ich weiß, dass ich hier nicht ewig bleiben kann und bald wieder zurückmuss. Für den Moment ist all das hier genau das, was ich brauche. Was meine Seele und mein Herz brauchen.«

Jake schaut mich von der Seite an. »Dann genieß den Moment, Louisa, und genieße die Kraft, die er dir gibt.«

Ich weiß nicht, was ich darauf antworten soll, nicke also nur und drücke leicht seine Hand.

Schweigend fahren wir den Rest des Weges zum Strand. Dort sehen wir schon vom Parkplatz aus eine bunte Mischung an Menschen, die um ein großes Lagerfeuer stehen. Immer wieder fliegen Funken hoch in den Himmel und in der Luft liegt der Geruch von brennendem Holz. Hin und wieder wirft jemand ein Holzscheit in die Flammen. Irgendjemand hat sein Auto auf den Strand gefahren und Musik tönt aus den Lautsprechern und füllt die Luft mit chilligen Klängen. Mit uns gehen auch noch andere zum Feuer, setzen sich zu Bekannten, lachen, trinken ein Bier oder wiegen sich im Takt der Musik. Natürlich kenne ich hier niemanden, denn von Bryan ist weit und breit nichts zu sehen.

Jake nimmt mich an die Hand und zusammen gehen wir zu einer Gruppe, die gemütlich am Feuer sitzt. Er stellt mir nach und nach seine Surfkollegen vor, kommt mit Fremden ins Gespräch und sorgt dafür, dass ich wenig später mit einem Bier in der Hand im Sand sitze. Ich war noch nie der Typ Mensch, der schnell mit Fremden ins Gespräch kommt. Ich bin eher der stille Beobachter und brauche etwas länger, um mit anderen warm zu werden. Typisch introvertiert.

Umso erstaunlicher ist es, dass es mir mit Mary und den Jungs so anders ging.

Während ich still neben Jake sitze und den Abend genieße, beobachte ich ihn, wie er mit anderen scherzt und Wetten über mögliche Sieger des Surfcups abschließt. Immer wieder legt er seinen Arm um mich, küsst meine Wange und fragt, ob es mir gut geht oder ob ich nach Hause möchte.

Irgendwann kommt auch Bryan mit zwei Mädels links und rechts im Arm über den Strand zu uns und nun weiß ich, was Mary heute Mittag mit Ablenkung gemeint hat. Bryan ist in allerbester Flirtlaune und als er sich nach Ewigkeiten neben mich in den Sand fallen lässt, halte ich ihm mein Bier entgegen und wir stoßen an.

»Bryan, kommst du bei den ganzen Ladys noch klar? Namen noch alle drauf?«

»Es gibt doch eh nur eine für mich«, lacht er und drückt mir einen Kuss auf die Wange. »Aber die hat komischerweise Gefallen an einem großen, langhaarigen Mann namens Jake gefunden und ich habe noch nicht ganz raus, wie ich ihr den austreiben kann.«

»Pass auf, dass dir dieser große, langhaarige Mann nicht auch was austreibt«, ertönt Jakes Stimme neben uns. »Meinst du, ich kann dir mein Mädchen für einen Moment anvertrauen? Auch auf die Gefahr hin, dass ich dich später in die Mangel nehmen muss, weil du unzüchtig mit ihr umgegangen bist? Ich habe Colin gesehen und muss noch ein paar Dinge für den Surfcup mit ihm absprechen. Dauert maximal zehn Minuten.«

»Unzüchtig?« Bryan schaut Jake entrüstet an, darauf bedacht, sich ein Grinsen zu verkneifen. »Ich muss doch sehr bitten. Ich werde Louisa mit meinem Leben beschützen und jeden Mann verjagen, der unserem Herzblatt auch nur ein Stück zu nahe kommt!«

»Ihr habt so einen Schaden«, pruste ich und schüttle den Kopf. »Ich komme schon zehn Minuten ohne dich klar. Geh schon, dann kann ich wenigstens mit Bryan ein wenig über dich lästern.«

»Lästern?« Jake schaut mich an und kann sich selbst kaum das Grinsen verkneifen. »Du meinst wohl, aus der Ferne anschmachten!«

»Ja, vielleicht auch das«, lache ich und werfe ihm einen Luftkuss zu.

»Ich beeile mich, dann kann Bryan sich gleich wieder um seine Miezen kümmern!«

Mit diesen Worten entfernt Jake sich von uns und ich ertappe mich dabei, wie ich ihm hinterherstarre.

»Ihr zwei seid echt schlimm«, sagt Bryan und macht es sich auf der Decke neben mir gemütlich.

»Wieso?«, frage ich.

»Euch hat es voll erwischt. Das ist echt krass.«

»Warum?«, frage ich wieder nach und komme mir wie ein Kleinkind vor.

»Dein Sprachzentrum hat auf jeden Fall schon gelitten. Immer diese Nebenwirkungen beim Verliebtsein!«

»Ich habe nie gesagt, dass ich verliebt bin«, versuche ich, mich zu rechtfertigen, und weiß auch, dass das völlig umsonst ist, denn Bryan ist sich seiner Sache ziemlich sicher.

»Nicht ärgern lassen, ich gönne es euch von Herzen«, lacht er und nimmt einen kräftigen Schluck aus seiner Bierflasche. »Solange ihr euch glücklich macht und die Zeit hier genießt, ist doch alles gut. Willst du auch noch ein Bier? Meins ist leer.«

»Gern«, nicke ich und reiche Bryan meine Flasche, die inzwischen auch leer ist.

»Bin sofort wieder da«, sagt er und drückt sich neben mir hoch. »Nicht weglaufen!«

»Bestimmt nicht!«

Bryan macht sich auf, uns zwei neue Flaschen Bier zu besorgen, und ich lasse meinen Blick über die unterschiedlichen Grüppchen hier am Strand gleiten. Die Stimmung ist wirklich einzigartig und überall um das Bonfire unterhalten sich angeregt Menschen, einige tanzen sogar zur Musik, die immer noch aus den Boxen ertönt, und ich kann mich nicht daran erinnern, wann ich das letzte Mal so einen entspannten Abend unter so vielen fremden Menschen verbracht habe.

»Dir ist schon klar, dass das hier ein Glück auf Zeit ist, oder?«

Erschrocken schaue ich hoch, denn ich habe gar nicht mitbekommen, dass sich mir jemand genähert hat. Neben mir im Sand erkenne ich eine junge Frau stehen, die ihre Hände in die Hüften gestemmt hat. Sie scheint mit ihren weiblichen Reizen nicht zu geizen. Ihre langen Beine stecken in einer hellblauen Skinny Jeans, die definitiv nicht davor haltmacht, ihren Po perfekt zu betonen. Ihr für ihre Figur durchaus üppiges Dekolleté kommt in dem weißen Carmenoberteil mit dem Spitzenrand sehr gut zur Geltung. Ihre Schultern sind schlank und werden zum Teil von blonden Haaren verdeckt, bei denen ich mir nicht sicher bin, ob sie von Natur aus so glatt sind oder ob das Glätteisen nachgeholfen hat. Ihre perfekt manikürten Nägel erstrahlen in einem hellen Weiß und natürlich findet sich der Farbton auch auf den Fußnägeln wieder. Dass ihre Haut wunderbar gebräunt ist, kann ich selbst im Licht des Lagerfeuers deutlich erkennen.

Sie sieht gut aus, das muss ich neidlos anerkennen, als mein Blick an ihr entlang hochwandert.

»Ja, schau ruhig hin. Das hat Jake vor dir auch schon ausgiebig getan und er wird es sicher wieder machen, wenn du weg bist!«

Ich schnappe nach Luft, kann mich aber sehr schnell sammeln und entscheide mich, zügig aufzustehen. Ich mag es nicht, von oben herab angesprochen, geschweige denn behandelt zu werden, und unterhalte mich lieber auf Augenhöhe.

»Wie habe ich das zu verstehen?« Mit einer Augenbraue leicht hochgezogen schaue ich die blonde Schönheit an.

»Glaubst du wirklich, dass du für Jake mehr als nur eine Urlaubsromanze bist? Ich war vor dir da und werde es auch nach dir sein, wenn du wieder weg bist. Und mal ehrlich, kann ja sein, dass Jake für den Moment Lust auf Frauen mit mehr Speck auf den Rippen hat, aber mehr als austesten ist das sicherlich nicht.«

»Fuck, Michelle, spinnst du jetzt total?«

Plötzlich ist Bryan wieder da und stellt sich zwischen uns Frauen.

»Was willst du hier?«, ertönt im nächsten Moment Jakes Stimme, der ebenfalls wie aus dem Nichts bei uns steht. »Bryan, Alter, ich habe dir gesagt, du sollst auf Louisa aufpassen. Ich bin keine zehn Minuten weg und schon bricht das Chaos aus.«

»Bryan hat uns nur Bier geholt und hier ist definitiv kein Chaos ausgebrochen«, komme ich meinem zweitliebsten Surferboy zu Hilfe und lege Jake eine Hand auf den Arm. »Gibt es bei euch beiden irgendwas zu klären?«, ergänze ich und schaue gespannt zwischen Michelle und Jake hin und her. Ich bin selbst ziemlich überrascht über meinen ruhigen Umgang mit der Situation. Noch vor ein paar Tagen hätte mich das plötzliche Auftreten einer so reizvollen Frau ziemlich aus der Bahn geworfen. Jetzt aber zweifle ich nicht einen Moment daran, eine wahnsinnige Wirkung auf Jake zu haben. Vielleicht macht auch mein zunehmendes Selbstbewusstsein mich so sexy für ihn. Egal, was es ist, ich sehe keinen Grund darin, Angst vor der blonden Schönheit zu haben, die es auf Jake abgesehen zu haben scheint.

Jake ergreift meine Hand und drückt sie kurz und fest. »Ich glaube, Michelle hat immer noch nicht begriffen, dass ich nichts von ihr will.«

»Das sah vor einiger Zeit aber noch ganz anders aus«, säuselt sie und versucht, Jake mit ihrer Hand über die Brust zu streichen. Instinktiv geht er einen Schritt zurück.

»Verdammt, Michelle«, mischt sich jetzt auch Bryan ein. »Du weißt genau, dass die Sache mit dir und Jake ewig her ist, und dass er nichts von dir will, hat er dir mehr als einmal deutlich gezeigt. Oder muss ich dich wirklich daran erinnern, dass du nicht ein Mal etwas mit uns unternommen hast, weil

Jake dich nie eingeladen hat? Ziemlich bezeichnend, oder? Ein Mann, der Interesse an einer Frau hat, zeigt ihr das und lässt sie in sein Leben.«

Michelle stöhnt frustriert auf. »Ist eh kein Verlust«, sagt sie schulterzuckend und steckt ihre Hände in die Hosentaschen. »Der ist doch sowieso nur bei sich und lässt keine an sich ran!«

Ich merke, dass Jake zum Angriff übergehen will, daher drücke ich seine Hand fest und hake mich im nächsten Moment bei ihm unter. »Dann bin ich ja froh, dass ich gerade so an ihn ran darf«, lache ich und drücke Jake einen Kuss auf die Wange. Wenn Männer Revierverhalten können, kann ich das auch. »Sollen wir gehen?«, frage ich und schmiege mich fest an seinen Körper.

»Sehr gern«, sagt Jake laut und flüstert mir anschließend leise etwas zu, das nur für meine Ohren bestimmt zu sein scheint. »Ich möchte mit dir allein sein.«

Sofort bildet sich eine Gänsehaut auf meinem ganzen Körper.

Frustriert dreht Michelle sich um, aber ich halte sie am Arm fest. »Was?!«, entfährt es ihr genervt und sie versucht, meine Hand abzuschütteln.

»Eine Sache will ich noch loswerden.« Ich schaue ihr direkt in die Augen und bin über meine erneute Selbstsicherheit wirklich überrascht. »Dass du dich von mir bedroht fühlst, zeigt, dass du noch etwas an deiner Selbstliebe arbeiten solltest. Starke Frauen, die mit sich im Reinen sind, machen andere Frauen nämlich nicht runter. Und noch ein kleiner Tipp – wenn man ein gutes Herz hat, sehen Menschen das. Und dann übersehen sie auch ein größeres Hinterteil.« Ich grinse sie an und klopfe mir mit meiner freien Hand auf meinen Po.

Während Bryan vor Lachen fast sein Bier ausspuckt, drehe ich mich um und ziehe Jake mit mir.

»Was für ein Auftritt«, murmelt er. »Respekt! Tolle Frau, das muss ich wirklich sagen.«

Für eine Weile laufen wir ohne ein Wort zu sagen über den Strand. Dann bleibt Jake stehen und zieht mich in seine Arme. »Die Sache mit Michelle war echt nur von kurzer Dauer. Bitte glaub mir das. Ich habe kein Interesse an ihr.«

Er schaut mich durchdringend an und in seinen Augen kann ich erkennen, dass es ihm wichtig ist, dass ich ihm glaube.

»Jake«, sage ich zärtlich. »Ich weiß, dass du ein Leben vor mir hattest. Ich werde definitiv nicht damit anfangen, nach deinen ehemaligen Bettgeschichten zu fragen. Wir sind beide keine sechzehn mehr und haben beide eine Vergangenheit. Alles ist gut! Ich glaube dir.«

Und das tue ich wirklich. Und für einen kurzen Moment überrascht es mich, da die Sache mit Nate mein Vertrauen in Männer stark ins Wanken gebracht hat. Aber wieder einmal merke ich, dass es Jake wirklich wichtig ist, dass es mir gut geht, und dass ich ihm am Herzen liege.

»Ich muss aber eine Sache richtigstellen«, sagt er und zieht mich noch enger in seine Arme. »Was du eben gesagt hast, stimmt nicht.«

Irritiert schaue ich ihn an. »Was meinst du?«

»Auch wenn du definitiv ein gutes Herz hast, würde ich dein zauberhaftes Hinterteil trotzdem nie übersehen!«

Ich muss laut lachen und ziehe ihn ein Stück zu mir runter. Dann berühre ich sein Ohrläppchen mit meiner Zunge und kann spüren, wie ihn ein kleiner Schauer erfasst.

Jake nimmt mein Gesicht in seine Hände und schaut mich zärtlich an. »Fahren wir nach Hause?«

»Nach Hause«, sage ich sehnsüchtig und spüre, wie wunderbar das klingt.

16

Als ich am nächsten Morgen wach werde, ist Jake nicht da. Verwirrt setze ich mich auf und versuche, das unterschwellige Gefühl von Angst und Unsicherheit wegzuschieben. Mein Blick wandert im Zimmer umher. Wo ist Jake? Er wollte doch hier sein, wenn ich wach werde. Das hat er mir gestern Nacht vor dem Einschlafen gesagt.

Mein Blick fällt auf das Kissen neben mir. Jake hat eine kleine Notiz hinterlassen.

Musste Bryan helfen. Entschuldige, dass ich mein Versprechen nicht halten konnte. Du bist wunderschön, wenn du schläfst. Und schnarchst auch nur ein ganz kleines bisschen …

Mach dir einen schönen Tag.

Jake

Spinner, ich schnarche gar nicht! Na ja … vielleicht ein bisschen. Wie peinlich! Hoffentlich nicht immer und die ganze Nacht.

Ein Blick auf die Uhr verrät mir, dass es kurz nach acht ist. Wie früh muss Jake denn bitte schön Bryan helfen?

Ich soll also einen schönen Tag haben. Übersetzt heißt das so viel wie *Du musst den Tag ohne mich verbringen.* Was eigentlich nicht schlimm ist, nur habe ich mir meinen Morgen ein wenig anders vorgestellt. Ein bisschen lustvoller und befriedigender, um es mal so auszudrücken. Aber vielleicht ist es auch nicht schlecht, für ein paar Stunden nicht dauererregt zu sein. So kann ich mich um meine E-Mails kümmern, mich bei Leah melden und vielleicht ein bisschen für meinen nächsten Artikel brainstormen. Und dann muss ich mir wohl oder übel darüber Gedanken machen, wie es weitergehen soll. Ich kann hier nicht ewig bleiben. Ein paar Tage noch. Bis nach dem Surfcup. Vorher will ich hier nicht weg.

Zu wissen, dass ich Jake zurücklassen muss, versetzt meinem Herzen einen kleinen Stich. Ob er wohl auch schon darüber nachgedacht hat? Wie steht er zu Fernbeziehungen? Und sind wir überhaupt an einem Punkt, darüber nachzudenken? Vielleicht bin ich auch nur ein kleiner Flirt für ihn, so am Ende des Sommers, und er genießt mich quasi wie die letzten Sonnenstrahlen?

Kopfkino!

Ich schüttle den Kopf und schlage die Decke weg. Viel zu viele Gedanken nach einer so aufregenden Nacht. Sex mit Jake ist so anders als mit Nate. Selbst wenn Jake die aktivere Rolle übernimmt, habe ich nie das Gefühl, dass er nur an sich denkt, dass er mich nur für seine Befriedigung braucht. Die Dinge, die er letzte Nacht mit meinem Körper gemacht hat, lassen mich ein wenig erröten. Hach ja, Leidenschaft ist schon was Tolles.

Ich gehe in mein Zimmer, springe dort unter die Dusche und ziehe mich für den Tag an. Bewaffnet mit Handy und Laptop hüpfe ich kurze Zeit später die Treppe runter. Moment, ich hüpfe? Sex scheint definitiv zu beschwingen.

Am Ende der Treppe stoße ich mit jemandem zusammen. Bryan!

»Ähm, ich dachte, du und Jake seid schon unterwegs?« Verwirrt schaue ich ihn an.

»Später erst, du Surferbraut. Ich war heute Nacht spät daheim und muss langsam in meinen Tag starten. Ich treffe mich nachher mit ihm. Ist er denn nicht bei dir? So wie es gestern Nacht klang, als ich nach Hause gekommen bin, dachte ich, ihr wäret quasi miteinander verschmolzen.«

Bryan grinst mich an. Ich werde rot. Herrje, das muss ich wirklich irgendwie abstellen.

»Ach, er hat mir eine Nachricht hinterlassen, dass er schon losmusste, weil er dir helfen sollte. Das ist alles. Vielleicht wollte er vorher noch was erledigen?«

»Bestimmt«, nickt Bryan und tätschelt meine Schulter. »Er kann ja schlecht den ganzen Tag mit einer Dauererektion durch die Gegend laufen. Das hält der stärkste Mann nicht aus! Gönn ihm mal ein wenig Ablenkung und Abstand. Gut möglich, dass er vorher noch eine Runde surfen ist. Macht er gern, um einen klaren Kopf zu bekommen und Energie für den Tag zu sammeln. Mach dir nicht sofort Sorgen.«

Bryan scheint meine Gedanken erraten zu haben. Ab und zu ist es gar nicht schlecht, Dinge nicht immer so ernst zu nehmen. Ich beneide Menschen wie ihn, die nicht immer alles rational erklären wollen und Sachen auch einfach mal locker sehen. Vielleicht hat er recht und ich sollte dem Ganzen nicht so viel Gewicht geben und nicht so viel hineininterpretieren. Was ist schon dabei, den Tag allein zu verbringen? Gar nichts! Und mit dem Gedanken hole ich mir einen Kaffee aus der Küche, schnappe mir meinen Laptop und das Handy und setze mich gemütlich nach draußen. Dann wähle ich Leahs Nummer. Es dauert keine fünf Sekunden und sie ist am Apparat.

»Louisa! Du lebst!«

»Ja, definitiv«, lache ich. »Wenn auch ein wenig geschwächt.«

»Wieso geschwächt? Bist du krank?«

»So würde ich das nicht sagen.« Ich muss mich verlegen räuspern.

»Louisa! Was treibst du? Wo bist du? Wie heißt er?«

»Recherche, Baby!« Leah ist wirklich unverbesserlich.

»Deinen Job hätte ich gern!«, ertönt es am anderen Ende. »Erzähl … was ist bei dir los? Und wann kommst du wieder? Wir vermissen dich hier!«

»Ich bin in Newquay.« Es gibt keinen Grund, Leah anzulügen.

»In Newquay?«, fragt sie ungläubig. »Was machst du denn in dem Nest? Sexy Surfer für deine Artikel recherchieren? Halt, stopp … deswegen der letzte Artikel über die Surfstunden? Erzähl mir alles. Wie heiß sind die Kerle da?«

»Sehr heiß«, lache ich und nippe an meinem Kaffee. »Einer besonders!«, füge ich hinzu.

»Louiiiiiisa! Jetzt lass dir nicht alles aus der Nase ziehen!« Ich kann förmlich sehen, wie Leah unruhig auf ihrem Stuhl hin und her hüpft und vor Neugierde fast die Wände hochgeht.

In Kurzfassung erzähle ich ihr von Jake und den Surfstunden. Und von den Küssen. Und dem unfassbar heißen Sex.

»Süße, ich bin stolz auf dich!«, tönt Leah am anderen Ende. »Und wann kommst du wieder? Und bringst du das heiße Gerät mit?«

»Ich bin nächste Woche wieder da. Ich sammle noch ein paar Ideen für die nächsten Artikel und komme dann heim.«

»Oh Süße, ich freu mich so auf dich! Wir müssen unbedingt wieder zusammen ausgehen. Es ist so viel passiert. Ich habe so heiße Kerle kennengelernt. Wahnsinn. Muss ich dir erzählen. Das wäre mal Inspiration für deine Storys. Und das Neuste vom Neuen weißt du ja auch noch gar nicht! Nate und Ally sind getrennt! Das ist momentan *das* Thema in der Redaktion!«

»Waaaaaas?«

Okay, das war vielleicht ein bisschen zu laut in den Hörer gebrüllt.

»Warum sind sie getrennt?«, frage ich etwas leiser. Ich muss schlucken. Ich bin doch erst ein paar Tage weg.

»Das weiß ich nicht genau. Vielleicht hat sie gemerkt, dass

er sich durch die Gegend gevögelt hat? Oder er hat seine Traumfrau zwischen all den Dates gefunden? Ich habe keine Ahnung. Ich dachte echt, er wäre cool, aber in den letzten Tagen ist er unausstehlich und häufig nur kurz in der Redaktion. Mal sehen, wie lange ich mir das Spielchen noch anschaue. Wenn er nicht so unfassbar gut in seinem Job wäre, hätte ich ihn schon vor die Tür gesetzt.«

»Weißt du, wer sich von wem getrennt hat?«, frage ich ein bisschen neugieriger, als mir lieb ist.

»Ich bin mir nicht sicher. So wie er momentan drauf ist, tippe ich, dass sie Schluss gemacht hat. Ich werde es aber noch herausfinden und dir dann natürlich sofort erzählen. Ich vermisse dich und unsere gemeinsamen Lästerstunden!«

»Ich bin ja bald wieder da«, antworte ich ihr, immer noch in Gedanken.

Ich versuche, zu ignorieren, dass mir mein Herz fast zum Hals rausspringt. Nate und Ally sind getrennt? Warum? Will ich das überhaupt wissen? Hat es vielleicht sogar etwas mit mir zu tun?

»Süße«, flötet Leah ins Telefon und holt mich in die Realität zurück. »Ich muss auflegen. Hier in der Redaktion ist totales Chaos. Du kennst das ja! Meldest du dich, wenn du wieder da bist? Und bring den sexy Surfer mit! Und am besten auch noch zwei bis drei für mich!«

Und mit diesen Worten hat sie aufgelegt und ich sitze wie versteinert auf der Veranda. Erst mal tief durchatmen. Nate ist wieder Single. Wie lange habe ich gehofft, dass er sich trennt, und jetzt, wo ich weg bin, wo er irgendeine Tussi mit einer dieser blöden Dating-Apps findet, trennt er sich sofort für sie. Warum regt mich das eigentlich so auf? Nate liegt in der Vergangenheit und es soll mich nicht mehr jucken, was mit ihm los ist. Soll er doch! Pah!

Ab und an wünschte ich, ich könnte so wie Leah sein. Hier ein Date, da ein Date – Hauptsache, unverfänglich und ohne Verbindlichkeiten. Aber bin ich so? Will ich wirklich so sein? Ist es nicht viel schöner, mit einem Mann wie Jake alt zu werden? Was treibt Leute dazu, sich für diese unverbindliche, lose Art des Lebens ohne Verpflichtungen zu entscheiden? Gibt es mehr Leahs auf der Welt, als ich denke? Ist die Frau über dreißig überhaupt noch auf der Suche nach nur einem Partner oder ist Polyamorie die Lösung? Irgendwie bleibt bei diesem Bäumchen-wechsel-dich-Spiel am Ende doch immer einer zurück.

Ich klappe meinen Laptop auf und schon bald fliegen meine Finger über die Tasten. Keine zwei Stunden später schicke ich meinen nächsten Artikel an Leah – *Von unverbindlichen Halbherzigkeiten, Mingles und der Frage, ob wir uns selbst etwas schönreden.*

Für mich ist es ein Rätsel, wie Leah so leben kann und dabei glücklich ist. Ich habe sie irgendwann mal gefragt, ob sie sich keinen festen Partner wünscht, und Leah hat schnell abgewunken. *Weißt du, Louisa,* sagte sie, *für mich gibt es nicht den einen, perfekten Mann. Ich lerne so viele interessante Männer kennen, die würden mir alle entgehen, wenn ich mich auf einen festlegen würde. Außerdem verliebe ich mich gern. Wie schrecklich ist denn die Vorstellung, sich nur noch ein einziges Mal in einen Mann zu verlieben? Und mal abgesehen davon – ich habe auch noch nicht denjenigen gefunden, der im Bett so eine Granate ist, dass ich an niemand anderes mehr denken kann. Ich glaube, Monogamie ist nichts für mich!*

Ich fand ihre Aussage so interessant, dass ich mir ein Buch gekauft habe, das sich mit der versteckten Lust der Frauen beschäftigt und die These aufstellt, dass unsere Erziehung und die Prägung durch die Kultur unserem Wunsch nach ständig wechselnden Partnern im Weg stünden. Im Sinne von *der Körper will ständig, nur mein Kopf steht mir im Weg*. Ich kann mir schon vorstellen, dass man in manchen Beziehungen schnell von seinem Sexpartner angeödet ist, aber wenn ich an Jake denke und an das, was er in mir auslöst, kann ich nicht sagen, dass meine Weiblichkeit noch nach etwas anderem verlangt. Sex mit Jake ist der Wahnsinn und er entfesselt in mir eine Kraft und vor allem Lust, die ich vorher noch nie verspürt habe.

Meine Gedanken wandern wieder zu Jake. Wo er wohl ist? Obwohl es fast Mittag ist, hat er sich noch nicht hier blicken lassen. Aber es scheint auch so, als sei Bryan inzwischen unterwegs, und da ich nicht damit rechne, die beiden in den nächsten Stunden zu Gesicht zu bekommen, muss ich meinen Tag wohl allein gestalten. Gearbeitet habe ich schon, vielleicht ist ein bisschen Alone-Time gar nicht schlecht.

Zwanzig Minuten später traue ich meinem Spiegelbild selbst nicht recht, als mir eine Frau im Neoprenanzug entgegengrinst. Jawohl, ich gehe surfen! Ich, Sportnull Louisa, Faulpelz sondergleichen! Na ja … surfen wäre wohl etwas übertrieben, aber diesen Take off kann ich auch allein perfektionieren und ein bisschen Zeit am Strand und Meer zu verbringen, ist ebenfalls nicht schlecht.

Ich strecke mir selbst die Zunge raus, hole mein Surfbrett aus dem Schuppen und laufe Richtung Strand. Wenn mir vor einer Woche jemand erzählt hätte, dass diese Louisa in einem engen Neo zu anderen Leuten an den Strand geht, hätte ich ihn für verrückt erklärt. Und mich wahrscheinlich gleich mit. Aber am dritten Tag in diesem nicht ganz so vorteilhaften Outfit kommt mir das Elend schon nicht mehr so schlimm vor und als ich freudig von anderen Surfern begrüßt werde, fühle ich mich gleich noch besser. Gut, mit Surfen haben meine kläglichen Versuche einige Minuten später nun wirklich nichts zu tun, aber ich schlage mich ganz wacker und ab und an gelingt es mir auch schon, mich aufs Brett zu ziehen, ohne gleich wieder im hohen Bogen im Meer zu landen. Mühsam ernährt sich das Eichhörnchen, oder wie heißt das so schön?

»Voll cool, dass du nicht aufgibst«, höre ich auf einmal jemanden neben mir sagen und als ich mich umschaue, sehe ich eine Frau, die auf ihrem Board neben mir hertreibt. Ich war so darauf konzentriert, nicht vom Surfbrett zu fallen, dass ich gar nicht mitbekommen habe, dass ich beobachtet werde.

»Ähm, danke«, pruste ich, als ich auftauche, weil ich mal wieder mit dem Hintern zuerst vom Brett ins Wasser geplumpst bin. Mein Hintern und die Schwerkraft werden wirklich keine Freunde mehr.

Irgendwie kommt die Frau mir bekannt vor.

»Ich bin Lily«, sagt sie fröhlich und streckt mir ihre Hand entgegen, als ich wieder aufs Surfbrett gerutscht bin. Der Name passt zu ihr.

»Hallo, Lily, ich bin Louisa. Ich glaube, ich habe dich gestern Abend beim Bonfire gesehen, kann das sein?«, sage ich schnell, um diese leicht komische Situation nicht noch komischer werden zu lassen.

»Ja«, Lily nickt, »ich war mit Bryan da. Und bevor du was sagst, ich weiß, das waren auch andere!« Sie grinst.

»Bryan ist ein ganz schöner Draufgänger«, grinse ich zurück und für eine Sekunde glaube ich, einen Hauch von Traurigkeit in ihren Augen erblicken zu können.

»Das kannst du laut sagen, Louisa. Du bist die Freundin von Jake, oder?«

Freundin von Jake? Aus dem Mund eines anderen Menschen klingt das irgendwie … ich weiß auch nicht … schön. Aber bin ich das? Die Freundin von Jake? Wir wollen mal nicht übertreiben.

»Bist du dir nicht ganz sicher, ob du seine Freundin bist? So wie ihr gestern am Strand ineinander vertieft wart und kaum die Hände voneinander lassen konntet, bin ich davon ausgegangen, dass ihr euch schon seeeeehr intensiv kennt.«

»Könnte man meinen, was?« Langsam treiben unsere beiden Surfbretter nebeneinander her. »Wenn ich ehrlich bin«, füge ich hinzu, »weiß ich nicht, was wir sind. Wir kennen uns nämlich erst einige wenige Tage.«

»Ah«, lacht Lily. »Die typische Urlaubsromanze? So wie er dich angeschaut hat, hätte ich das aber nicht gedacht. Und ich will gar nicht davon anfangen, wie sehr er alle anderen Männer von dir ferngehalten hat.«

»Hat er das? Ist mir gar nicht aufgefallen!« Verdutzt blicke ich zu ihr.

»Aber so was von. Man müsste blind sein, um nicht zu erkennen, dass er dich als sein Eigentum markiert hat.«

Gott sei Dank bin ich von der Anstrengung hier im Wasser ganz rot im Gesicht, sonst hätte Lily bemerkt, wie mir bei ihren Ausführungen mal wieder die Röte ins Gesicht gestiegen ist. Auch wenn ich mich wiederhole, das muss wirklich aufhören.

»Na, das muss dir nicht unangenehm sein. Jake ist doch ein unfassbar heißer Typ. Ich hätte nichts dagegen, wenn mich so einer brandmarken würde. Und die Art, wie er das tut, ist sicherlich auch total heiß, oder, Louisa?«

»Mmmh, ja, so könnte man das auch nennen. Heiß ist gar kein Ausdruck.«

Es ist schon eine komische Situation, wie ich hier neben einer mehr oder weniger wildfremden Frau auf einem Surfbrett paddle und wir uns über Jake unterhalten.

Irgendwie mag ich Lily und ihre direkte Art.

»Woher kennst du Bryan und Jake?«, frage ich, weil es mich wirklich interessiert. Ich möchte so viel es geht über Jake erfahren und da wir Frauen von Natur aus kommunikative Wesen sind, stehen die Chancen nicht schlecht, dass ich über Lily ein wenig mehr über ihn herausbekomme.

Für einen Moment ist sie still und antwortet nicht sofort auf meine Frage. Fast scheint es so, als würden ihre Gedanken weit davondriften.

»Man könnte sagen, dass Bryan und ich zusammen aufgewachsen sind. Wir kennen uns seit Kindertagen. Und über Bryan habe ich Jake kennengelernt.«

»Bryan und du seid also quasi Sandkastenfreunde?«, hake ich neugierig nach.

Wieder diese Spur von Traurigkeit in ihren Augen. Das bilde ich mir doch nicht ein!

»So in etwa. Bryan und ich waren zu Schulzeiten zusammen. Highschool-Sweethearts würde man das wohl nennen. Aber dann haben sich unsere Wege getrennt und jetzt sind wir gute Freunde. Mal bin ich seine Wingwoman, mal die, die ihm die Namen seines letzten Dates heimlich zuflüstern muss, weil er schon wieder seine ganzen Frauengeschichten durcheinanderbringt.«

»Aber Lily, ist das nicht unfassbar anstrengend? Und auch irgendwie … blöd für dich?«

»Ach weißt du, Louisa, man wächst mit seinen Aufgaben, nicht wahr?«

Sie lacht wieder und zum ersten Mal fällt mir auf, wie unfassbar hübsch sie ist und wie toll ihr Body auf dem Surfbrett aussieht. Bryan muss echt blind sein. Aber Moment, wenn die zwei zusammen in der Schule waren …

»Wie alt bist du denn?«, platzt es aus mir heraus.

»Dreiunddreißig.«

»Nicht dein Ernst?!«

»Doch, ich bin auf der falschen Seite von dreißig angekommen.«

»Das sieht man dir nicht im Geringsten an. Du siehst megamäßig aus! Wie schaffst du es, in deinem Alter so einen Body zu haben?«

»Wie das klingt! In deinem Alter! Louisa, ich muss doch sehr bitten. Dreiunddreißig ist doch nicht alt! Dreiunddreißig ist nur eine Zahl. Nicht mehr und nicht weniger. Aber, um deine Frage zu beantworten, ich glaube, das macht das Surfen. Wie alt bist du?«

»Fünfunddreißig«, gebe ich kleinlaut zu.

»Ach, das ist doch auch nicht alt. Ich habe mal gelesen, dass die Frau ab Mitte dreißig den besten Sex hat, weil sie dann bei sich angekommen ist und ihren Körper und alles genießen kann. Wir sind also im perfekten Alter!«

Ich lache. Ja, den besten Sex habe ich gerade wirklich. Das will ich nicht leugnen.

Mir kommt eine Idee. »Willst du noch länger hier draußen

bleiben oder hast du vielleicht Lust, einen Kaffee trinken zu gehen? Ich habe heute wohl Jake-frei und weil ich heute Morgen schon gearbeitet habe und mir so langsam die Kraft hier auf dem Brett ausgeht, wollte ich allmählich zurück zum Bed and Breakfast.«

Mary und die Jungs sind zwar unfassbar nett, aber gerade genieße ich es sehr, mich mit einer Frau in meinem Alter auszutauschen. Dass sie dazu Bryan und Jake kennt, ist natürlich ein großer Bonus.

»Kaffee klingt gut«, strahlt Lily. »Aber was hältst du davon, wenn wir rüber zum Camp laufen, wo so langsam alles für die Boardmasters vorbereitet wird? Mit Sicherheit sind Bryan und Jake auch da und wir können schöne Körper und Männer bei der Arbeit begutachten.«

»Perfekter Plan, so machen wir das!«

Ich wusste sofort, dass Lily eine Frau nach meinem Geschmack ist. Und wenn ich ehrlich bin, vermisse ich Jake schon ein wenig und der Gedanke, ihn gleich wiederzusehen, fühlt sich schön an. Außerdem kann ich dann auch sichergehen, dass zwischen uns wirklich alles in Ordnung ist und ich seine Abwesenheit heute Morgen nicht überinterpretieren sollte.

17

Sein muskulöser, von der Sonne gebräunter Oberkörper schimmert golden vor Schweiß und sein Haar fällt offen über seine breiten Schultern. Jede seiner Bewegungen wirkt anmutig und doch kraftvoll und das Spiel der Muskeln unter seiner Haut zieht mich in seinen Bann.

Ich sitze zusammen mit Lily auf der Veranda des Surf Clubs, genieße die warmen Sonnenstrahlen auf meiner Haut und schlürfe genüsslich meinen Kaffee. Mein Blick wandert immer wieder Richtung Strand, wo Jake mit ein paar anderen Männern einige Buden und Absperrungen für den anstehenden Surfcup aufbaut. Es ist erstaunlich, wie dieser Mann mich immer wieder aufs Neue fasziniert. Schon der bloße Anblick seiner starken Oberarme und seines breiten Rückens löst in mir kleine Beben aus.

»Hör auf, zu sabbern!« Lily tippt mir lachend gegen die Schulter.

»Ich sabber doch gar nicht!«, antworte ich gespielt empört und kontrolliere hoffentlich unbemerkt, ob mir nicht doch ein wenig Spucke den Mundwinkel runterläuft.

»Nein, überhaupt nicht, liebe Louisa. Dann solltest du vielleicht nicht so überaus ungehemmt zu Jake starren. Auch wenn ich mehr als verstehen kann, dass der Anblick seines Körpers echt heiß ist.«

»Ja, nicht wahr?«, antworte ich lachend und werde ein wenig rot, als ich bemerke, dass Jakes Blick in Richtung Veranda wandert. Das kann er doch nicht etwa gehört haben! Gedankenübertragung?

Ich proste ihm mit meinem Kaffee zu, er winkt und konzentriert sich dann wieder auf seine Arbeit.

Hach, schöner Mann.

»Liebste Lily, mir ist übrigens nicht entgangen, dass dein Blick ständig auf Bryan geklebt hat. Ist das dein Beschützerinstinkt oder ist da vielleicht doch mehr, als du dir eingestehen magst?«

Schnell von mir auf andere ablenken. Darin bin ich ganz groß.

Lily senkt den Kopf. Mist, das war wohl doch nicht so eine berauschende Idee. Ich trete nicht in Fettnäpfchen, sondern springe in ganze Fettpfützen.

»Man merkt das, oder?« Ihre Stimme wird leise.

»Ja … so ziemlich jeder Blinde mit einem Krückstock. Warum sagst du ihm nicht, dass du mehr für ihn empfindest? Es muss dich doch umbringen, ihn immer wieder mit so vielen wechselnden Frauen zu sehen. Was ist damals zwischen euch passiert?«

Mir tut es jetzt schon leid, dass ich dieses Thema angesprochen habe.

Lilys Blick wandert wieder Richtung Strand, wo auch Bryan gerade dabei ist, einen Tisch in einer der Buden aufzubauen.

»Du musst es mir natürlich nicht erzählen, wenn du nicht willst.«

Lily nickt. »Ach weißt du, Louisa, manchmal muss man Geschichten einfach abhaken und sich Dinge aus dem Kopf schlagen. Bryan hat sich damals gegen mich entschieden. Zu einem Zeitpunkt, als ich dachte, dass ich mit diesem Mann meine Zukunft verbringen werde. Ich habe alles versucht, um ihn aus meinem Leben zu streichen. Aber ich habe es nicht geschafft. Ich habe ihn lieber nur als Freund als gar nicht mehr in meinem Leben. Und so muss ich akzeptieren, dass er sein Leben ohne mich weiterlebt, und das bedeutet auch, dass da andere Frauen sind.«

Ich weiß nicht, ob ich Lily bemitleiden oder bewundern soll. Sie wirkt so traurig, wenn sie von Bryan spricht, dass für jeden, der sie sieht, eindeutig ist, dass sie ihn liebt oder zumindest unfassbar geliebt hat. Ich weiß nicht, ob ich die Kraft dafür hätte, den Menschen, der mir das Herz gebrochen hat, bei seinen Frauenabenteuern zu beobachten, oder vielmehr noch ihm beizustehen, wie Lily es scheinbar regelmäßig macht. Nates Anwesenheit in der Redaktion hat mir schon gereicht. Jake mit einer anderen Frau sehen zu müssen, kommt mir um einiges schlimmer vor. Schon krass, wie sich Dinge innerhalb weniger Tage ändern können.

»Lily, wenn du reden willst oder ich Bryan nachts im Schlaf ersticken soll, gib mir Bescheid. Du weißt ja, wir wohnen derzeit zusammen.« Freundschaftlich lege ich meinen Arm um ihre Schultern und drücke sie ein wenig an mich.

Lilys Augen leuchten auf. »Das wäre wirklich eine Option. Gut, wir sollten überlegen, ob ersticken nicht etwas drastisch ist, aber vielleicht fallen uns andere Gemeinheiten ein.«

»Deal!« Ich halte ihr meinen Kaffeebecher hin und wir stoßen verschwörerisch an.

»Na, was für geheime Pläne schmiedet ihr denn gerade?«

Jake steht am Strand, die Hände in die Hüften gestemmt, und schaut zu uns hoch. Ich habe gar nicht mitbekommen, dass er auf uns zugelaufen ist.

»Honey, du darfst zwar alles essen, aber nicht alles wissen!«, neckt Lily ihn. »Louisa und ich überlegen gerade, ob es wohl ein Leichtes ist, dich im Schlaf zu fesseln!«

»Oh, tut ihr das?« Mit einem gekonnten Schwung zieht Jake sich zu uns hoch und steht auf einmal vor mir. »Ich habe schon mitbekommen, dass Louisa auf Fesselspiele steht.« Seine Augen schauen mich dunkel an.

»Ich tue was?« Empört blicke ich zu ihm hoch und muss meine Augen mit der Hand vor der Sonne schützen. Jake bewegt seinen Körper minimal, aber genug, dass sein Körper das grelle Sonnenlicht, das in meine Augen scheint, abschirmt. »Weißt du etwa mehr als ich? Oder ist der Wunsch Vater des Gedankens?«

»Oh, ich weiß noch eine Menge anderer Dinge, die dein Körper will«, lacht Jake und seine Hand legt sich auf meine Wange.

»Boah, get a room!«, stöhnt Lily theatralisch. »Ich brauche noch 'nen Kaffee. Euch zwei hält ja keiner aus!«

Sie springt lachend auf, streckt mir die Zunge raus und klatscht Jake mit ihrer flachen Hand auf den Hintern. Er lacht ebenfalls und lässt sich in den Stuhl neben mir fallen. »Geht es dir gut, Seemonster?« Seine Hand legt sich auf meine.

»Natürlich, warum sollte es das nicht? Ich habe Kaffee, habe eine nette Frau kennengelernt und kann hier halb nackte Männer anschmachten. Was will Frau mehr?«

»Willst du das? Halb nackte Männer anschmachten?« Sein Blick ist eindringlich.

»Na ja, eigentlich nur einen. Der ist schon ziemlich heiß, wenn ich das so sagen darf.«

»Darfst du. Ich glaube, dieser Jemand findet dich auch ziemlich heiß.« Seine Hand schlingt sich um meine und sein Daumen fährt gleichmäßig über meinen Handrücken. Wie schafft er es bloß, dass mich selbst so einfache Berührungen erregen?

»So heiß, dass er heute Morgen sofort Reißaus genommen hat?«

Die kreisenden Bewegungen seines Daumens stoppen. »Ist es das, was du denkst?«

»Ich habe dich vermisst. Und ich wäre gern mit dir aufgewacht. Ich bin dann aufgestanden und unten direkt in Bryan gelaufen. Und das hat mich verunsichert, weil du geschrieben hattest, dass du früh losmusstest, weil du ihm helfen wolltest. Bryan hat mich aber beruhigt und meinte, du seist surfen gegangen.«

Jake schaut mich an. »Ich war nicht surfen.«

Ich beginne, unruhig auf meinem Stuhl hin und her zu rutschen. »Warst du nicht?«

Bitte sag nicht, dass du meine Nähe nicht willst.

»Nein.«

»Oh!« Ich muss schlucken. »Wo … wo warst du denn?«

»Ich habe am Strand gesessen und nachgedacht.«

»Nachgedacht?« Nervös schaue ich ihn an. »Worüber denn?«

»Über uns. Aber nix Wildes. Ich genieße die Zeit mit dir sehr.«

Ich schlucke. Um ehrlich zu sein, ist das nicht die Antwort, die mich glücklich stimmt, aber ich versuche, es mir nicht anmerken zu lassen.

»Ich verstehe«, sage ich leise und bin bemüht, den Kloß zu ignorieren, der sich in meinem Hals bildet.

»Und außerdem habe ich mit meinem Agenten telefoniert«, fügt Jake ein wenig zögerlich hinzu.

»Deinem Agenten?« Ich schaue ihn neugierig an.

»Ich habe dir ja schon erzählt, dass ich vor Ewigkeiten ein Buch geschrieben habe. Lange Geschichte. Hat damals unter anderem wegen meiner Ex-Frau nicht funktioniert. Aber ich bin mit meinem Agenten recht gut in Kontakt geblieben und wir sind seit Kurzem wieder im Gespräch über ein Manuskript. Irgendwie muss das Essen ja auf den Tisch kommen und ich kann der guten Mary nicht ewig auf der Tasche liegen.«

»Ein Buch klingt aber spannend. Erzählst du mir mehr?«, frage ich neugierig.

»Ach, eigentlich gibt es da nicht viel zu erzählen. Ich glaube, ich bin gerade dabei, mein Genre zu finden. London hat mich damals total ausgebremst. All die Umstände raubten mir die Kreativität. Ich glaube, ich habe eine neue Buchidee. Aber die muss noch wachsen.«

»Schreib doch einfach Erotikromane«, lache ich. »Genug Ideen und Fantasie dafür hast du definitiv.« Ich grinse und befeuchte mit meiner Zunge meine Lippen.

»Komm her, Sexy«, sagt Jake, dessen Augen sich blitzschnell verdunkelt haben, und er zieht mich von meinem Stuhl auf seinen Schoß. Gott sei Dank gibt der Stuhl nicht unter uns nach.

Ich schlinge meine Arme um Jakes Hals und im nächsten Moment presst er seine Lippen stürmisch auf meinen Mund. Ich habe zwar weiterhin das Gefühl, dass Jake sich mir gegenüber noch nicht ganz öffnet, aber vielleicht ist das nach der kurzen Zeit auch zu viel verlangt. Er behandelt mich besser als jeder Mann vor ihm und für den Moment benebelt mich sein Kuss, sodass mir alles andere egal ist.

Ich schmiege mich an ihn und genieße die Wärme, die von seinem Körper ausgeht. Natürlich hat er sich kein T-Shirt angezogen und ich werde mit einem Blick auf nackte Haut belohnt. Langsam lasse ich meine Finger über seine Bauchmuskeln gleiten.

»Na, na, du Seemonster, kannst du deine Finger wieder nicht bei dir behalten?« Jake grinst mich schelmisch an.

»Ich wusste gar nicht, dass ich noch in die Kategorie Seemonster falle. Können wir uns nicht auf etwas anderes einigen?«

»Okay«, raunt Jake mir zu. »Du bist die Frau, die mich unfassbar heißmacht und deren Lippen ich um mein bestes Stück spüren will.«

Jakes Hand schiebt meine Hand weiter seinen Bauch hinunter auf seinen Schwanz, der sich hart unter dem Stoff seiner Hose abzeichnet.

»Siehst du, sag ich doch! Die zwei können einfach nicht die Finger voneinander lassen!«

Neben unserem Stuhl stehen Lily und Bryan, der sich das Lachen verkneifen muss. Ich ziehe schnell meine Hand zurück und schaue ein wenig verlegen zu den beiden hoch. Jakes Arme halten mich fest auf seinem Schoß und er denkt gar nicht daran, mich loszulassen.

»Neidisch, Bruder?«, neckt er Bryan.

»Klar, wer hätte nicht gern eine heiße Frau wie Louisa auf seinem Schoß?«

Mein Blick schnellt zu Lily, aber Gott sei Dank scheint sie nichts mitbekommen zu haben, denn ihr Handy hat in dem Moment geklingelt, als Bryan seinen Spruch losgelassen hat.

Jakes Hand legt sich auf meinen Rücken und ich spüre den leichten Druck seiner Finger. »Wo er recht hat …«

»Womit hat Bryan recht?« Lily hat aufgelegt und sieht neugierig zwischen uns hin und her.

»Ach, Bryan hat gerade festgestellt, dass Jake einfach kräftiger ist und beim Aufbau mehr auf die Kette bekommt als er.«

»Na, wenn du Jake weiter so beanspruchst, wird sich das ganz schnell ändern. Dann saugst du die letzte Energie aus ihm raus!«

Bryans freche Art richtig einordnen zu können, ist auch eine Leistung. Wirklich.

»Seid ihr eigentlich fertig für heute oder müsst ihr noch mal ran?« Lily blickt zwischen Bryan und Jake hin und her. »Das war gerade Mary am Telefon und sie wollte wissen, ob wir alle zum Abendbrot kommen. Sie hat versucht, euch zu erreichen, aber eure Handys sind entweder aus oder liegen im B&B.«

»Ich denke, ein bis zwei Stündchen müssen wir wohl noch arbeiten. Dann ist das Gröbste geschafft. Wollt ihr auf uns warten oder schon zurück zu Mary und fragen, was es heute zu essen gibt?« Jake schaut abwechselnd Lily und mich an.

»Ihr könnt auch ständig essen«, lache ich und stehe ein wenig mühsam von Jakes Schoß auf. Seine Hand legt sich auf meinen Hintern und er gibt mir einen kleinen, hilfreichen Schubs.

»Honey, ich habe immer ungezügelten Hunger!«

»Aaaaah!«, stöhnt Lily. »A rooooooom!«

Ich sollte mich wohl wirklich daran gewöhnen, dass Jake überhaupt kein Problem damit hat, vor anderen seine Lust auf mich zur Schau zu stellen. Aber wenn ich ehrlich bin, ist es schon recht sexy, wenn sich so ein Alphatier nach einem verzehrt.

Ich stelle mich auf die Zehenspitzen, drücke Jake einen sanften Kuss auf die Lippen und lasse ihn kurz meine Zunge spüren. »Bis später, Sexy! Und wehe, du starrst den Surferbabes hinterher. Appetit darfst du dir holen, aber gegessen wird zu Hause!«

Der Ausdruck in Jakes Augen ist mehr als eindeutig. Heute Nacht werde ich wohl wieder nicht so schnell Schlaf bekommen.

18

Ich sitze auf dem Bett, beiße genüsslich in mein Croissant und grinse von einem Ohr zum anderen. Die Tage hier in Newquay vergehen wie im Flug und schon morgen beginnen die Boardmasters, für die gefühlt fast alle Einheimischen emsig Dinge vorbereiten. So langsam füllt sich das beschauliche Fleckchen Erde mit Surfern, ihren Familien, Freunden und Schaulustigen. Wenn ich es mir recht überlege, möchte ich gerade nirgendwo anders auf dieser Welt sein als hier. Ich verbringe viel Zeit mit Jake. Wenn er beschäftigt ist, setze ich mich an meinen Laptop und schreibe Ideen für *Louisas Welt* zusammen. Das Leben ist schön. Mary hat das Bed and Breakfast auf Vordermann gebracht, alles wundervoll mit frischen Blumen dekoriert und für die Ankunft der Gäste vorbereitet, die nach und nach eintrudeln. Ich kann mir schon vorstellen, wie glücklich sie die Tatsache macht, dass sie ihren Traum leben kann. Auch wenn wohl immer ein Wermutstropfen damit verbunden sein wird, da ihr geliebter Mann nicht mehr da ist, um all das hier mitzuerleben.

Von MJ und Taylor fehlt nach wie vor jede Spur. So wie es aussieht, werden sie es nicht zum Cup schaffen, denn es steht ein Businessdeal mit Übersee an, der laut MJ ihre volle Aufmerksamkeit erfordert. *Die beiden sind immer so schrecklich beschäftigt*, meinte Mary gestern Abend kopfschüttelnd zu Jake und mir, als wir die Treppe hoch zu unseren Schlafzimmern gingen. Dass wir nur zu einem gingen, nämlich Jakes, ignorierte Mary freundlicherweise. Hier im Haus hat sich aber wohl eh schon jeder damit abgefunden, dass es uns nur noch im Doppelpack gibt. Ein Gedanke, der mir von Stunde zu Stunde mehr gefällt.

Jake steht nur mit einem Handtuch um die Hüften gewickelt im Badezimmer und rasiert sich. Die Badezimmertür steht einen Spalt offen und mein Blick wandert genießerisch über seine muskulösen Arme. Der Anblick seines nackten Oberkörpers macht mich jedes Mal aufs Neue sprachlos. Die gebräunte Haut, das Spiel seiner Muskeln und der schmale Strich feiner dunkler Haare, die sich vom Bauchnabel in südliche Richtung bewegen, sind mehr als verführerisch. Ich lecke über meine Lippen und kann immer noch nicht ganz glauben, dass diese Version von Sex on Legs mich in seinem Bett haben will.

Ich schiebe mir den letzten Bissen von meinem Croissant in den Mund und lecke mir genüsslich meine Finger ab. Ignorieren wir diese Kalorienbombe für einen Moment.

»Hör auf, mir ständig eine Möhre vor die Nase zu halten!« Jake lehnt sich gegen den Türrahmen und schaut mich herausfordernd an.

»Eine Möhre? Hä?« Wovon redet er?

»Oh ja, du weißt sehr wohl, was ich meine.«

»Weiß ich nicht! Hast du dir den Kopf am Waschbecken gestoßen oder warum sprichst du auf einmal von Wurzelgemüse?«

»Karottenprinzip sagt dir was? Die Möhre als Anreiz für den Esel? Also metaphorisch? Anders ausgedrückt: Leck deine Finger nicht so verführerisch ab, wenn ich im Raum bin!«

Aaah, das meint er. Ich grinse und ziehe meine linke Augenbraue ein Stückchen hoch. »Meinst du so?«

Ich gleite mit meinem Zeigefinger über meine Lippen,

öffne sie ein Stückchen und lasse meinen Finger zwischen ihnen verschwinden. Langsam sauge ich daran und habe Jake dabei immer im Blick. Ein bisschen toll ist es ja schon, ein wenig Macht über einen sexy Mann zu haben.

»Biest!« Mit drei Schritten steht er vor mir und umfasst mein Kinn mit seiner starken Hand. »Zieh mir das Handtuch runter«, fordert er mit rauer Stimme, während sein Blick weiter auf meinen Lippen haftet. In seinen dunklen Augen sehe ich nackte, fast unkalkulierbare Lust. Eigentlich sollte mich das ein wenig nervös machen, aber der Gedanke, nicht zu wissen, was Jake als Nächstes tut, ist berauschend.

Mit leicht zitternden Fingern löse ich das Handtuch und ziehe es über seine schmalen Hüften. Wow. Wie erwartet ist er schon bereit und seine Erregung springt mir förmlich entgegen. Atmen, Louisa, atmen! Ich ziehe die Luft ein, hebe den Kopf und schaue in amüsierte Augen.

»Gefällt dir, was du siehst und was du mit mir machst?«

»Hmmhmm …« Ich schlucke.

»Was ist los, Louisa?«

Mist! Warum kann man mir bloß immer ansehen, wenn mir etwas durch den Kopf geht?

»Nichts … Alles in Ordnung!«

»Erzähl mir keinen Blödsinn. Ich sehe dir genau an, dass in deinem schönen Köpfchen etwas vorgeht. Also raus mit der Sprache oder ich ziehe mich wieder an.«

»Ein Handtuch zählt nicht als Kleidungsstück. Du warst auch vorher nicht angezogen.« Trotzig schiebe ich mein Kinn vor, das er immer noch mit seiner Hand festhält.

»Was auch immer es ist, du kannst es mir sagen. Vertraust du mir etwa nicht?«

Große dunkle Augen schauen mich intensiv an. Ich schlucke erneut, versuche, den Blick zu senken.

»Na ja, ich kann immer noch nicht ganz glauben, dass dir das alles hier gefällt. Also … ähm … ich bin ja schon ein bisschen viel mehr.« Ich blicke an meinem Körper hinunter, der nur in das Bettlaken gehüllt ist.

Jakes Gesichtszüge werden weicher. »Ich finde dich berauschend und wunderschön, Louisa«, sagt er sanft und lässt seine Finger über meine nackte Schulter streifen. »Ich begehre dich. Und mein Körper verzehrt sich nach dir und deinen atemberaubenden Kurven, falls du das noch nicht bemerkt hast. Du bist toll so, wie du bist.«

Er streckt seine Hand nach meiner aus, ergreift sie und ehe ich es mich versehe, legt er sie auf sein erregtes Glied.

»Brauchst du noch mehr Beweise, was du mit mir anstellst?«

Ich schlucke wieder. Jedem anderen Mann hätte ich für diese Aktion die Leviten gelesen, aber Jakes Lust und sein Geständnis erwecken ein Feuer in mir, wie ich es vorher noch nie erlebt habe.

Ich umschlinge seinen Schwanz mit meiner Hand, lasse meinen Daumen um seine Eichel kreisen und nähere mich seinem Prachtstück mit meinem Mund. Dabei lasse ich ihn nicht aus den Augen und Jake hält meinem Blick stand. Langsam lecke ich mit meiner Zunge an seinem Schaft hoch und stülpe dann meine Lippen genüsslich über seine Eichel. Jake entfährt ein Stöhnen, er legt seine Hände auf meinen Kopf und zieht mich näher an sich heran.

»Nein, Mary, ich bin mir sicher, die zwei schlafen. Ich gehe sie wecken, dann musst du nicht die Treppe hochlaufen! Ich bin sofort wieder da!«

Jake und ich zucken zusammen, als wir Bryans Stimme von der Treppe vernehmen und feststellen, dass er quasi schon vor der Tür steht.

»Fuck«, flucht Jake leise und schlägt sich schnell das Handtuch wieder um, während ich mich ins Bettlaken wickle. Mit einer Mischung aus Entsetzen und Frustration schauen wir uns an.

Dann klopft es auch schon an der Tür. Vielleicht ein wenig lauter, als es nötig gewesen wäre.

»Hey, ihr zwei Liebestollen, ich störe euch ja nur ungern, aber es ist Besuch da!«

Während Bryan energisch gegen die Zimmertür klopft, ist sein herzhaftes Lachen kaum zu überhören.

»Seid ihr wach?«

Als hätte er auch nur für einen Moment geglaubt, wir würden schlafen.

»Alter, halt die Klappe! Wir kommen. Gib uns fünf Minuten!« Jake grummelt gespielt ernst vor sich hin, während ich es mir nur mühsam verkneifen kann, laut loszulachen.

»Was hast du gesagt, Jake? Louisa muss dir gerade bei etwas helfen?«

»Alter, ich hab gesagt, verschwinde!«

Jetzt muss ich wirklich laut lachen, denn obwohl Jake und ich gerade beim sexy Liebesspiel gestört wurden und ich gern da weitergemacht hätte, wo wir unterbrochen wurden, ist die Situation einfach zu komisch.

»Musst du kalt duschen oder geht es?«, frage ich Jake amüsiert und lasse meinen Blick bewusst provozierend auf seinem Schritt ruhen.

»Louisa, Fräulein, wag es nicht, mich auch nur eine Sekunde zu lange zu reizen, sonst reiße ich dir das Bettlaken vom Leib und nehme dich jetzt auf der Stelle so heftig, dass dir Hören und Sehen vergeht!«

»Mmmh, auch wenn das unfassbar verführerisch ist, sollten wir vielleicht nicht riskieren, dass Bryan mir zu Hilfe eilt, weil ich so intensiv schreien muss.«

»Oh, das hättest du wohl gern!«, lacht Jake und wirft mir mein Kleid zu, das neben dem Bett über einem Stuhl hängt.

»Wie wäre es mit BH und Slip?«, frage ich ihn provozierend.

»Wenn ich nicht wüsste, dass Mary unten ist, würde ich dich ohne Wäsche runtergehen lassen, aber vor Mary habe ich zu viel Respekt und Angst, als dass ich das wagen würde«, schmunzelt Jake.

Welch ein Glück, denn um ehrlich zu sein, so halb nackt in Marys Gegenwart muss ich nun wirklich nicht sein.

Während Jake und ich uns anziehen, frage ich mich, wer

zu Besuch gekommen sein könnte. Konnten MJ und Taylor doch spontan aus London herkommen? Das wäre natürlich wunderbar, denn ich mag die zwei Jungs um mich herum und vor allem liebe ich die Dynamik zwischen ihnen, Bryan und Jake. Okay, zugegeben … ich mag nicht nur die Dynamik. Ich mag auch den Anblick, aber wer achtet schon aufs Kleingedruckte. Dann erinnere ich mich daran, dass Lily vorbeikommen wollte, um mit mir Plakate für die Jungs zu gestalten. Ja, anfeuern ist nicht schlecht. Ganz aufgeregt hat sie mir gestern erzählt, dass sich der Fistral Beach während der Boardmasters in ein lebhaftes Surf-Festival verwandelt, bei dem nicht nur gesurft wird, sondern auch Skate- und BMX-Wettkämpfe stattfinden. Ganz so spannend ist Letzteres für mich nicht, aber es sind auch Künstler für das Event angekündigt, die ihre Werke ausstellen, und am Strand und im Surferdorf treten Bands auf. Jake hat mich lachend darauf hingewiesen, dass auch Workshops angeboten werden, bei denen man Surfen lernen kann. Bevor ich ihm die Zunge rausstrecken konnte, landeten seine Lippen auf meinen und ich konnte das Salzwasser schmecken, das von ihnen perlte. Wie sagt man so schön? Life is better at the beach? Life ist definitiv better at the beach. Vor allem mit Jake und diesen anderen Herzmenschen hier, die mich wieder glücklich machen.

Keine fünf Minuten später hüpfe ich gut gelaunt vor Jake die Treppe in Richtung Küche herunter und bleibe wie angewurzelt stehen, als ich niemand Geringeren als Leah erblicke. »Was machst du denn hier?«, platzt es aus mir heraus, denn ich kann meinen Augen kaum glauben.

»Was für eine herzliche Begrüßung, meine Süße«, lacht Leah unbeeindruckt, kommt auf mich zu und drückt mich fest an sich. »Ich hatte Sehnsucht nach dir und da in mir ein kleiner Detektiv steckt, habe ich deine Erzählungen sinnvoll kombiniert. Und hier angekommen, war es nicht sonderlich schwer, dich ausfindig zu machen. Na, was sagst du jetzt?« Stolz wie Oskar grinst sie von einem Ohr zum anderen.

»Ja, ähm … Hi! Schön, dass du da bist. Aber sei ehrlich. Sehnsucht war es nicht allein! Du bist absolut neugierig, was ich hier treibe, oder?«

»Was und mit wem«, höre ich Leah sagen und schüttle amüsiert den Kopf. Sie ist einfach unverbesserlich. Ich kann mir schon sehr gut vorstellen, dass es sie in London leicht wahnsinnig gemacht hat, nicht zu wissen, mit wem ich hier meine Zeit verbringe.

»Hallo, Louisa.«

Die Worte treffen mich wie ein Schlag. Zwei Worte, die meinen Körper binnen Sekundenbruchteilen erstarren lassen. Zwei Worte, die harmloser nicht sein könnten. Wenn, ja wenn sie nicht von ihm kämen. Nate. Er ist aus der Küche auf uns zugetreten und ich traue meinen Augen nicht. Was macht er denn hier? Und noch viel wichtiger – was will er hier? Der Raum kommt mir auf einmal ganz klein vor und ich merke, wie mein Herz zu rasen anfängt und ich Not habe, mich zu konzentrieren und ruhig zu bleiben. Nicht umkippen, Louisa, nicht umkippen, sage ich mir leise immer und immer wieder, während ich mich langsam aus Leahs Umarmung löse.

»Was willst du hier?« Sämtliche Freundlichkeit ist aus meiner Stimme gewichen und meine Worte könnten kälter nicht sein. Leah scheint den Umschwung nicht bemerkt zu haben, denn sie fährt unbeirrt fort.

»Ach ja! Das ist noch eine Überraschung. Ich habe Nate mitgebracht. Als Sportreporter könnte er doch super von den Boardmasters für *Elements* berichten. Ich meine, wer könnte das besser als er! Wir können zwar die hübschen Jungs begutachten und das Flair des Events einfangen, aber so ein bisschen Expertise kann dem Artikel ja nicht schaden. Und gleichzeitig können wir uns alle hier eine tolle Zeit machen, ein wenig entspannen, Abstand von der Stadt bekommen und ein paar tolle Stunden miteinander verbringen. Das ist doch wunderbar, oder? Strand, Surferboys und am besten noch in jeder Hand einen Cocktail!« Leah hüpft neben mir auf und ab und es fehlt nur noch, dass sie dabei in die Hände klatscht.

»Ich habe dich gefragt, was du hier willst!« Unbeirrt von allem, was um mich herum passiert, starre ich Nate an und wiederhole meine Frage. Diesmal noch kühler. Die Worte meiner Freundin ignoriere ich.

»Louisa«, stammelt er und weiß anscheinend nicht so recht wohin mit sich. »Ich musste dich sehen. Es tut mir alles so leid! Ich war so ein Idiot. Wie ich dich behandelt habe! Ich bin wieder Single. Aber das weißt du vermutlich schon. Du fehlst mir so. Ich will dich in meinem Leben. Dich nicht mehr für selbstverständlich nehmen. Mir ist erst jetzt bewusst geworden, dass ich das all die Monate getan habe. Bitte verzeih mir.«

Während Nate diese Worte spricht, geht er zwei Schritte auf mich zu und streckt seine Hand nach mir aus. Irgendwie sieht er aus wie ein begossener Pudel. Reichlich unsexy. Hat er auch nur ein Mal mit dem Gedanken gespielt, was ich will? Geschweige denn nachgedacht, ob ich ihn hier sehen und mit seiner Anwesenheit konfrontiert werden möchte? Wie immer ist er der reinste Egoist. Ich bin unfassbar sauer und gleichzeitig kaum Herr meiner Sinne.

»Komm mir nicht zu nahe und fass mich nicht an!«, sage ich daher, schlage unwirsch nach seiner Hand und gehe selbst zwei Schritte zurück. Dabei pralle ich gegen etwas Hartes und fühle sofort, dass es Jake ist, der sich in meinem Rücken aufgebaut hat. Wie versteinert steht er hinter mir und ich merke, welche Hitze er ausstrahlt, wie angespannt sein ganzer Körper ist und dass er merklich intensiv atmet und versucht, es zu kontrollieren.

Die Luft in der Küche ist zum Bersten gespannt.

»Louisa, was ist los mit dir?«

Leah schaut verwirrt zwischen Nate und mir hin und her. Kein Wunder, dass sie völlig perplex ist, was diese Situation betrifft. Doch dann sehe ich ihr an, dass sie versteht. Dass sie eins und eins zusammenzählt und weiß, was hier gerade für ein Film abläuft.

»Louisa! Nein! Er ist es? Oh mein Gott! Ich hatte ja keine Ahnung.« Sie schlägt sich die Hände vor den Mund und schaut geschockt zwischen Nate und mir hin und her.

Lange hat sie nicht Zeit für diese Schockstarre, denn in der nächsten Sekunde spüre ich Jakes Arm, der mich umschlingt und hinter sich zieht. Dann geht alles ganz schnell. Bevor ich reagieren kann, stürmt Jake auf Nate zu und blitzartig trifft seine Faust Nate mitten im Gesicht. Er droht nach hinten gegen die Küchenzeile zu taumeln, aber Jake hält ihn am Pullover fest. Blut schießt aus seiner Nase. Ein zweiter Schlag trifft Nate in die Magenkuhle, er krümmt sich und geht zu Boden.

»Jake! Nicht!«

Panisch will ich zwischen die beiden gehen, doch Leah hält mich fest. Bevor Schlimmeres passieren kann, ist auf einmal Bryan da, der Jake von Nate wegzieht und ihn daran hindert, ein drittes Mal auszuholen. Erschrocken und dankbar zugleich schaue ich Bryan an. Ich habe Jakes Augen schon dunkel vor Lust gesehen, aber diese Dunkelheit, die ich jetzt in ihnen erblicke, ist neu. Seine Augen scheinen fast rabenschwarz.

»Alter, beruhig dich und lass ihn los! Was ist denn bloß in dich gefahren?« Bryan stemmt sich mit seinem ganzen Körper gegen Jake und drückt ihn von Nate weg. Nate ist nicht klein, aber gegen Jakes muskulösen Körper, der in Windeseile auf ihn zuschoss, kann er nichts ausrichten.

»Das ist das Arschloch, das Louisa so verletzt hat! Lass mich los! Ich werde ihm schon zeigen, was mit jemandem passiert, der so mit meinem Mädchen umgeht!« Jake kann sich kaum beherrschen und versucht, aus Bryans Griff zu entkommen und wieder auf Nate loszustürmen. »Es ist eine Sache, wenn zwei erwachsene Menschen eine Affäre miteinander haben«, brüllt er ihn an, »aber es ist etwas völlig anderes, wenn man sich auf so eine miese Tour aus einer Situation schleicht, nur um seinen Arsch zu retten. Man spielt verdammt noch mal nicht mit Gefühlen, du Penner!«

»Jake, es reicht! Er hat genug!«

Es ist die Stimme von Mary, die energisch durch die Küche hallt und Jake zur Vernunft bringt. Sein Atem geht immer noch heftig, sein ganzer Körper ist angespannt, Schweiß zeichnet sich auf seiner Stirn ab. Aber statt wieder in einen Angriff überzugehen, tritt er einen Schritt zurück. Auch Bryan bemerkt die Veränderung in seiner Körpersprache und löst den festen Griff um seinen Freund.

»Ich will, dass er sofort verschwindet!« Jake zeigt auf Nate und seine Stimme ist kalt und voller Verachtung. »Und damit meine ich nicht nur dieses Haus! Verlass sofort Newquay und beweg deinen Arsch zurück nach London. Lass Louisa in Ruhe! Solltest du ihr auch nur noch einmal zu nahe kommen, ist es das Letzte, was du tust!«

Wie mächtig eine Stimme durch einen Raum donnern kann. Für einen Moment sagt niemand von uns ein Wort. Zu hören ist nur Jakes angespanntes Atmen und Nates leises Stöhnen. Er scheint wirklich Schmerzen zu haben.

Obwohl meine Gefühle gerade Achterbahn fahren und die Begegnung mit Nate mir sämtliche Energie aus meinem Körper geraubt hat, gehe ich auf Jake zu, stelle mich vor ihn und lege ihm eine Hand auf die Brust. Ich weiß nicht, was ich zu ihm sagen soll, also ziehe ich seinen Kopf zu mir und küsse ihn sanft auf die Lippen. Sofort spüre ich, wie sich sein Körper entspannt und seine Atmung weicher wird.

»Dein Mädchen ist in Ordnung«, sage ich leise, sodass nur er es hören kann, und schmiege mich noch etwas enger an ihn. Anders weiß ich ihm und mir gerade nicht zu helfen.

Dann ist es Leah, die aktiv wird. Sie geht auf Nate zu, fasst ihn am Arm und sagt: »Wir gehen. Und wenn du nicht willst, dass ich deinen Arsch sofort auf die Straße setze, bist du jetzt besser ganz ruhig und sagst nichts mehr, bis wir in London sind. Was ich dann mit dir mache, überlege ich mir bis dahin.«

Von Nate kommt kein Ton. Er schafft es, aufzustehen, verhält sich aber ruhig und bleibt stumm.

Leah wendet sich zu mir um und schaut mich aus traurigen Augen an. »Es tut mir so leid. Ich wusste das nicht. Hätte ich auch nur irgendetwas geahnt, hätte ich ihn nie im Leben mitgebracht. Kannst du mir verzeihen?«

Das sind die Momente, in denen ich Leah liebe. Nicht ein Vorwurf in meine Richtung, dass ich für so lange Zeit eine Affäre mit einem Mann hatte, der nicht mir gehörte. Nicht ein Vorwurf, dass ich ihr nichts erzählt habe.

»Ich liebe dich, meine Süße. Ich habe mich trotz allem gefreut, dich zu sehen. Auch wenn es nur für wenige Minuten war. Ich wünschte, du könntest hierbleiben, aber es ist wohl besser, wenn ich jetzt mit Jake allein bin und Nate aus unserem Dunstkreis verschwindet. Ich glaube, ich muss ihn erst mal beruhigen und mich bei allen für dieses Chaos entschuldigen. Und dir muss überhaupt nichts leidtun. Ich bin diejenige, die etwas hätte sagen müssen. Schließlich ist es in deiner Redaktion passiert und das ist nicht okay. Ich kann voll und ganz verstehen, wenn du mich jetzt vor die Tür setzt, weil ich durch diese Sache Unruhe in den Laden gebracht habe.«

Ich drücke meine Freundin und wir schauen uns mit Tränen in den Augen an.

»Du hättest etwas sagen sollen, ja. Aber manchmal macht das Herz Dinge mit uns, die den Verstand außer Kraft setzen. Das hat dein Prachtexemplar von Mann ja gerade unter Beweis gestellt.« Sie grinst und nickt mit dem Kopf in Jakes Richtung. »Und glaub ja nicht, dass du mir so leicht davonkommst. Pfff, ich dich vor die Tür setzen! Hast du eine Ahnung, wie genial *Louisas Welt* eingeschlagen hat? Und selbst wenn dem nicht so wäre, du bist meine beste Freundin und daran ändert auch ein Nate nichts.«

Unwillkürlich muss ich lächeln und drücke sie ein letztes Mal, bevor sie und Nate das Bed and Breakfast verlassen.

Meine Leah.

19

ALS LEAH und Nate gegangen sind, ist es für einen Moment still. Keiner weiß so recht, was er sagen soll, und wieder ist es Mary, die die Stille durchbricht.

»Bryan, was hältst du davon, wenn du und Jake frische Luft schnappt? Es gibt doch bestimmt noch etwas für den Surfcup zu tun. Und wenn nicht, schaut einfach noch einmal nach dem Rechten, das kann ja nie schaden. Und ich will jetzt keine Widerrede hören. Ich kümmere mich um Louisa. Geht ihr Jungs mal raus, dann kann Jake sich abreagieren und du kannst aufpassen, dass er sich nicht ins Auto setzt und diesem Nate und Leah hinterherfährt. Ein Polizeieinsatz oder Ähnliches fehlt mir gerade noch. Ach, und Jake, nimm dir Eis für deine Hand mit!«

Obwohl Jake nicht begeistert von Marys Idee scheint und mich wohl lieber nicht allein lassen möchte, nickt er. »Bist du okay?« Besorgt und eindringlich wendet er sich an mich. »Wenn du willst, dass ich bleibe, musst du es nur sagen. Versprich mir, dass du mir sagst, wenn du mich brauchst.«

Jake fährt sich mit der Hand durch die Haare und diese fast unscheinbar wirkende Bewegung lässt mich erkennen, dass er nicht weiß, was er machen soll, und gerade nicht Herr der Lage ist. Mir wird ganz warm ums Herz.

»Ich bin okay«, lächle ich und küsse ihn leicht auf den Mund. »Aber ich glaube, du bist es gleich nicht mehr, wenn du jetzt nicht tust, was Mary sagt.«

Sie nickt und deutet Bryan an, sich Jake zu schnappen und endlich loszuziehen. Wenige Momente später stapfen die beiden aus der Tür, nicht ohne dass Jake mich noch einmal fest umarmt und mir einen Kuss auf die Stirn gibt. Dann sind Mary und ich allein im Haus.

»Tee?«, fragt sie mich, und ohne auf meine Antwort zu warten, geht sie in die Küche und stellt den Wasserkessel auf den Herd.

Ist eigentlich schon mal jemandem aufgefallen, dass es immer einen gibt, der einem anderen Tee anbietet, wenn es um ernste Gespräche und das Lösen von Problemen geht? Als ob Tee eine magische Wirkung hätte und das Wundermittel gegen alles wäre.

Etwas unsicher stehe ich am Küchentresen und beobachte Mary, wie sie zwei Tassen Tee für uns aufgießt und mir signalisiert, am Tisch Platz zu nehmen. Als der Tee vor mir steht, nippe ich vorsichtig daran und genieße die Wärme. Das leicht gesüßte Getränk tut gut und tatsächlich entspanne ich mich ein wenig. Wie war das mit der magischen Wirkung?

»Weißt du, Kind«, beginnt Mary auf einmal, »manche Männer wollen einfach mehrere Frauen gleichzeitig lieben. Die eine mit dem Herzen, die andere mit dem Geist. Die nächste mit den Augen. Wieder eine andere mit dem Körper oder der Seele. Manchmal ist sie einfach für das männliche Ego da. Es wäre falsch, bei einer Affäre immer nur einem der beiden die Schuld zu geben. So schwarz-weiß ist das wahre Leben einfach nicht. Ich glaube nicht, dass es nur bei Männern so ist, aber vielleicht kommt es öfter vor, dass Frauen sich auf einmal in der Rolle der Geliebten wiederfinden. Es steht mir nicht zu, zu urteilen. Und so werde ich es auch nicht über dich tun. Ich denke, keine Geliebte der Welt würde es jemals schaffen, in eine intakte Beziehung einzubrechen. Eine Affäre ist das Symptom einer Krise, nicht ihre

Ursache. Manchmal steckt ganz viel dahinter, dass Menschen sich in Affären verlieren. Lass mich dir nur etwas mit auf den Weg geben, wenn du es mir gestattest.«

Mary schaut mich an und wartet auf ein Zeichen meinerseits, dass sie fortfahren darf. Zaghaft nicke ich.

Irgendwie ist es komisch, mit jemandem in ihrem Alter über Affären, Geliebte und so etwas zu sprechen, aber dann denke ich an meine Tante, die über fünfzig ist und die mir regelmäßig und wohlgemerkt bis ins kleinste Detail von ihren Eroberungen erzählt. Also rede ich mir ein, dass das Gespräch mit Mary nur ein Gespräch unter Frauen ist, die sich schätzen und mögen. Vielleicht kommt in ihr aber auch ein wenig der Beschützerinstinkt durch, weil sie selbst keine eigene Tochter hat. Wie auch immer, ich fühle mich verstanden.

Mary legt ihre kleine Hand auf meine und schaut mir in die Augen. In ihnen sehe ich nur pure Offenheit und keine Abneigung oder Wertung.

»Ich hatte das große Glück, einen Mann an meiner Seite zu haben, der mich bedingungslos geliebt hat. Wir beide haben unser Leben gegenseitig bereichert. Auch wenn Dinge vielleicht hart waren, und glaub mir, auch wir hatten schwere Zeiten, wir waren immer ehrlich miteinander und niemand hat dem anderen das Gefühl gegeben, nicht auszureichen oder nicht genug wert zu sein.«

Ich schlucke und halte mich an meiner Teetasse fest.

»Keine Frau ist davor gefeit, Geliebte oder Betrogene zu werden, egal wie schön, intelligent, erfolgreich oder auch unscheinbar sie ist. Aber Nate hat es irgendwie geschafft, dass du zu einer Schattenfrau geworden bist, und auch wenn ich nicht alles von dir und ihm weiß, glaube ich schon, dass du dich und dein Leben ganz weit hintenangestellt und auf viele Dinge verzichtet hast. Du hast nicht nur im Schatten der anderen Frau gelebt und ihr habt meisterhaft eure Affäre vor der Gesellschaft versteckt, du hast dich wunderbares Wesen auch viel zu lange im Schatten aufgehalten.«

Eine einzelne Träne läuft über mein Gesicht und ich mache

mir erst gar nicht die Mühe, sie vor Mary zu verstecken. Ich habe das Gefühl, als würde sie ganz tief in meine Seele sehen können. Als würde sie jede der Situationen kennen, in denen ich einsam auf Nate gewartet habe, all die Vertröstungen, die ausweichenden Gespräche. All die Momente der Selbstzweifel und Unsicherheit.

»Ich wünschte, du könntest die Frau in dir sehen, die ich jeden Tag ein bisschen mehr erkenne, seitdem du hier bist. Du hast eine wunderbare Ausstrahlung, bist herzlich und erhellst jeden Raum, in dem du dich aufhältst. Sowieso ziehst du unfassbar schnell sämtliche Blicke auf dich. Und wage jetzt nicht, zu sagen, dass das wegen deiner Figur ist. Ich glaube, kein Mensch, dem du hier begegnet bist, hat dich auch nur ein einziges Mal deswegen wahrgenommen und in irgendeine Schublade gesteckt. Das ist alles in deinem Kopf und das muss aufhören!«

Mary sieht mich eindringlich an.

»Es wird immer Menschen geben, die versuchen, andere kleinzuhalten. Aus Unsicherheit oder weil sie selbst nicht mit sich zufrieden sind. Den richtigen Menschen ist es völlig egal, ob du eine krumme Nase hast, wenig Haare oder einen Po, der etwas größer ist. So was macht doch nicht einen Menschen allein aus. Du bist doch viel mehr als nur dein Körper. Und glaub mir, Louisa, es gibt gute Männer da draußen. Männer, die aufmerksam sind. Die dich unterstützen, inspirieren und dir das Gefühl geben, schön zu sein. Bei denen du dich sicher fühlen kannst und die wissen, dass Taten mehr zählen als Worte. Und ich glaube, du hast hier so ein Exemplar kennengelernt, nicht wahr?«

Bei Marys letzten Worten sind meine Gedanken direkt zu Jake gewandert und ich weiß, was sie meint. »Jake ist ein Guter, oder?«, frage ich Mary und kenne die Antwort eigentlich schon selbst.

»Jake ist ein sehr guter Mann, Louisa«, nickt sie. »Ich weiß, dass er dir noch nicht alles von sich erzählt hat, aber gib ihm die Chance, das noch zu tun und sich zu öffnen. Er ist nicht

Nate. Er wird dich nicht verletzen. Und du solltest ihm zeigen, dass Nate der Vergangenheit angehört, wenn es dir ernst mit ihm ist. Gewisse Türen sollten wir schließen, damit andere sich öffnen. Davon bin ich fest überzeugt.«

Es vergehen einige Minuten, in denen Mary und ich schweigend zusammen am Tisch sitzen und in Ruhe unseren Tee trinken. Wieder und wieder gehen mir ihre Worte durch den Kopf. Was sie über Schattenfrauen und den Wert, den man sich selbst zugesteht, gesagt hat, hat mich tief im Inneren getroffen und bewegt. Ihr ist es gelungen, das auf den Punkt zu bringen, was schon oft in meinen Gedanken war. Ich habe sie nur immer wieder verdrängt, weil ich Angst hatte, Nate zu verlieren. Aber jetzt weiß ich, dass ich ihn nie wirklich an meiner Seite hatte. Ich war immer allein. Ich durfte hin und wieder eine Lücke füllen, wenn Nate mal Zeit hatte und es ihm in den Kram passte. Für einen Moment, für einen Augenblick, für einen kurzen Drang nach Befriedigung und Nähe nach einer anderen Person. Welche Rolle ich für ihn gespielt habe, weiß ich nicht. Welchen Wert ich für ihn hatte, gelingt mir nicht zu sagen.

Ich stehe auf und schiebe meinen Stuhl ein Stück zurück. »Ich würde gern allein sein. Ich glaube, das brauche ich jetzt«, sage ich zu Mary und schaue sie an. Wieder blicken mir Augen entgegen, die nichts anderes als reines Verständnis und ernst gemeinte Sorge ausstrahlen.

»Aber natürlich, Liebes. Mach das. Wir sind ja alle hier, wenn du uns brauchst. Vielleicht lässt auch du dir den Wind um die Ohren wehen. Die frische Seeluft und das Meer haben schon so manchem geholfen, wieder klare Gedanken zu fassen und ein kleines bisschen Abstand zu all den Dingen zu bekommen.«

Auch Mary ist aufgestanden und schließt mich jetzt in ihre Arme. »Es ist wichtig, dass du auf dich aufpasst und lernst, dir selbst genug wert zu sein. Das bist du dir schuldig.«

Ich drücke Mary fest an mich. »Ich weiß, dass ich einen furchtbaren Fehler gemacht habe, als ich mich auf Nate eingelassen habe. Ich habe einfach nicht wahrgenommen, was mit mir passiert, wie sehr mein Unterbewusstsein mein Leben beeinflusst hat. Und zwar stark«, antworte ich ihr und spüre im nächsten Moment, wie Mary mich ein Stück von sich wegschiebt und mir fest in die Augen schaut.

»Louisa, Liebes, sprich nicht von einem Fehler. Wir leben alle zum ersten Mal und deshalb war das kein Fehler, sondern dein bester Versuch!«

Wie wunderbar diese Sichtweise auf das Leben doch ist. Und wenn ich ehrlich bin, macht sie mir das Herz ein wenig leichter.

Ich gehe die Treppe hoch in mein Zimmer und komme einige Minuten später mit meinem Laptop und einer Decke unter dem Arm wieder runter. Am liebsten würde ich mich in die kleine Bucht zurückziehen, in der Jake und ich neulich waren, aber ohne Surfbrett erreiche ich sie nicht. Also entscheide ich mich für den Strand und stehe schon nach Kurzem direkt am Meer und spüre den Wind in den Haaren. Ich breite die Decke im Sand aus und setze mich.

Obwohl es erst einige Tage her ist, dass ich London fluchtartig verlassen habe, fühlt sich das hier nach einer völlig anderen Welt an. Wahnsinn, was in den letzten Tagen alles passiert ist und wie mein Leben sich quasi um hundertachtzig Grad gedreht hat. Die alte Louisa ist nicht nur meilenweit entfernt in London, sondern gefühlt Lichtjahre weit weg.

Ich klappe meinen Laptop auf, öffne mein E-Mail-Programm und beginne, eine Nachricht mit einer neuen Episode von *Louisas Welt* an Leah zu schreiben.

Beginnen wir heute mal mit einer Frage. Wer bin ich wirklich? Die schnelle Antwort fällt uns wahrscheinlich leicht. Ich bin Louisa, fünfunddreißig, lebe in London und schreibe neben meiner Tätigkeit als Recherche-Redakteurin eine eigene Kolumne in Elements *namens* Louisas Welt. *So oder so ähnlich könnte das bei mir klingen.*

Wenn ich die Frage aber etwas abgeändert noch mal stelle – wer bin ich als Frau wirklich und was bin ich wert? –, finde ich die Antwort bedeutend schwieriger.

Die Rolle, die eine Frau heutzutage in der Gesellschaft einnehmen soll, ist vielfältig. So ist sie Mutter, Liebhaberin, beste Freundin und Göttin. Sie ist aber auch bisweilen Geliebte, Femme fatale und Hure, sprich Frau vieler Männer. Gemein ist jeder Definition, dass wir ähnliche Sehnsüchte und Fragen in uns tragen, egal welche Rolle als Frau wir einnehmen. Dass wir nach einem sinnvollen und erfüllenden Leben suchen. Wir wollen verstehen, lernen und als Frau in unserer Rolle wachsen.

Auch wenn man es nicht wahrhaben will, all diese gerade genannten Rollen stehen in Beziehung zum Mann.

Ist es uns als Frau unmöglich, diese männerfixierte Rolle abzulegen und einfach wir selbst zu sein? Selbstbestimmt? Verlieren wir uns dann und können auf einmal nicht mehr beantworten, wer wir wirklich sind? Welchen Wert wir haben? Kann ich denn irgendeiner Rolle gerecht werden? Das klingt nach einer großen Herausforderung.

Was bedeutet es heute überhaupt, Frau zu sein?

Ich glaube, Frau zu sein, bedeutet heute genau so zu sein, wie man ist. Nicht mehr und nicht weniger. Die eigenen Stärken und Schwächen zu kennen. Eine Meinung zu haben und Ziele. Die persönliche Freiheit zu genießen und das zu tun, worauf man Lust hat. Ist es dabei wichtig, genau zu definieren, ob man nun Ehefrau, Mutter oder vielleicht sogar Geliebte ist? Ob man Kinder möchte oder nicht?

Viel wichtiger ist es doch, zu wissen, welchen Wert man hat und was man selbst vom Leben möchte. Die Entscheidungsfreiheit zu haben, für sich zu definieren und auch zu äußern, was einen glücklich macht. Das ist mitunter die neue Herausforderung von heute.

Was bedeutet das also für mich, Louisa, und mein Leben? Für meine eigene kleine Welt?

Ich bin nicht über Nacht aufgewacht und es war auf einmal da – mein Selbstwertgefühl. Viel zu lange habe ich einem Mann erlaubt, die Kontrolle über mein Leben zu haben. So wie es vielleicht auch viele andere Frauen tun, weil sie nicht allein sein wollen, nicht wissen, wer sie als eigenständiges Individuum sind und was sie sich erlauben dürfen, zu können. Mir ist das nicht bewusst passiert, aber heute weiß ich, dass Gedanken wie Wie konnte er mich nur so behandeln? *nicht passen. Dass ich mich unbewusst konditioniert habe, mir selbst weniger zuzugestehen und weniger wert zu sein. Ich musste lernen, dass ich dafür mitverantwortlich war, in bestimmten Situationen gelandet zu sein. Dass es meine Entscheidung ist, die Verantwortung, Kontrolle und Klarheit über mein Leben zu übernehmen. Es ist immer noch meine Wahl, wen ich in mein Leben lasse. Verantwortung zu übernehmen, bedeutet auch, nicht mehr machtlos und unfähig zu handeln, zu sein. Ich darf sagen, wann genug genug ist. Ich darf Menschen Grenzen setzen.*

Heutzutage kenne ich meinen Wert. Als Frau, als Mensch, als Louisa. Ich bin wertvoll. Ich bin. Vollkommen. Genug.

20

Als ich zum Bed and Breakfast zurücklaufe, ist es schon später Nachmittag. Mary steht in der Küche und bereitet das Dinner für alle vor. Meine Küchenfertigkeiten sind vielleicht nicht die besten, aber auf die Schnelle erkenne ich Hähnchenbrust, Kartoffeln, Pilze, Spinat und Ricotta auf der Anrichte liegen.

»Mmmh, das sieht aber gut aus«, sage ich und strecke neugierig den Kopf in die Küche.

»Ich habe mir gedacht, mit Hähnchenbrust, Kartoffelpüree und Gemüse kann ich nichts falsch machen. Als vegetarische Alternative gibt es statt des Hähnchens Pancakes aus dem Gemüse. Die sind auch lecker. Ach, und passt dir Limetten-Panna-Cotta mit Blaubeereiscreme zum Nachtisch?« Mary grinst mich an, denn dass ich ein guter und vor allem genussvoller Esser bin, weiß sie inzwischen sehr gut.

»Da fragst du noch?«, lache ich gespielt entrüstet. »Soll ich dir helfen? Das sieht nach einer Menge Arbeit aus.«

»Nein, mein Kind, lass mich mal ruhig allein machen. Für mich ist Kochen Entspannung pur.« Mit gekonnten Handgriffen beginnt sie, das Gemüse vorzubereiten. »Schau vielleicht mal nach Jake. Er ist bereits vor einer halben Ewigkeit wiedergekommen und ist oben in seinem Zimmer. Er freut sich bestimmt, dich zu sehen. Er hat eben auch schon gefragt, wo du bist. Ich habe ihn aber wissen lassen, dass er dir erst mal Zeit für dich geben soll. Ich hoffe, das war in deinem Sinne?«

Während ich nicke, schneidet Mary die Pilze klein und signalisiert mir mit einem Nicken, dass ich ruhig gehen soll, was ich um ehrlich zu sein liebend gern tue, denn erstens gehört Kochen nicht zu meinen Leidenschaften und zweitens vermisse ich Jake schon ein wenig.

Was für ein Tag das heute ist!

Ich laufe die kleine Treppe in die erste Etage zu unseren Zimmern hoch und klopfe vorsichtig an Jakes Tür. Als ich kein *Herein* höre, überlege ich schon, ob er vielleicht eingeschlafen ist und ich ihn schlafen lassen soll, entscheide mich aber dagegen, weil ich ihn sehen möchte. Notfalls kann ich mich ja zu ihm legen und seine Nähe genießen.

Ich öffne leise die Tür und als wäre er völlig vertieft in seine Arbeit gewesen, schreckt Jake am Schreibtisch herum und wirft dabei fast ein paar Zettel auf den Boden, an denen er wohl gearbeitet hat. Ein bisschen sah es so aus, als hätte er geschrieben.

»Ich wollte dich nicht erschrecken«, sage ich zärtlich und schließe die Tür hinter mir, »aber du warst so in deine Arbeit vertieft, dass du mein Klopfen nicht gehört hast. Was machst du da?«

Zugegeben, meine Frage ist vielleicht ein bisschen neugierig, aber mich interessiert alles, was Jake macht. Und da er bisher immer noch recht viel aus seiner Vergangenheit in dunklen Nebel hüllt und nicht darüber spricht, kann er mir das auch nicht übel nehmen.

»Ach, ich habe nur ein paar Dinge notiert«, antwortet Jake ein wenig hastig, sammelt die Zettel zusammen und legt sie übereinander. Dann schiebt er sie unter einen Stapel Bücher und steht auf.

»Hast du an etwas geschrieben?«, hake ich weiter nach.

»Du bist aber neugierig«, schmunzelt Jake und zieht mich zu sich.

»Vielleicht ein bisschen«, gebe ich ungeniert zu und schmiege mich an ihn.

»Du inspirierst mich einfach und verleihst mir kreative Gedanken«, ergänzt Jake und ich spüre, wie seine Hand über meinen Rücken zu meinem Hintern streift.

»Ach ja? Also bin ich offenbar deine Muse!«, lache ich und fange Jakes Hand ab, bevor sie sich auf meinen Po legen kann.

»Dann fehlt jetzt nur noch eine Sache, oder?«

»Was denn?« Fragend schaue ich Jake an und weiß nicht so recht, auf was er anspielt.

»Wo bleibt mein Musenkuss?«

Jake schaut mich mit seinen wunderschönen Augen an und ich sehe die Leidenschaft, die sich in ihnen spiegelt.

»Küss mich, Louisa. Es ist schon viel zu lange her, dass ich deine Lippen auf mir gespürt habe!«

In seiner Stimme klingt Erregung und eine Gänsehaut bildet sich auf meinem Rücken. Dass seine Hand sich inzwischen unter mein Shirt geschoben hat und zärtlich über meinen Rücken streift, tut sein Übriges.

»Wie geht es eigentlich deiner Hand?«, fällt mir auf einmal ein und ich ergreife Jakes Finger, die vor Kurzem eine Begegnung mit Nates Gesicht hatten.

»Ach, alles halb so wild«, murmelt Jake, als ich erschrocken auf die leicht aufgestoßenen Knöchel starre.

»Tut das nicht weh?« Ich schaue ihn besorgt an und habe sofort ein schlechtes Gewissen.

»Nicht der Rede wert! Der Typ hat es verdient. Und wenn ich mir dabei die Hand gebrochen hätte, es wäre mir trotzdem ein Vergnügen gewesen, seine Visage zu polieren!«

Jakes Stimme ist fast unbemerkt ein wenig lauter geworden und beruhigend lege ich meine Hand auf seine Brust. Sofort beruhigt sich seine Atmung wieder.

»Danke, dass du für mich da warst. Wirklich. Aber ich bin

in Ordnung. Nate ist Vergangenheit. Für mich gibt es jetzt nur noch dich und mich.«

Verlegen schaue ich auf den Boden, da mir in dem Moment bewusst wird, was ich gesagt habe. Will er mich überhaupt?

»Und ob ich dich will«, erwidert Jake und scheint meine Gedanken erraten zu haben. Man kann aus meinem Gesicht wohl lesen wie aus einem Buch.

Ohne nachzudenken, presse ich mich an ihn und küsse seinen Mund. Viel zu lange ist es her, dass ich Jake so nah sein konnte. Kann man die Nähe eines anderen eigentlich schon nach so kurzer Zeit vermissen? Herrje, ich glaube, es ist wirklich um mich geschehen.

Im nächsten Augenblick übernimmt Jake die Kontrolle, löst den Kuss und drückt mich ein Stück von sich. Seine Augen verschlingen mich und dann spüre ich seine Hände auf meinen Hüften. Er drückt mich gegen die Wand und küsst mich im nächsten Moment noch heftiger. Sein Mund presst sich auf meinen und seine Hände schieben sich unter mein Shirt. Stöhnend erwidere ich seinen Kuss und wehre mich nicht gegen die Kraft seiner Leidenschaft. Zwischen meinen Beinen spüre ich ein heftiges Pochen und ich weiß, dass wir endlich da weitermachen können, wo wir heute Morgen unterbrochen wurden.

»Gott, Louisa, ich will dich. Du hast mir den ganzen Tag so gefehlt. Mein Körper verzehrt sich nach dir.«

Jake stöhnt in meinen Mund. Dann lösen sich seine Lippen von meinen, küssen sich zu meiner Halsbeuge und ich spüre seine Zähne, die sich mit der richtigen Mischung aus Zärtlichkeit und Inbrunst in mein Fleisch drücken. Sein gefühlvoller Biss erregt mich nur noch mehr.

Jake packt meinen Po, hebt mich leicht hoch und drückt mich noch fester gegen die Wand. Wie ich seine Lust genieße, mich gegen die Beinahe-Grobheit nicht wehre und ihn gierig küsse, ihm immer wieder leicht in die Lippe beiße … Man könnte meinen, wir beide wären ausgehungert.

Jake presst seinen Daumen gegen meinen Mund und sofort umschließe ich diesen mit meinen Lippen. Seine Augen lodern vor Leidenschaft und ich gebe ihm unmissverständlich zu verstehen, an was ich gerade denke.

»Louisa, untersteh dich! Wenn du nicht aufhörst, kann ich für nichts mehr garantieren!«, knurrt er. Seine Worte sind voller Begehren und Lust.

»Wieso?«, säusle ich unschuldig. »Ich mache doch gar nichts.« Wieder lasse ich meine Zunge um seinen Daumen gleiten und sauge leicht dran.

»Du Biest!«, stöhnt Jake, wirbelt mich herum und drückt mich im nächsten Moment auf sein Bett. Ehe ich es mich versehe, schiebt er seine Hand in meine Hose, zieht mein Höschen zur Seite und lässt seinen Finger durch meine Spalte gleiten. Ich keuche vor Verlangen und presse mich ihm entgegen.

Lachend zieht Jake seine Hand aus meinem Höschen und leckt seinen Finger ab. »Du schmeckst köstlich, Louisa!« Provozierend grinst er mich an.

Was auch immer dieser Mann mit mir macht, er hat es geschafft, dass ich sämtliche Scham ablege. Ich streife meine Jeans ab, das Höschen gleich dazu. Jakes Augen weiten sich.

»Wenn ich so gut schmecke«, flüstere ich, »dann genieß mich ausgiebig!«

Ich lasse mich zurück auf sein Bett gleiten und öffne meine Beine ein Stück. Jakes Atem stockt beim Anblick meiner nackten Scham und ich sehe, wie sich seine Brust heftig hebt und senkt.

»Gott, Louisa, du machst mich wahnsinnig!«

Ich hätte nicht gedacht, dass sein Blick noch lodernder sein könnte, aber er ist es, als sein Körper sich langsam zwischen meine Beine senkt. Es gibt nichts auf dieser Welt, was ich in diesem Moment mehr will als ihn.

Binnen Sekunden brenne ich lichterloh. Er spielt mit mir, gleitet immer wieder hoch zu meinem Venushügel. Ich keuche und presse mich ihm entgegen. Dann endlich spüre ich beinahe eine Erlösung, als er seinen Finger in mich gleiten lässt. Ich stöhne und mein Atem beginnt zu rasen.

Grinsend liegt er über mir und scheint das Schauspiel zu genießen. Ich schaue ihn an und schiebe mein Shirt hoch. Mit seiner freien Hand hilft Jake mir, meinen BH zu öffnen, und schnell streife ich beides von mir, bedacht, alles, was mir zusätzliche Hitze bereiten könnte, loszuwerden. Ich bebe und habe das Gefühl, mein Körper würde mir nicht mehr gehorchen.

»Nicht zu schnell, Louisa, lass mich den Anblick genießen.« Jake streichelt zärtlich über meine nackte Haut. »Du machst mich einfach wahnsinnig und ich will alles von dir. Deine Lust, deine Leidenschaft. Deine Sinnlichkeit. Du hast keine Ahnung, wie sehr ich mich nach dir verzehre. Und weißt du, was das Schöne ist?«

Ich schüttle völlig benommen den Kopf.

»Du kannst dein Verlangen nach mir auch nicht verbergen.«

Er grinst und seine Hand gleitet wieder zwischen meine Beine, noch bevor ich lautstark protestieren kann.

Ich hätte es nie für möglich gehalten, dass ich Oralsex so genießen könnte, aber jetzt, wo Jack zwischen meinen Beinen liegt, mein Körper vor ihm zuckt, will ich nichts mehr, als seine Zunge an meiner intimsten Stelle zu spüren.

Jakes Hand legt sich auf meinen Innenschenkel und drückt ihn ein wenig nach außen, während die andere Hand über meinen Venushügel streift. Selbst diese sanfte, eigentlich kaum wahrnehmbare Berührung versetzt meinen Körper in Ekstase. Ich keuche auf.

»Warum so erregt?«, fragt er mich grinsend und ich stöhne auf.

»Weil du mich wahnsinnig machst, Jake! Jede deiner Berührungen bringt mich um den Verstand!«

»Ach wirklich?«, fragt er neugierig und schon senkt sich sein Kopf zwischen meine Beine und seine Zunge fährt über meinen Venushügel. »Auch das?«

Als könnte er nicht ahnen, dass ich förmlich unter ihm zergehe.

»Das weißt du ganz genau«, knurre ich und lege meine Hand auf seinen Kopf.

Genüsslich lacht er und die Vibration seines Lachens stimuliert meine Mitte zusätzlich.

Das Pochen zwischen meinen Beinen wird immer heftiger und in mir zieht sich alles zusammen. Seine Zunge dringt kurz in mich und das drückt mich über die Klippe. Eine Woge der Erregung strömt durch meinen Körper und mündet in einem kaum aufhören wollenden Orgasmus. Mein ganzer Körper bebt unter Jake und mir entfährt ein heftiges Stöhnen. Nur mit Mühe kann ich einen Aufschrei unterdrücken.

Als mein Orgasmus langsam abebbt, schiebt Jake sich an mir hoch und legt sich an meine Seite. »Du schmeckst wunderbar!«

Peinlich berührt will ich die Hände vors Gesicht schlagen, doch Jake zieht sich über mich und verhindert so meine geschockte Reaktion.

»Das muss dir nicht peinlich sein. Es ist atemberaubend, dir beim Orgasmus zuzusehen!«

Ich schaue in Jakes Augen und sehe, dass er es aufrichtig meint. »Dich hat es aber auch nicht kaltgelassen, würde ich sagen«, grinse ich und spüre seine Erregung an meinem Bauch.

Er knurrt. »Wie auch, Louisa, wenn du unter mir zerfließt!«

Ich muss lachen und im nächsten Moment dreht Jake sich mit mir um und ich sitze auf ihm. Genüsslich bewege ich mich über ihm und schiebe mein Becken in die richtige Position.

»Kondom?«, fragt er mich und ich nicke. Als wäre ich leicht wie eine Feder, rutscht er mit mir auf sich Richtung Nachttisch und zieht ein Kondom aus der Schublade. Ich hebe mein Becken ein Stück und er zieht es sich geschickt über. Mit der Hand umschließe ich seinen Schwanz und schiebe ihn in mich. Langsam lasse ich mich sinken und nehme ihn schließlich ganz in mir auf.

Fast gleichzeitig entfährt uns ein Stöhnen. Jakes Augen sind auf mich gerichtet und ich bewege mein Becken unter seinem Blick langsam auf und ab. Ich kann ihm ansehen, dass meine Bewegungen ihm gefallen, und ich beginne, gleichmäßig mein Becken zu kreisen.

Seine Augen verdunkeln sich. Er greift meine Hüfte und hält mich fest. »Wenn du nicht damit aufhörst, komme ich sofort!«, stöhnt er durch zusammengebissene Zähne. »Das halte ich nicht lange aus!«

»Ich kann aufhören und wir machen langsam, oder du nimmst dir einfach, was du brauchst!« Ich beuge mich zu ihm runter, streife mit meiner Zunge über seinen Mund und beiße ihn dann genüsslich leicht in die Unterlippe.

»Biest!«, stöhnt Jake, krallt sich noch fester in meine Hüfte, hält mich auf sich und stößt dann hart in mich. »Ich kann jetzt nicht zärtlich sein, wenn du das mit mir machst, Louisa!«

Statt ihm zu antworten, presse ich meine Lippen hart auf seinen Mund. Zwischen heftigen Küssen schaffe ich ein »Dann sei es nicht«, bevor ich wieder Jakes ganze Männlichkeit in mir aufnehme, die er mit jedem Stoß tiefer in mich drückt. Ich spüre ihn fast in meinem Innersten, als wäre nicht nur sein Schwanz in meinem Körper, sondern als würde ich mit jedem seiner Stöße ihn tiefer in mein Herz aufnehmen.

Ich hatte recht, ich bin verloren.

Jake füllt mich aus und ich genieße jede seiner Bewegungen. Er zieht mich zu sich runter und hält meinen Körper fest an sich gedrückt, während er wieder und wieder tiefer in mich stößt. Ich schließe mich noch fester um seine Männlichkeit, als wären wir füreinander geschaffen. Jake stöhnt und krallt sich in meinen Po. Dann drückt er mein Becken ein letztes Mal hart auf sich nieder und kommt heftig. Ich spüre, wie sein Penis in mir zuckt und als er den letzten Tropfen vergossen hat, zieht er mich erschöpft mit sich aufs Laken, dreht sich mit mir zur Seite und hält mich fest. Er zieht sich aus mir heraus und mich im nächsten Moment in seine starken Arme.

So liegen wir eine Weile, bevor er zärtlich meine nackte Schulter küsst. »Entschuldige, dass ich gerade so egoistisch war«, sagt Jake leise und verharrt mit seinen Lippen an meiner Schulter.

»Egoistisch?«, frage ich überrascht und drehe mich zu ihm.

»Ja, ich bin einfach gekommen, ohne auf dich zu warten!«

Statt so zu reagieren, wie er es vielleicht erwartet hat, fange ich an zu lachen.

»Du lachst?«, fragt er nun wirklich irritiert.

»Ist dir aufgefallen, dass ich vorher bereits gekommen bin?«

Er grinst. »Ja, das ist mir aufgefallen! Du siehst toll dabei aus und ich könnte es wieder und wieder erleben.«

»Das kann ich mir denken. Du liebst es, dass ich unter dir leide!«

»Unter mir leiden?« Jake schaut mich ein wenig fragend an.

Ich küsse seinen Mund und schmiege mich wieder an ihn. »Ja, ich verliere komplett die Kontrolle, wenn du meinen Körper auch nur berührst.«

»Gut zu wissen!«, lacht Jake und drückt mir zärtlich einen Kuss auf die Stirn. »Manchmal hört man das sogar, falls man sich nicht ganz sicher ist.«

Jetzt schlage ich mir doch entsetzt die Hände vor den Mund. Oh Gott! Man muss uns im ganzen Haus gehört haben.

»Verleugnen ist nicht mehr«, grinst Jake und nimmt meine Hände in seine. »Aber vielleicht haben wir Glück und Mary und die anderen haben nach dem Essen fluchtartig das Haus verlassen.«

»Oh Gott, das Essen!« Ich setze mich abrupt im Bett auf und schaue Jake an. »Mary hat sich so viel Mühe gegeben!«

»Was gab es denn?« Jake schaut mich amüsiert an.

»Hähnchen und Kartoffelpüree. Und Gemüse. Uuuuuund«, ich stoppe kurz und fahre mir genüsslich mit der Zunge über die Lippen, »Limetten-Panna-Cotta und Blaubeereiscreme!«

»Du bist wirklich ein Feinschmecker!« Jake spielt genüsslich mit einer meiner Haarsträhnen, die ein wenig absteht.

»Na hör mal! Ich habe gearbeitet«, sage ich und grinse dabei von einem Ohr zum anderen.

»Du? Gearbeitet?« Jake prustet und beginnt, mich zu kitzeln. »Wer hat hier denn bitte schön wen zum Orgasmus gebracht?«

Gemeinsam lachen wir und ich komme nicht drum herum, zuzugeben, dass dieser Mann einfach ein Traum ist, und ich bitte inständig darum, nie aus diesem Traum aufzuwachen.

»Meinst du, es sind noch Reste da?« Ich rutsche zur Bettkante.

»Du willst jetzt wirklich runter in die Küche und was essen?« Jake schaut mich nahezu entgeistert an.

»Klar, bis auf das Croissant heute Morgen hatte ich nichts!«

»Na gut, dann los!«

Jake setzt sich auf und ist mit einem Satz aus dem Bett. Er wirft mir Shirt und Jeans zu, die ich diesmal wirklich ohne BH und Slip anziehe, und binnen Minuten stehen wir in der Küche und entdecken zu unserer großen Freude für jeden eine Portion im Kühlschrank. In Bryans Handschrift klebt ein Zettel an unseren Tellern.

Wer gut arbeitet, der soll auch gut essen.

21

»Bist du nervös?«, frage ich Jake, der müde die Decke zur Seite geschlagen hat und auf der Bettkante sitzt. Vielleicht hätten wir in der Nacht vor den Boardmasters ein wenig mehr Schlaf finden sollen, anstatt hemmungslos übereinander herzufallen.

Nachdem wir die Reste in Marys Kühlschrank genüsslich verschlungen hatten, liebten wir uns ein weiteres Mal in der Küche und ein letztes Mal in Jakes Bett, bevor wir todmüde mitten in der Nacht Schlaf fanden.

»Nee«, antwortet er mir und kann nur mit Mühe ein Gähnen unterdrücken. »Ich bin nur hundemüde.«

»Entschuldige«, kichere ich und ziehe die Bettdecke bis ans Kinn.

»Warum weiß ich, dass dir das gar nicht leidtut?«, grinst Jake und drückt mir einen kleinen Kuss auf die Nasenspitze.

»Tut es auch nicht. Außerdem hättest du jederzeit sagen können, dass du schlafen willst.«

»Als ob dich das abgehalten hätte!«

»Bestimmt«, lache ich, schlinge meine Arme um Jakes Hals und hindere ihn daran, sich wieder aufzusetzen.

»Ich muss wirklich aufstehen, Louisa«, murmelt er gequält.

»Noch fünf Minuten. Bitte!« Ich schaue ihn aus müden Augen an und bin froh, dass ich noch ein wenig liegen bleiben kann.

Während die Teilnehmer der Boardmasters schon früh am Strand sein müssen, haben Lily und ich uns für etwas später verabredet. Ich bin sehr glücklich darüber, sie kennengelernt zu haben. Mit ihr macht es doppelt so viel Spaß, uns die Surfer anzusehen. Außerdem merke ich, dass sich zwischen uns eine Freundschaft entwickelt, die ich jetzt schon nicht mehr missen mag, obwohl wir uns erst wenige Tage kennen.

»Schade, dass Taylor und MJ es nicht geschafft haben, zu kommen«, sage ich zwischen Jakes zärtlichen Küssen und stelle zum wiederholten Male fest, wie unfassbar gut er riecht. Und schmeckt. Und küsst.

»So ist das bei den Jungs. Die zwei haben einfach tierisch viel um die Ohren. Manchmal frage ich mich, ob sie überhaupt noch wissen, was Urlaub und Entspannung ist.«

»Haben die zwei eigentlich eine Freundin?«, will ich wissen und fahre Jake durch seine verwuschelte Mähne.

»Puh, gute Frage. Ich glaube, was Ernsthaftes hat keiner von den beiden. Ich kann mich aber auch nicht daran erinnern, dass es mal eine Frau länger mit ihnen ausgehalten hat. Die zwei sind einfach mit ihrer Arbeit verheiratet. Die lassen sich nicht einfangen.«

»Einfangen klingt ja fast so, als würde man euch Männer vom wahren Leben abhalten«, lache ich.

»Na ja, schau dir mich an«, grinst Jake provozierend. »Ich werde ja auch davon abgehalten, endlich aufzustehen.«

»Ey!«

»Ja bitte?«

»Komm du mir nach Hause!«

Jakes Augen verdunkeln sich und plötzlich ist da wieder diese Tiefe und Ernsthaftigkeit in seiner Stimme. »Darf ich?«

Selbst ein wenig irritiert, schaue ich ihn an. »Was darfst du?«

»Zu dir heimkommen?«

»Nur mit dem Siegerpokal«, versuche ich, die Situation zu überspielen, da ich nicht genau weiß, was er meint.

»Na, das könnte problematisch werden«, lacht Jake und ich atme erleichtert auf, als die komische Situation vorbei ist. »Ich surfe zwar nicht grottenschlecht, aber gegen die Pros habe ich keine Chance. Wir machen mit, weil es Bock macht und die Stimmung klasse ist. Und außerdem ist es toll, was Gemeinsames mit den Jungs zu machen.«

»Dieses Mal ja leider nur mit Bryan«, sage ich.

»Das stimmt. Und der wird mir gleich mächtig den Hintern versohlen, wenn ich jetzt nicht loskomme. Sosehr ich deine Nähe auch genieße«, säuselt Jake und fährt mit seiner Zunge meinen Hals hinab.

»Mmmhmmm«, kann ich nur von mir geben und ziehe mir die Decke über den Kopf, weil mich die Gänsehaut, die Jakes Berührung in mir auslöst, frösteln lässt.

Er lacht. »So schlimm?«

»Schlimmer«, murmele ich unter der Decke.

»Mach dir einen schönen Tag mit Lily, wir sehen uns später«, sagt Jake und zieht die Decke ein Stück zurück, um mir einen letzten Kuss zu geben.

»Das werden wir. Und Jake?« Ich schaue ihm verträumt in die Augen.

»Ja, Louisa?«

»Hüte dich vor anderen Seemonstern!«

Er grinst. Ich grinse.

Können Morgen ab sofort bitte immer so sein?

Als ich mich einige Zeit später mit Lily auf den Weg zu den Boardmasters mache, komme ich schon nach kurzer Zeit aus dem Staunen nicht mehr raus. Dass die Küste Cornwalls wunderschön ist, ist für mich nicht neu, aber dass sie zahlreiche Aussichtspunkte auf das Festival bereithält, verschlägt mir fast den Atem. Was sich hier am Fistral Beach und der Watergate Bay vor unseren Augen auftut, ist sagenhaft. Ein großes Festivaldorf wurde aufgebaut und schon von Weitem erkennt man die zahlreichen Buden, wo man Schmuck, Klamotten und andere Accessoires kaufen kann. Daneben sind Rampen zum Skaten aufgebaut und die lokalen Surfschulen bieten Anfängern die Möglichkeit, ihre ersten Versuche auf den Brettern zu wagen.

Der Strand zieht sich schier meilenweit und Lily und ich liebäugeln sofort mit den schnuckeligen Snackbuden, die neben kleinen Bühnen für Livemusik und DJ-Sets aufgebaut sind. Der Duft, der uns entgegenströmt, ist einfach betörend.

Wir tun es vielen anderen gleich, schnappen uns große Sitzkissen und machen es uns mit einem leckeren Drink und einer Portion Mac and Cheese im Sand bequem. Während wir immer wieder aufs Meer schauen, um Jake und Bryan nicht zu verpassen, genießen wir die richtige Mischung aus Reggae-Klängen und Acoustic-Sets.

»Jake ist dran«, ruft Lily auf einmal und ich schaue rasch Richtung Wasser. Die Sonne blendet und ich halte schützend die Hände über meine Augen, um überhaupt etwas sehen zu können. Warum vergesse ich Trottel eigentlich immer meine Sonnenbrille?

Und wirklich, da ist er. Jake. Mein Jake. Ich bete, dass er nicht vom Board geworfen wird und ein paar gute Wellen erwischt.

Als hätte er nie etwas anderes gemacht, bewegt er sich fast spielerisch durch die Wellen, seine Bewegungen sind geschmeidig und ganz natürlich. Er ist in seinem Element. Aus meinen Trainingsstunden mit Jake habe ich gelernt, wie wichtig es ist, die Wellen richtig zu lesen und zu wissen, wie und wann man sie am besten erwischt. Ich sehe, wie Jake über seine Schulter schaut und sein Brett im richtigen Winkel zur anrollenden Welle ausrichtet. Als sie nur noch ein kleines Stück entfernt ist, beginnt er, kräftig zu paddeln. Innerlich muss ich grinsen, denn ich weiß genau, was als Nächstes folgt – der Take off. Jake hat in etwa das gleiche Tempo erreicht wie die Welle und als sein Board von ihr erfasst wird, steht er gekonnt auf und begibt sich in Surfhaltung. Er hält die Balance und mit der richtigen Technik surft er gekonnt und kontrolliert die Welle. Er ist wunderbar anzusehen. Auch wenn er einen Neoprenanzug trägt, kann ich seine Muskeln deutlich ausmachen und mir bleibt nichts als bloße Bewunderung.

»Er ist klasse, oder?«, jubelt Lily neben mir und klatscht in die Hände.

»Er ist toll!«, stimme ich ihr ohne Umschweife zu und kann es kaum erwarten, ihn wieder in meine Arme zu schließen und ihm zu seiner super Leistung zu gratulieren.

Nie im Leben hätte ich gedacht, dass mir Großstadtmensch dieses Leben hier am Strand zwischen surfbegeisterten Menschen so gefallen würde. Wenn ich ehrlich bin, bei der Herzlichkeit und Wärme der Menschen hier könnten sie mich wahrscheinlich auch für Töpferkurse begeistern. Dass es Surfen und dementsprechend was fürs Auge ist, ist natürlich ein gern gesehenes Plus.

Als Nächster ist Bryan dran und auch ihm gelingt ein super Ritt auf den Wellen. Schmunzelnd schaue ich neben mich und beobachte Lily, wie sie die Arme in die Luft reißt und ihm zujubelt. Die Surf-Fans am Strand tun es ihr gleich und nicht nur Jake und Bryan werden gefeiert, sondern auch die vielen anderen, die sich in die Wellen wagen und ihr Bestes geben.

Was für eine Atmosphäre.

»Schon schade, dass er keine Kinder will.«

Ich starre Lily an, die sich neben mir wieder in den Sand hat fallen lassen. Langsam setze ich mich neben sie, beobachte sie und warte gespannt ab, ob sie weitersprechen will.

»Ich glaube, er hat sich damals getrennt, weil ich Kinder wollte und er nicht.«

»Glaubst du oder weißt du?«, hake ich vorsichtig nach.

Ihr Blick wandert Richtung Meer und als wären nicht Hunderte von Menschen um uns herum, fährt sie fort. »Ich bin mir ziemlich sicher, dass es so ist. Ich habe dir ja erzählt, dass wir damals zusammen waren und er sich dann gegen mich entschieden hat. Ich habe gedacht, wir wären glücklich. Nach der Schulzeit ist Bryan zum Studium nach Exeter gegangen, ich blieb hier und begann eine Ausbildung als Krankenschwester. Da die Entfernung nicht so groß ist, ist Bryan an den Wochenenden nach Hause gekommen und auch unter der Woche versuchte er regelmäßig, hier zu sein. Wir haben uns eine gemeinsame Wohnung gesucht, in der ich während der Woche allein lebte. In Exeter hatte Bryan ein kleines Studentenzimmer. Alles schien perfekt. Na ja, irgendwann fängt man natürlich an, sich Gedanken über die Zukunft zu machen. Eines Abends saßen wir am Strand und philosophierten wie so oft über die unterschiedlichsten Dinge. So wie wir es eigentlich unser ganzes Leben lang getan hatten. Und irgendwann habe ich ganz beiläufig gesagt, wie schön es ist, wenn wir irgendwann mit unseren Kindern surfen gehen. Dass wir die coolen Surfeltern sind, die mit ihren Kindern zu den besten Surfspots reisen und das Leben genießen.«

Ich unterbreche sie nicht und höre gespannt weiter zu.

»In den Wochen nach diesem Abend änderten sich auf einmal einige Dinge. Bryan kam erst in der Woche nicht mehr nach Newquay und dann auch nicht mehr jedes Wochenende. Glaub mir, das ist wirklich komisch, wenn du in deiner gemeinsamen Wohnung sitzt und weißt, dass du mehr und mehr Zeit allein verbringst und der andere scheinbar andere Dinge als wichtiger erachtet. Du lebst in einer Partnerschaft und bist trotzdem allein. Schwer war es vor allem, als sich Freunde und Familienmitglieder nach ihm erkundigten. Die *Bryan hat unfassbar viel für die Uni zu tun*-Karte konnte ich nicht ständig als Erklärung ziehen. Irgendwann habe ich es nicht mehr ausgehalten und habe ihn gefragt, was los ist. Er sagte, dass er sich auf sich konzentrieren müsse, sein Examen oberste Priorität habe. Er wolle mich nicht verlieren, aber er habe gemerkt, dass es für eine Zukunft als Paar nicht reichen würde. Das hat mir natürlich den Boden unter den Füßen weggerissen. Allein schon deshalb, weil ich wirklich dachte, er und ich, das wäre was für die Ewigkeit. Er war derjenige, der mich perfekt lesen konnte, und auch ich wusste immer, was in ihm vorging. Tja, und auf einmal verstand ich die ganze Welt nicht mehr. Und besonders ihn nicht. So ist es zu Ende gegangen. Wir haben uns bemüht, Freunde zu bleiben, aber so wie früher ist unsere Freundschaft nicht mehr geworden.«

»Was man dir nicht übel nehmen kann«, stelle ich vorsichtig fest und kann sehen, wie sehr das Gespräch sie beschäftigt.

»Das stimmt wohl. Aber ich weiß, was für ein toller Mensch er ist, und ich würde ihm mein Leben immer noch blind anvertrauen. Er kann ja nichts dafür, dass er nicht dasselbe für mich empfindet wie ich für ihn.«

»Hast du ihm das damals geglaubt?« Irgendwie bin ich mir nicht sicher, ob nicht jede Nachfrage von mir sie mehr schmerzt, aber Lily scheint offen und hat ja selbst das Gespräch über sich und Bryan begonnen.

Sie schaut traurig Richtung Meer. »Teils, teils. Ich weiß es nicht. Irgendwie hatte ich immer das Gefühl, dass da mehr ist. Vielleicht gab es eine andere Frau und er wollte mir das nicht sagen. Vielleicht hat er mich auch einfach nicht genug geliebt, dass es für ein Leben zusammen gereicht hätte.«

»Gefühle kann man nicht beeinflussen«, stimme ich ihr zu, »und man kann niemanden dazu überreden, einen anderen Menschen zu lieben. Keiner weiß das besser als ich. Aber man kann erwarten, eine ehrliche Erklärung zu bekommen. Ungewissheit ist das Schlimmste, was es gibt. Die macht einen fertig. Vor allem fragt man sich immer, ob es nicht eine Chance gegeben hätte oder ob es an einem selbst lag.«

»Das ist richtig. Aber so sind die Dinge jetzt und auch mein Leben wird weitergehen. Schau dich an, du hast ja auch ein Prachtexemplar gefunden!«

Sie deutet mit dem Kopf auf eine Gruppe Surfer, die in unsere Richtung laufen. Jake hat wie ein paar andere auch den Neoprenanzug zur Hälfte ausgezogen und er hängt ihm sexy auf den Hüften. Ich kann meinen Blick nicht von seinem muskulösen Körper lösen und muss automatisch die Luft anhalten, als sich unsere Blicke begegnen.

Wie dieser Mann mir wieder und wieder den Atem raubt, ist einfach Wahnsinn.

Ich reiße mich für einen Moment von diesem Anblick los, drehe mich zu Lily und nehme sie fest in den Arm. »Danke, dass du dich mir geöffnet hast. Ich weiß, dass so etwas nicht leicht ist. Ich selbst mache auch alles mit mir aus. Wenn du reden willst, bin ich für dich da. Und auch wenn du noch an Bryan hängst, musst du langsam nach vorn blicken. Ich wünsche dir von Herzen, dass du jemanden findest, der es hasst, dein Herz zu verletzen. Wenn er dich nicht lieben kann, ist das nicht dein Fehler. Und noch was – es ist okay, jemanden zu vermissen und ihn doch nicht zurückzuwollen.«

»Wer will wen nicht zurück?«, sagt Bryan, der auf einmal hinter uns steht und seine Arme vor der nackten Brust verschränkt. »Ey, Jake, die Mädels wollen uns heiße Burschen nicht zurück!«

»Wie bitte?« Gespielt empört stellt Jake sich neben Bryan und verschränkt ebenso seine Arme. Sein Körper sieht wirklich aus wie gemalt und beim Blick auf seine harten Bauchmuskeln muss ich wieder an letzte Nacht denken, wie unsere beiden Körper miteinander verschmolzen sind. Wassertropfen laufen über seine trainierte Brust, über seinen Bauch zu seinem V-Muskel. Voller Faszination verfolge ich ihren Weg und das Einzige, was mich davon abhält, dem Wassertropfen mit der Zunge zu folgen, sind die Menschen um uns herum. Leah nennt den V-Muskel passenderweise schamlos den Sex-Muskel oder auch den *Der macht mich total verrückt*-Muskel. Inzwischen habe ich auch verstanden, warum.

»Nun, wir Mädels haben überlegt, ob wir uns nicht nach ein paar scharfen Surfern umsehen, wo hier doch so viele anwesend sind. Was meinst du, Louisa, wollen wir?« Lily hakt sich bei mir unter, stemmt die andere Hand in die Hüfte und schaut Bryan provozierend ins Gesicht. Wenn da nicht noch ein bisschen mehr mitschwingt als bloße Fopperei.

»Oh, ich glaube, Louisa hat sich schon auf einen Surfer festgelegt, nicht wahr, meine Liebe?« Jake steht mit zwei Schritten vor mir. Er legt seine Hand unter mein Kinn und hebt es an, sodass ich ihm in die Augen schauen kann. Ein leises Grollen klingt aus seiner Kehle. »Ich habe doch recht, oder?«, setzt er nach.

Manchmal ist diese dominante Tour ja schon recht sexy, aber ich gebe nicht so schnell klein bei und ziehe trotzig die Augenbraue hoch. »Mmmh, ich weiß nicht. Ich habe eben einen wirklich gut aussehenden blonden Surfer gesehen, der bei seinem Wellenritt beachtlich viele Punkte gemacht hat. Ich glaube, ein paar mehr als du, Sexy. Vielleicht sollte ich das genauer überprüfen? Ich meine, bei dem großen Angebot kann eine genaue Kontrolle und Abwägung ja nicht schaden!«

Noch bevor ich einen Schritt zur Seite machen kann, packt Jake mich auf einmal und wirft mich spielerisch, aber definitiv mehr als entschlossen über seine Schulter. Dass er dazu in der Lage ist, hat er ja schon einmal bewiesen. Ich quietsche und muss gleichzeitig so sehr lachen, dass mir schier die Luft wegbleibt.

»Lass mich runter, Jake«, pruste ich. »Ich kriege keine Luft!«

»Nur wenn du dir dein Vorhaben noch einmal überlegst! Und denk jetzt gut nach, was du sagst.«

Jake legt eine Hand auf meinen Po und kneift kräftig zu. Ich quietsche erneut und versuche, seine Hand wegzuschlagen, doch Jake ist schneller und geschickt landen zwei freche Klatscher auf meinen Pobacken.

»Lass das, Jake, was sollen denn die Leute denken!«

Bryan und Lily stehen neben uns, schauen sich das Spektakel aus sicherem Abstand an und können sich einen Kommentar nicht verkneifen.

»Get a room!«, tönt es lauthals aus beider Kehlen und ich

kann gut verstehen, was Lily damit meinte, dass sie sich in- und auswendig kennen.

Endlich setzt Jake mich vorsichtig ab und ich recke ihm erneut provozierend mein Gesicht entgegen. Nicht mit mir, Freundchen! Sofort legt er wieder seine Hand unter mein Kinn und schaut mir in die Augen, völlig die Tatsache ignorierend, dass um uns herum Menschen sind und wir von einigen beobachtet werden.

»Ich frage dich jetzt noch einmal, Louisa. Hast du dich nicht bereits auf einen Surfer festgelegt?«

Sein Finger streift über meine Lippen und ich erschaudere unter dieser zärtlichen und doch besitzergreifenden Geste.

»Du weißt, dass man dir deine Reaktion im Neoprenanzug verdammt schnell anmerken kann, wenn ich jetzt deinen Daumen in den Mund nehme«, flüstere ich ihm leise zu und kann sehen, dass Jakes Mundwinkel zuckt.

»Das würdest du nicht tun, du Biest.« Er grinst, zieht aber vorsichtshalber seinen Finger zurück.

»Dann bleibt dir wohl nichts anderes übrig, als mich jetzt zu küssen. Dann würde ich mir das vielleicht noch einmal überlegen.«

Ich benetze meine Lippen und schaue ihn erwartungsvoll an, blende alle Menschen um uns herum aus und konzentriere mich auf den unfassbar anziehenden Mann, der direkt vor mir steht.

Jake lehnt sich mir entgegen, bis seine Lippen fast die meinen berühren. »Nichts lieber als das«, haucht er mir entgegen und küsst mich zärtlich.

»Mmmmh«, schnurre ich, als unsere Lippen sich trennen, und ziehe mich näher an ihn, völlig egal, dass mich ein paar Wassertropfen, die noch an ihm haften, nass machen. »Du hast toll ausgesehen auf dem Wasser. Ich bin verdammt stolz auf dich.«

»Bist du das?« Jake schaut mich an und ich kann in seinen Augen sehen, wie viel ihm meine Worte bedeuten.

»Ja, das bin ich. Und ich muss gestehen, dein Take off ist wirklich minimal besser als meiner!«

Jake lacht und legt seinen Arm um mich. So als wäre es das Natürlichste von der Welt und müsste einfach so sein.

Zusammen mit Bryan und Lily schlendern wir durch das Surfcamp, genießen das leckere Essen und die chillige Loungemusik, die aus den Boxen dröhnt.

»Habt ihr Lust, zum großen Festivalgelände rüberzugehen? Ich habe Bänder für die Mainstage. Da spielen heute Abend ein paar echt coole Acts.« Bryan ist aufgestanden und schaut zu uns runter.

»Also ich bin dabei«, ruft Lily und steht mit einem Sprung neben ihm. »Los, Louisa, das kannst du dir nicht entgehen lassen. Ein bisschen abzappeln!«

Jake und ich lachen gleichzeitig.

»Abzappeln? Was soll das denn sein?«, frage ich Lily und kenne die Antwort eigentlich bereits.

»Mensch – tanzen! Jetzt tu doch nicht so, als wärst du steinalt!«, johlt sie und führt neben Bryan eine in ihren Augen gekonnte Tanzeinlage vor. Dass es auch ein misslungener Regentanz sein könnte, verkneife ich mir zu sagen.

Ich lehne mich an Jake und er scheint sofort zu verstehen.

»Ich glaube, wir sind für heute Abend raus. Tanzt ihr für uns mit, wir gehen noch ein wenig am Strand spazieren und laufen zum Bed and Breakfast. Das Wetter lädt ja quasi dazu ein.«

Ich finde es wunderbar, dass Jake meine Gedanken lesen kann.

»Lily, versuch es erst gar nicht. Die zwei sind schlimmer als verknallte Teenager. Und ich habe keine Lust, mir ihr Geknutsche den ganzen Abend reinzuziehen. Los, wir zwei schwingen jetzt das Tanzbein!«

»Okay, okay, schon verstanden«, sagt Lily, zieht mich hoch und drückt mich kräftig. »Habt einen schönen Abend und tut nichts, was ich nicht auch tun würde!«

»Glaub mir, Lily, das tun die schon genug«, lacht Bryan.

»Ich spreche aus Erfahrung«, fügt er hinzu und hält sich grinsend die Ohren zu.

Ich werde rot und Jake, der inzwischen auch aufgestanden ist, boxt seinem Freund gegen die Schulter.

Als Lily und Bryan sich zum Festivalgelände aufmachen, räumen Jake und ich unsere Sitzkissen an die Seite und machen uns ebenfalls auf den Weg. Für eine Weile gehen wir schweigend den Strand entlang. Der Wettergott hat es heute wirklich gut mit uns gemeint, denn am Himmel ist keine Wolke zu sehen und auch wenn es schon Abend ist und es langsam dunkler wird, ist es immer noch angenehm warm.

»Weißt du, was ich gern machen möchte?« Ich bin die Erste, die die Stille unterbricht.

»Was denn?« Jake bleibt stehen und schaut mich neugierig an.

»Hast du schon mal am Strand übernachtet?«

»Ja klar!« Jake nickt. »Wobei das zu dieser Jahreszeit schon echt frisch wird.«

»Oh, okay. Das hatte ich nicht bedacht. Na gut, war ja auch nur eine Idee«, sage ich ein wenig betrübt und gehe weiter, werde aber von Jake gestoppt, der meine Hand ergreift. Fragend schaue ich ihn an.

»Vielleicht schlafen wir dieses Mal nicht am Strand, aber mit warmen Jacken und ausreichend Decken können wir es uns noch eine Weile bequem machen und den Wellen lauschen. Wir haben Glück und es wird eine sternklare Nacht. Also wenn du möchtest, wäre ich dabei.« Er nimmt auch meine zweite Hand in seine und drückt sie zärtlich.

Über mein Gesicht breitet sich ein Lächeln aus. »Aber so was von!«

Überschwänglich löse ich meine Hände aus seinen und schlinge sie ihm um den Hals. Mit sanfter Gewalt ziehe ich ihn zu mir und küsse ihn zärtlich auf den Mund. Ich spüre Jakes Grinsen während unseres Kusses und seine Hand, die sanft über meine Wange streichelt.

Ich lächle und bemerke erst in diesem Moment, wie glücklich ich bin.

»Decke holen?«, raunt Jake dicht an meinem Ohr.

»Decke holen«, stimme ich ihm zu und gemeinsam gehen wir Hand in Hand in Richtung Bed and Breakfast.

22

»Ich hole uns zwei Decken aus dem Wohnzimmer, dann wird uns draußen nicht kalt. Bringst du mir meine Jacke aus meinem Zimmer mit?« Jake streift mir eine braune Strähne, die sich aus meinem Pferdeschwanz gelöst hat, aus dem Gesicht. Er steckt sie mir zärtlich hinters Ohr. »Sie hängt über dem Stuhl am Schreibtisch. Kannst du eigentlich gar nicht übersehen.« Seine Lippen streifen meinen Hals und verzückt bemerke ich die Gänsehaut, die sich sofort auf meinen Armen ausbreitet.

»Mmhmm«, seufze ich. »Hör auf, mich so zu küssen, sonst schaffen wir es nie auf unser nächtliches Stranddate!« Ich lecke mir mit meiner Zunge über die Lippen und schaue Jake in seine wunderschönen Augen. In Bruchteilen von Sekunden senken sich seine Lippen auf meinen Mund und ich schmecke die Leidenschaft, die von ihnen ausgeht.

»Bist du dir sicher, dass ich aufhören soll, Louisa? Wir könnten auch unsere Zeit hier allein genießen, bevor die anderen vom Surfcup wiederkommen.« Ich spüre sein Grinsen.

»Oh, ich bin mir sicher, dass wir die Zeit genießen würden, aber ich habe ehrlich gesagt gerade wirklich Lust auf einen Nachtspaziergang und darauf, draußen mit dir gemütlich in eine Decke gekuschelt zu sitzen. Wir haben so einen schönen Sternenhimmel und vielleicht haben wir ja Glück und sehen ein paar Sternschnuppen? Außerdem können wir das eine mit dem anderen kombinieren, wenn wir erst mal unterwegs sind.«

»Ach Louisa, so pragmatisch und gleichzeitig romantisch veranlagt.« Jakes warmes Lachen erfüllt den Raum. Unsere Blicke treffen sich und wir müssen beide nichts weiter sagen, denn mehr und mehr scheinen wir uns fast blind zu verstehen. Wie schön sich so etwas anfühlt. Vor ein paar Tagen noch hätte ich nicht damit gerechnet, in der nächsten Zeit überhaupt noch einmal so etwas wie Glück und Leidenschaft zu verspüren.

Ich löse mich aus seinen Armen und laufe schnell die Treppe zu unseren Zimmern hoch. Wie groß mein Hinterteil dabei ist und ob es hin und her schwingt, ist mir inzwischen völlig egal. Ich weiß, dass Jake mich so mag, wie ich bin. Das ist mir nun mehr als bewusst. Nebenbei hat das Ganze den wunderbaren Nebeneffekt, dass ich mich von Tag zu Tag mehr liebe und achte. Selbstliebe ist definitiv nicht egoistisch, sondern tut verdammt gut.

Jakes Zimmertür steht einen Spalt offen. Ich öffne die Tür weiter und lasse meinen Blick durch das kleine, aber durchaus sehr gemütliche Zimmer wandern. Alles hier scheint seinen Platz zu haben. Das Bett ist gemacht und auf dem Nachttisch liegt ein Stapel Bücher. Ich mag Männer, die lesen. Mary hat frische Handtücher auf die kleine Kommode neben der Badezimmertür gelegt und frische Blumen in die Vase gestellt. Ich atme tief ein und nehme den Geruch von Jakes Aftershave wahr. Wie unfassbar präsent dieser Mann doch auf einmal in meinem Leben ist.

Mein Blick wandert Richtung Schreibtisch und wie angekündigt hängt Jakes Jacke über dem Stuhl. Schnellen Schrittes durchquere ich sein Zimmer und ziehe seine Jacke von der Lehne, als mein Blick auf einen Umschlag fällt, der auf Jakes Schreibtisch liegt.

Notizen – Manuskript

Langsam lege ich seine Jacke wieder auf den Stuhl zurück und lasse meine Finger über den braunen DIN-A4-Umschlag gleiten. Hat Jake etwa wieder etwas geschrieben? Das Letzte, was ich vor einigen Abenden aus ihm herauskitzeln konnte, ist, dass er seit London unter einer Schreibblockade leidet und einfach keinen Zugang zum Schreiben findet.

Im nächsten Moment merke ich, wie meine Finger den Umschlag öffnen und die einzelnen losen Blätter behutsam herausziehen. Was mache ich hier bloß? Das ist Privatsache. Ich sollte nicht. Ich darf nicht. Wenn er es mir eines Tages zeigen will, wird er das schon tun. Aber was, wenn ich so ein bisschen mehr über ihn erfahren kann? Er ist immer noch ein so unfassbar verschlossenes Buch für mich und lässt mich nicht wirklich endgültig an ihn heran. Ich brauche auch gar nicht zu versuchen, bei Mary oder den Jungs nachzufragen, denn sie alle haben die Devise, dass er es mir irgendwann erzählen wird. Nur was? Er scheint mir etwas zu verschweigen. Etwas, was ihn tief bewegt hat und immer noch beschäftigt. Vielleicht versteckt sich auf den Seiten hier der Schlüssel des Ganzen.

Ich schüttle meine Schuldgefühle ab und binnen Sekunden wandern meine Augen über die Zeilen. Ich starre auf die Wörter, fest entschlossen, nur ein paar Sätze zu lesen, aber mit jedem Satz mehr habe ich das Gefühl, dass sich meine Kehle langsam zuschnürt. Und doch kann ich die Blätter nicht aus der Hand legen. Das kann nicht sein. Das darf nicht sein. Und doch steht es hier. Schwarz auf weiß. Er hat mich zu seiner Buchvorlage gemacht! Wieder und wieder schüttle ich den Kopf, will nicht wahrhaben, was ich in der Hand halte. Lese noch mal. Aber die Worte, die auf dem Blatt Papier stehen, bleiben dieselben.

Die Worte, die ich niemals sprach

. . .

Weißt du, was das Beschissene an der Liebe ist? Wenn sie stirbt, bringen wir uns langsam selbst um, weil wir versuchen, an ihr festzuhalten, in der Hoffnung, dass alles wieder so sein wird, wie es einmal war. Wenn wir uns nur ändern.

Du bist einfach gegangen, hast mich allein gelassen. Brauchtest eine Pause. Vielleicht, weil Dinge zu schwierig wurden? Weil sie anders waren, als du sie dir ausgemalt hast? Weil ich nicht genügt habe? Was ist das für ein Mensch, der vorgibt, mich beschützen zu wollen, mich zu lieben und zu brauchen, wenn du am Ende die Person bist, vor der ich hätte beschützt werden sollen? Vor der ich mich selbst hätte schützen sollen?

Ich war blind, habe geglaubt, das mit uns wäre für immer. Jetzt weiß ich, dass ich aufhören muss, das Leben in eine Erinnerung zu zwängen, in all das, was es mal war. Nichts ist geblieben von dem, was mal war.

Du bist aufgestanden und gegangen. Mitten in der Nacht.

Ich wäre all die Mühe wert gewesen, die du in all das andere gesteckt hast. In all die anderen.

Ich habe mich immer gefragt, was es Menschen so einfach macht, zu gehen. Jetzt weiß ich, dass ich hätte fragen sollen, warum verdammt ich gewollt habe, dass du bleibst. Warum ich wollte, dass du in meinem Leben bist. Manchmal verlieben wir uns in Feiglinge.

»Louisa? Wo bleibst du denn?«

Jakes Stimme schallt plötzlich durch den kleinen Raum. Ich fahre herum und sehe ihn an der Tür stehen. Vertieft in seine Zeilen, habe ich nicht gehört, wie er langsam sein Zimmer betreten hat.

»Wo ich bleibe?« Meine Stimme zittert und ich habe Mühe, dass sie nicht ganz versagt. »Wo ich bleibe?!«, wiederhole ich nun etwas lauter und fühle, wie mein Puls rast. Der Typ hat echt Nerven!

»Louisa, Babe, bitte beruhig dich. Was ist denn los?«

Jake schaut mich irritiert an und sein Blick wandert zu

meiner Hand, die sein Geschriebenes fest umklammert hält. Sofort scheint sich die Farbe seiner Augen zu verändern.

»Du hast mein Manuskript gefunden«, murmelt er sichtlich unsicher, beißt sich auf die Lippe und geht einen Schritt auf mich zu.

»Bleib da stehen und komm nicht näher!«, sage ich und muss alle Kraft aufbringen, nicht mit den Blättern nach ihm zu werfen. Ich höre meinen Herzschlag in meinen Ohren und kann einfach nicht glauben, was hier gerade geschieht.

»Louisa«, erwidert Jake sanft und streckt seine Hand nach mir aus. »Bitte beruhige dich und reagiere nicht unnötig über. Dazu gibt es keinen Grund.«

Dass er so tut, als wäre nichts, macht mich noch wütender. »Fass mich nicht an, habe ich gesagt!«, schreie ich ihn an und schlage mit einer unwirschen Bewegung nach seiner Hand, als er meinen Arm berühren will.

Jake zieht seine Hand zurück, scheint sich für einen Moment zu sammeln und stemmt seine Hände in die Hüften. Er denkt wohl, ich habe Angst vor einem fast Zwei-Meter-Mann, der sich vor mir aufbaut. So nicht, mein Freundchen.

»Louisa, in drei Teufels Namen, kannst du mir mal verraten, was in dich gefahren ist? Statt mich ohne Grund anzuschreien, könntest du mir erklären, was du mit meinem Manuskript machst. Denn im Gegensatz zu dir habe ich ein Recht dazu, sauer zu sein, weil du in meinen Sachen rumgewühlt hast!«

»Rumgewühlt? Ruuuumgewüüüühlt?!«, herrsche ich ihn an. »Von rumgewühlt kann überhaupt nicht die Rede sein, wenn du mich in dein Zimmer schickst, um dir deine Jacke vom Schreibtisch zu holen, und da liegt fein säuberlich und in epischer Breite meine Geschichte verfasst!«

»Deine was?« Jake schaut mich fassungslos an. Oh Freundchen, jetzt tu nicht so, als wäre ich schuld an irgendwas. Verkauf mich nicht für blöd, wo ich dir auf die Schliche gekommen bin!

»Tu nicht so, als hättest du keine Ahnung, wovon ich rede. Du hast mich zu deiner Buchvorlage gemacht!« Ich funkle ihn weiter an und merke, wie sich meine Stimme fast überschlägt, aber in diesem Moment ist mir alles egal. »Tust so, als wärest du mein knight in shining armour, und stattdessen benutzt du mich nur, um meine Geschichte für einen Roman zu missbrauchen. Pah! Hätte ich gewusst, dass du meine Geschichte erzählst und mich als leidendes Ding darstellst, das nicht mehr ein und aus weiß, nie im Leben hätte ich mich in dich verliebt!«

Meine Stimme bebt und meine Finger krallen sich in die Seiten, die ich immer noch in der Hand halte.

Für einen Moment ist es still. Ich funkle ihn an, und was macht er? Er schaut mich ruhig an. Das ist doch zum Aus-der-Haut-Fahren. Sag was, du Idiot!

»Du hast dich in mich verliebt?«, fragt Jake plötzlich ganz leise, schaut mir in die Augen und scheint für einen Moment alles vergessen zu haben, was ich ihm gerade an den Kopf geworfen habe.

Nicht die Reaktion, auf die ich in Ansätzen vorbereitet gewesen wäre. Aber jetzt, wo es raus ist, warum soll ich es noch abstreiten.

Ich schlucke. »Ja, ich liebe dich, du Arschloch, aber weißt du was, du bist es nicht wert, dass man Gefühle für dich hat. Du bist es nicht wert, dass ich dir mein Herz schenke.«

Ich sehe, wie Jake bei meinen Worten zusammenzuckt, aber es ist mir egal. In seinen Augen erkenne ich Schmerz. Das macht mich noch wütender. Jetzt erdreistet er sich auch noch, einen auf Opfer zu machen.

»Louisa, du hast das völlig falsch verstanden. Bitte lass es mich doch erklären!«

»Ich brauche keine Erklärung, Jake! Ich habe sehr wohl verstanden. Ich dachte, du wärst an mir interessiert. Stattdessen war ich nur gut für Einzelheiten für dein Buch.«

Ich werfe die Blätter achtlos aufs Bett, gehe einen Schritt auf ihn zu und schaue ihm fest in die Augen, alle Kraft darangesetzt, nicht in Tränen auszubrechen. Dann hole ich verbal zu einem letzten Schlag aus.

»Menschen wie du, die Profit aus dem Leid eines anderen schlagen, sind widerlich und so jemanden will ich nicht in meinem Leben haben. Und ich dachte, schlimmer als Nate kann kein Mensch zu mir sein! Ich habe wirklich gedacht, ich als Mensch würde endlich mal ausreichen. Stattdessen war ich wieder nur für irgendwas gut.« Ich brülle ihn nicht mehr an, meine Stimme ist leise geworden.

Nachdem ich den letzten Satz gesprochen habe, ist es still im Raum. Jake scheint für einen Moment die Luft anzuhalten, dann lässt er die Arme sinken und steht wie ein begossener Pudel vor mir.

»Wenn du das von mir denkst, Louisa, gehst du besser.«

Seine Stimme ist genauso leise wie meine. Seine Augen schauen auf den Boden, seine Hände sind inzwischen tief in seinen Hosentaschen verschwunden und jegliche Kraft scheint aus ihm gewichen. Pah, einen auf Unschuldslamm zu machen, ist doch das Letzte. Noch nie habe ich so viel Wut im Körper verspürt wie in diesem Moment.

Ich schaue ihm ein letztes Mal fest in die Augen. »Ja, das denke ich von dir. Du wusstest genau, wie es mir nach der Geschichte mit Nate ging. Und dir ist nichts Besseres eingefallen, als sie für deine Zwecke zu missbrauchen. Meine Gefühle zu missbrauchen, damit du möglichst viel Stoff für dein nächstes Buch bekommst. Jake, die Dinge, die du aufgeschrieben hast, das ist mein verdammtes Leben. Du hast wohl gedacht, ich würde es nicht herausfinden. Aber Pech gehabt. Jetzt weiß ich, was für ein Mensch du wirklich bist. Ich will dich nie wiedersehen!«

Mit diesen Worten drücke ich mich an Jake vorbei aus dem Zimmer und höre noch, wie die Tür leise ins Schloss fällt. Dann ist alles still. Ich höre … nichts. Keine Bewegung hinter der Tür, kein Jake, der mir hinterherstürmt, um alles richtigzustellen. Es herrscht Ruhe.

Wie angewurzelt bleibe ich auf dem Flur stehen und

versuche, mich zu sammeln. Immer wieder schüttle ich ungläubig den Kopf. Dann stürme ich über den Flur zu meinem Zimmer und lasse die Tür lauthals hinter mir ins Schloss fallen. Ich bin so unfassbar wütend. Wie konnte ich mich nur so in einem Menschen irren? Ich laufe auf und ab und dann wird mir klar, dass ich hier nicht eine Sekunde länger bleiben kann. Alles erinnert mich an Jake und ich muss weg. Weg von ihm und den anderen, weg von Mary und dem beschaulichen Bed and Breakfast, wo ich mich für eine kurze Zeit so unfassbar wohl und geliebt gefühlt habe. Weg.

Im Gegensatz zu dem Schmerz, der sich gerade in meiner Brust breitmacht, scheint mein Job in der Redaktion ein Kinderspiel zu sein. Was ist es dagegen schon, Nate zu ertragen? Und was soll ich außerdem noch hier? Jake auch noch den Titel zu seinem neuen Meisterwerk liefern? Letztendlich war es eh nur Glück auf Zeit.

Ohne dass ich es wirklich gemerkt habe, stehe ich vor dem kleinen Kleiderschrank, öffne ihn und das Nachttischschränkchen neben meinem Bett. Ohne nachzudenken, schmeiße ich sämtlichen Inhalt achtlos in meine Reisetasche. Wenn es schnell gehen muss, ist Packen wirklich ein Leichtes. Lieblos landen meine Sachen in der Reisetasche und in meiner Handtasche. Ich habe keine Zeit für sauberes Zusammenfalten, keine Lust und Kraft dafür, womöglich Mary und den anderen zu begegnen, wenn sie vom Surfcup zurückkommen. Das kann nämlich jeden Moment passieren.

Ich muss hier weg. Schnell. Ohne Auf Wiedersehen zu sagen, denn ich bin mir nicht sicher, ob ich ein Wiedersehen will. Manchmal sind klare Cuts das einzig Richtige. Gerade wenn man das Gefühl hat, nicht mehr lange atmen zu können. Mary und die anderen würden nur versuchen, mich zum Bleiben zu überreden. Versuchen, mir klarzumachen, dass alles nur ein schrecklicher Irrtum ist. Cut. Ich brauche diesen Cut. Oh, ich bin so gut darin, mir Dinge einzureden. So unfassbar gut, dass einem fast schlecht werden könnte.

Mir fällt auf, dass ich bis jetzt nicht geweint und meinen

Tränen keine Chance gegeben habe. Gut, das bisschen Schniefen ignoriere ich. Erwartet habe ich eine Flut von Tränen. Ein nicht aufhören wollender Strom. Hat mein Körper mir das doch bei Nate so wunderbar vorgemacht, als er mich nach dem Sex hat sitzen lassen. Aber diesmal ist es anders. Diesmal braucht mein Körper alle Kraft, sich der unsichtbaren Macht zu widersetzen, die droht, mein Herz in meiner Brust zusammenzudrücken und danach mit einem Schwung herauszureißen.

23

»Louisa, kommst du mit in die Mittagspause oder sollen wir dir was mitbringen?« Stella, die neue Praktikantin in der Redaktion, streckt den Kopf in mein Büro und grinst mich an.

»Natürlich kommt sie mit«, ertönt Leahs Stimme und schon schiebt sie sich an Stella vorbei, angelt geschickt nach meiner Handtasche, die neben meinem Schreibtisch steht, und wirft sie mir auf den Schoß. »Wir haben doch noch gar nicht über Nates letzte Aktion gelästert.«

»Stimmt, das haben wir nicht, denn im Gegensatz zu dir interessiert es nicht jeden, was der gute Nate wieder ausgefressen hat«, knurre ich sie an, habe aber bereits mein Handy in die Tasche geworfen und ziehe meine Schuhe an, die ich in altbekannter Weise unter dem Schreibtisch ausgezogen habe.

»Aaach, Nate ist schon ein Schnittchen, findet ihr nicht? Mich interessieren seine Schandtaten immer«, säuselt Stella und ich blicke Leah Hilfe suchend an.

»Liebelein, lass lieber die Finger von dem. Du kannst sie dir nur verbrennen. Außerdem habe ich gehört, er sei schlecht im Bett, also spar dir deine jugendliche Energie lieber für jemand Anständiges!«, rettet sie die Situation und wirft spielend theatralisch die Hände in die Luft.

»Pfff, jugendliche Energie! So viel älter seid ihr nun auch

nicht!«, ruft Stella uns entgegen und zum Vorschein kommt ein perfektes Lächeln mit strahlend weißen Zähnen. Wäre Stella nicht so unfassbar nett und herzlich, könnte man sie wegen ihres perfekten Aussehens und ihres zarten Alters von zweiundzwanzig echt verteufeln.

»Los, ihr alten Ladys, kommt! Ich will ins Bread & Butter. Die sollen da wunderbare Sandwiches zu Mittag haben!«

Stella dreht sich auf dem Absatz um und ist schon halb aus dem Büro, bevor ich mein Hinterteil aus dem Stuhl bewegt habe. Leah kommt um den Tisch herum, hakt sich bei mir unter und zieht mich hoch.

»Das kann auch nur jemand vorschlagen, für den Kohlenhydrate nicht die Kinder des Teufels sind!«, knurre ich und kann mir ein Grinsen nur schwer verkneifen. »Und übrigens, Leah, du weißt genau, dass Nate schlecht im Bett ist!«

»Weiß ich das?«, antwortet sie mir und knufft mir in die Seite. »So gefällst du mir übrigens schon viel besser, Süße«, neckt sie mich und legt einen Arm fest um meine Schultern. »Du kannst wenigstens so langsam wieder ein wenig lachen und Spaß verstehen. Wurde auch echt Zeit!«

Wie recht sie doch hat. Zeit heilt alle Wunden, oder wie heißt das noch so schön?

Als ich im September Newquay in einer Nacht-und-Nebel-Aktion verlassen habe, bin ich auf direktem Weg zurück nach London gefahren. Mit Leahs Einverständnis habe ich eine Woche zu Hause verbracht, meine Wunden geleckt, und bin dann wieder in die Redaktion gekommen. So langsam kehre ich ins normale Leben zurück.

Die Vorweihnachtszeit ist eine sehr gute Ablenkung, denn ein Termin jagt den nächsten. *Louisas Welt* ist wirklich überraschend gut eingeschlagen und ich verbringe meine Tage und zum Teil sogar meine Abende damit, zu Veranstaltungen zu gehen, auf die ich eingeladen werde. Früher habe ich immer gedacht, dass dort viele Möchtegerns herumlaufen, was sicherlich auch hier und da stimmt, aber immer wieder treffe ich auf interessante Menschen, die ich für meine kleine

Rubrik interviewe, die mich inspirieren und mir neue Ideen mitgeben. Langsam, aber sicher verschwindet die alte Louisa mehr und mehr und ich beginne selbst, das in mir zu sehen, was Leah schon vor einer ganzen Weile erkannt hat. Vor allem merke ich von Tag zu Tag mehr, wie viel Spaß mir das Schreiben macht. Eine Tatsache, die ich nie für möglich gehalten hätte.

Ich breche auch nicht mehr ständig in Panik aus, wenn ich Nates Stimme auf dem Flur höre. Zugegeben, wir gehen uns aus dem Weg und ich versuche alles, um ihm nicht täglich zu begegnen. Aber bisher gelingt es uns ganz gut, möglichst den Kontakt zu vermeiden. Er ist höflich zu mir, wenn sich Begegnungen nicht umgehen lassen, und ich versuche, es ihm gleichzutun. Mehr kann man wohl auch nicht von einem Menschen verlangen.

Insgesamt bleibt er aber auf Distanz. Ich werde das Gefühl nicht ganz los, dass Nate zu ahnen scheint, dass irgendwas mit Jake passiert sein muss, denn in der ersten Zeit, als ich wie ein Häufchen Elend durch die Gänge geschlurft bin, habe ich seinen Blick ständig auf mir gespürt. Warum sonst sollte ich auch nicht mehr in Newquay bei Jake sein. Trotzdem glaube ich, dass Nate doch ein wenig Angst davor hat, noch mal Bekanntschaft mit Jakes Faust machen zu müssen. Wer weiß das schon. Zumindest lässt er mich in Ruhe und das ist auch gut so. Zu viel ist zwischen uns passiert.

Leah und ich sind so verblieben, dass sie ihn nicht feuert. Nate ist ein guter Reporter, ein sehr guter sogar, und es wäre ein großer Verlust für *Elements,* wenn er nicht mehr mit an Bord wäre. Und so arrangiere ich mich Tag für Tag mehr mit dem Gedanken, ihn einfach meinen Kollegen zu nennen. Nicht mehr und nicht weniger.

»Vielleicht solltest du ihnen irgendwann verzeihen«, sagt Leah leise zu mir, als wir auf den Aufzug warten.

Entgeistert schaue ich sie an. »Ich soll was?«

»Ja, du hast mich richtig verstanden. Das heißt nicht, dass du vergessen sollst. Aber verzeih ihnen. Tu es für dich. Dann lebt es sich wieder leichter. Dann kannst du wieder durchatmen. Du bist zwar schon recht weit, aber vielleicht fehlt das kleine bisschen noch, um wieder richtig frei zu sein. Gib deinem Herzen und dir selbst wieder die Chance, zu leben.«

Keine fünfzehn Minuten später sitzen wir im Bread & Butter und warten auf unser Mittagessen.

»Stimmt es, dass Dylan Single ist?«, fragt Stella und schlürft genüsslich an ihrem Milchkaffee.

»Das weiß man eigentlich nie so genau«, antworten Leah und ich fast gleichzeitig und prusten los.

»Dylan ist ein seltsames Geschöpf«, fahre ich fort und erzähle Stella, wie er ab und zu wie ein eitler Gockel durch die Redaktion läuft und zu schön für die Welt ist und seinen Mitmenschen im nächsten Moment wieder total nett begegnet.

Versteh einer die Männer.

Während ich gemütlich mit Leah und Stella meine Mittagspause verbringe, gehen mir immer wieder ihre Worte durch den Kopf. *Verzeih ihnen!*

Wie kann ich das tun? Und soll ich das überhaupt? Und was würde das ändern? *Dann kannst du wieder durchatmen,* hat Leah gesagt. Kann man das so einfach? Wenn das Verzeihen bei Nate schon eine Hürde darstellt, wie ist es dann erst mit Jake? Ob ich ihm je verzeihen kann? Wie einfach es doch wäre, wenn ich ihn vergessen könnte.

»Louisa, was ist los? Du weinst ja!«

Ich schrecke zusammen, als Stella mir fürsorglich eine Hand auf die Schulter legt und mich besorgt anschaut.

»Ist alles okay?«

Ich atme durch, schaue zwischen ihr und Leah hin und her und ziehe vielleicht nicht ganz fein und damenhaft die Nase hoch. »Mmmh«, räuspere ich mich. »Alles okay. Ich war nur kurz mit den Gedanken bei der Liebe meines Lebens.«

Leah lässt ihr Besteck auf den Tisch sinken und schaut

mich mitfühlend an. »Ach Louisa. Es wird weitergehen. Es wird jemand anderen geben. Jemanden, der dich nicht ausnutzt. Jemanden, der nicht mit dir spielt. Jemanden, der dich auf Händen trägt.« Meine Freundin schaut mir aufmunternd in die Augen. »Ganz bestimmt!« Ihre Hand legt sich für einen kurzen Moment auf meine.

»Kann mich mal jemand aufklären?« Stella blickt irritiert zuerst zu Leah und dann zu mir. »Ladys, was ist hier los? Wen muss ich treten, weil er Louisa wehgetan hat?« Sie stemmt symbolisch die Hände in die Hüften und zieht eine Augenbraue hoch.

Unwillkürlich muss ich trotz der Tränen grinsen. »Ich glaube kaum, dass du laufender Meter Jake mit seinen fast zwei Metern Angst einjagen kannst. Geschweige denn vors Knie treten. Vielleicht reicht es dafür, ihm gegen das Knie zu rennen?«

»Wer ist Jake?«, fragt Stella auf einmal ganz ruhig und scheint mir anzusehen, dass das Thema nicht einfach für mich ist.

Und dann erzähle ich. Erzähle von Jake, von Newquay, von dem Romanausschnitt, den ich von ihm gelesen habe, und von Nate. Aus dem Augenwinkel beobachte ich Leah, aber genauso wie ich scheint sie Stella zu vertrauen und es nicht schlimm zu finden, dass ich auch die Geschichte von Nate erzähle. Stella hört ruhig zu, öffnet ein paar Mal ihren Mund, um etwas zu sagen, entschließt sich dann aber, mich zu Ende erzählen zu lassen. Als ich fertig bin, rutscht sie dicht neben mich, nimmt mich in den Arm und drückt mich.

»Louisa, wenn es dir hilft, renne ich Jake mit Anlauf gegen sein Knie. Zumindest für einen blauen Fleck muss es reichen. Und Nate … ja … dem fällt am besten sein Schwa…«

»Stella!«, entfährt es Leah und mir gleichzeitig und dann müssen wir alle drei lachen. Und das Lachen tut mir gut.

Ich wische meine Tränen weg und verdrücke mit ein paar letzten Bissen mein Sandwich. Scheiß doch auf die Kohlenhydrate. In einen Surfanzug muss ich so schnell eh nicht mehr passen.

Als wir nach dem Essen wieder in der Redaktion ankommen, werden wir von Meredith aufgehalten, die bei *Elements* am Empfang sitzt. Sie hält einen Briefumschlag in der Hand und reicht ihn mir über die Empfangstheke. »Louisa, das hier ist gerade für dich abgegeben worden.«

Irritiert starre ich auf den Umschlag. »Von wem?«, will ich neugierig wissen. Normalerweise bekomme ich bei *Elements* selten Post zugestellt. Alle Zuschriften, die ich wegen *Louisas Welt* erhalte, kommen mir auf anderem Wege zu und sind nicht an *Louisa White – persönlich* adressiert.

»Keine Ahnung.« Meredith zuckt mit den Achseln. »Ein Kurier hat den Umschlag vorbeigebracht, als ihr in der Mittagspause wart. Ich habe nicht gefragt«, sagt sie und beginnt, mit ihren perfekt manikürten Nägeln auf ihrem Handy rumzutippen, das vor ihr auf dem Tisch liegt.

»Erwartest du Post?«, fragt Leah mich, ignoriert Merediths Handy für den Moment und nimmt mir neugierig den Umschlag aus der Hand. »Irgendeine Rechnung nicht bezahlt? Ein liebestoller Fan, der dich ausführen will?«

»Wie witzig, gib schon her! Das ist mein Umschlag!« Ich nehme ihn wieder an mich, denn ein wenig neugierig bin ich schon. Um ehrlich zu sein, habe ich keine Ahnung, von wem diese Sendung sein könnte.

»Los, mach auf!« Leah und Stella schauen mich neugierig an.

»Hallo? Briefgeheimnis?«, gebe ich von mir und schaue die Mädels, die mir erwartungsvoll gegenüberstehen, gespielt entrüstet an.

»Papperlapapp«, meint Leah. »Meine Redaktion, meine Regeln. Nun mach schon, und lass dich nicht zweimal bitten. Vielleicht ist es ja was Aufregendes!«

Weil ich weiß, dass sie eh nicht klein beigeben wird, lasse

ich mir von Meredith einen Brieföffner reichen, die beinahe genervt von ihrem Handy aufblickt, und ziehe keine zehn Sekunden später ein Kuvert aus dem Umschlag, auf dem in goldener, schön geschwungener Schrift mein Name steht. Der Umschlag ist aus festem, hochwertigem Papier. Ich drehe ihn noch einmal um, aber ein Absender ist nirgendwo zu erkennen. Komisch.

»Herrje, du lässt dir aber auch Zeit«, stöhnt Stella und ich kann sie gerade noch daran hindern, mir das Kuvert aus der Hand zu reißen. »Nun mach endlich! Das ist ja schlimmer, als meiner Mutter an Weihnachten beim Geschenkeauspacken zuzuschauen!«

Zur Erleichterung meiner Freundinnen öffne ich endlich das Kuvert und darin befindet sich eine weitere Karte. Auch sie ist aus hochwertigem Papier. Modern und geschmackvoll.

Persönliche Einladung zur Autorenlesung mit Jake Anderson steht mit feinen Buchstaben auf der Karte. Erschrocken lasse ich sie fast fallen und schaue Leah und Stella abwechselnd an.

»Was ist los?«, fragt Leah irritiert. »Was ist das?« Sie nimmt mir die Einladung aus der Hand und überfliegt die wenigen Worte. »Die Lesung ist in einer Woche hier in London in einer Buchhandlung in Covent Garden. Und, ähm … Louisa, hier ist noch ein kleiner Extrazettel für dich.«

Leah hält mir eine Notiz hin. Ich schüttle den Kopf, noch immer total erschrocken über Jakes Post.

»Soll ich es für dich lesen?« Leah schaut mich abwartend an und beginnt zu lesen, als ich langsam nicke.

Louisa, ich würde mir wünschen, dass du zur Lesung meines neuen Romans kommst. Ich erwarte nicht, dass du mit mir redest, aber vielleicht findest du dort Antworten auf die Fragen, die ich dir in Newquay nicht beantworten konnte. Es würde mir viel bedeuten Du fehlst. Jake

• • •

Leah lässt die Karte sinken und schaut mir fest in die Augen. »So, dann müssen wir also nur noch klären, was du Scharfes anziehst, wenn du in so einer verstaubten Buchhandlung sitzt!«

Fassungslos schaue ich sie an. »Nicht dein Ernst! Ich gehe da doch nicht hin! Spinnst du jetzt völlig?« Leah muss verrückt geworden sein.

»Und ob du da hingehst, mein liebes Fräulein!« Leah stemmt ihre Hand in die Hüfte und fuchtelt mir mit der freien Hand vor der Nase herum. »Du wirst dir ewig Vorwürfe oder Gedanken machen, was wäre gewesen, wenn, wenn du da nicht auftauchst. Und schau, er lässt dir ja sogar die Option, nicht mit ihm reden zu müssen. Das ist fair.«

»Fair, was ist schon fair?« Ich pruste reichlich undamenhaft. »Ist es fair, meine Geschichte für seine eigenen Zwecke zu vermarkten? Soll ich mich da etwa entspannt hinsetzen und lauschen, wie er mir aus meinem eigenen Leben vorliest? Leah, das ist mein verdammtes Leben, das er benutzt hat! Ich werde einen Teufel tun, da aufzutauchen! Die Genugtuung gönne ich ihm nicht.«

Wütend schnappe ich mir den Umschlag und begebe mich auf direktem Weg in mein Büro. Energisch ziehe ich die Tür hinter mir ins Schloss und lasse mich in meinen Schreibtischstuhl fallen. Irgendwie ist das doch eine never-ending story.

Ich stütze meinen Kopf in beide Hände und versuche, meinen Atem wieder unter Kontrolle zu bekommen. Immer wenn ich gerade das Gefühl habe, Dinge einigermaßen zu managen, passiert etwas, das mich wieder aus der Bahn wirft. Nates spontanes Auftauchen in Newquay, das Entdecken von Jakes Betrug an mir und nun diese Einladung. Ich mag ja eine kleine Dramaqueen sein, aber irgendwann ist doch wirklich mal genug.

Ich wäge gerade ab, ob ich anfangen soll, zu heulen, oder wütend mit dem Kopf auf die Tischplatte knallen soll, als es an der Tür klopft und Leah ihren Kopf in mein Büro streckt.

»Hast du gesehen, wie der Titel seines Romans lautet?«

Überrascht schaue ich sie an. Vor lauter Aufregung habe ich auf dieses kleine Detail natürlich nicht geachtet. Ich schüttle verlegen meinen Kopf. »Wie?«, frage ich leise und nicht sicher, ob ich das wirklich wissen will.

»*Drown – A love like the sea*«, sagt Leah ruhig, tritt in mein Büro und schließt die Tür hinter sich.

»*Drown – A love like the sea*?«, wiederhole ich und schaue sie fragend an. »Ob das etwas zu bedeuten hat?«

»Du wirst es nicht erfahren, wenn du nicht zu dieser Lesung gehst. Du hast mir zwar erzählt, wie ihr euch kennengelernt habt, aber ich weiß nicht, ob es da einen Zusammenhang gibt. Das musst du ihn schon persönlich fragen.«

Leah setzt sich auf die Ecke meines Schreibtisches und schaut mich eindringlich an. »Hör mal, ich weiß, dass du panische Angst davor hast. Du hast echt bescheidene Wochen hinter dir. Erst die Sache mit Nate, dann das. Aber sei doch mal ehrlich. Glaubst du wirklich, dass Jake sich so verstellen konnte? Nur für ein Buch? Du hast mir doch erzählt, wie intensiv eure Zeit war. Das kann man doch nicht alles vorspielen. Ich weiß, ich bin immer für innocent until proven guilty, aber mit der Devise fahre ich wirklich gut.«

Ihre Worte sind vorsichtig und doch erreichen sie dieses winzige Fünkchen Hoffnung in mir, das all die Zeit still und leise in meiner Seele gebrannt hat.

»Was, wenn ich es bereuen werde?« Ich blicke in die Augen meiner Freundin und blinzle die Tränen weg, die nun doch auf einmal da sind.

»Du wirst es nur bereuen, keine Antworten auf deine Fragen zu bekommen«, antwortet Leah sanft und wischt mir eine Träne weg, die über meine Wange läuft.

In diesem Moment weiß ich, dass Leah recht hat. Ich muss mich Jake stellen. Das bin ich mir selbst schuldig. Das bin ich der Louisa schuldig, deren Welt so viel mehr ist als noch vor ein paar Wochen. Und ich weiß, dass ich noch eine weitere Sache zu erledigen habe, bevor ich mich Jake stellen kann.

24

Mit jedem Schritt, den ich näher auf Nates Büro zugehe, passiert etwas Seltsames mit mir. Etwas, das ich bisher nur ganz selten bei mir beobachten konnte und das ich von mir nicht wirklich kenne. Ich bin mir zu einhundert Prozent sicher, dass das, was ich gleich tun werde, das absolut Richtige ist. Dass eine Konfrontation genau das ist, was ich nicht mehr vermeiden will. Egal was es ist, was mich auf einmal so selbstbewusst sein lässt, es fühlt sich verdammt noch mal gut an.

Durch die geschlossene Bürotür vernehme ich Nates Stimme, die noch vor einigen Wochen eine unfassbare Wirkung auf mich hatte und meinen Körper mit einer Gänsehaut überfluten konnte. Jetzt aber ist sie nur noch eins – eine sympathisch klingende Männerstimme, wie man sie überall und nirgends in dieser Stadt vernehmen kann.

Ein letztes Mal ziehe ich mein Kleid gerade, atme tief durch und klopfe dann an seine Bürotür. Ich warte nicht auf ein Herein.

Nate sitzt am Schreibtisch, mit dem Telefonhörer in der Hand, das beige Jackett über die Lehne des Stuhls gehängt und die Krawatte leicht gelockert. Als er mich erblickt, erstarrt er für einen kurzen Moment sichtlich und bemüht sich scheinbar krampfhaft um ein beinahe schüchternes Lächeln. Ich merke, mein Überraschungsbesuch ist geglückt.

»Ich muss auflegen, Derek, es ist gerade jemand Wichtiges ins Büro gekommen. Ich rufe dich gleich wegen der VIP-Tickets zurück. Ich nehme deine Einladung gern an, wir können dann später über die Einzelheiten sprechen!« Er legt auf, schaut mich unsicher an und räuspert sich. »Louisa?«

»Hallo, Nate. Hast du einen Moment für mich?« Im Gegensatz zu Nates ist meine Stimme klar und mein Blick ist fest und direkt auf ihn gerichtet. Immer noch spüre ich keinen Hauch von Nervosität. Natürlich sind mir seine Worte aufgefallen, die er gewählt hat, als ich den Raum betreten habe. *Jemand Wichtiges, VIP-Tickets*. Ich kenne ihn und seine Art, Eindruck schinden zu wollen oder jemandem das Gefühl zu geben, er wäre wichtig. Die VIP-Tickets sind bestimmt für ein Fußballspiel und natürlich kann man sich über so eine Einladung freuen, aber für manche Menschen sind es eben bloß das – Fußballtickets. Mit einer Sache hat er jedoch recht. Ich bin jemand Wichtiges. Und ich bin es auch immer schon gewesen. Nur eben nicht für ihn.

Nate nickt und deutet mir an, mich auf den freien Stuhl an seinem Schreibtisch zu setzen. »Schön, dass du da bist, Louisa. Das ist wirklich eine Überraschung. Was kann ich für dich tun? Wie geht es dir?«

Seine Stimme klingt noch etwas unsicher und er versucht, mich seine Angespanntheit nicht merken zu lassen. Aber ich kenne ihn zu gut. Kenne die Art, wie sein Körper reagiert, wenn er nicht genau weiß, was auf ihn zukommt und er nicht vorbereitet ist. Es sind Kleinigkeiten, die jemand anderem nie auffallen würden, aber nach all der Zeit mit ihm kann ich jede noch so kleine, verräterische Nuance ausmachen. Und sei es nur die Tatsache, dass er sich kurz verhaspelt.

»Es geht mir gut, Nate, danke. Ich bin hier, um mit dir zu reden.« Ich schlage meine Beine übereinander, straffe meinen Körper, lehne mich etwas nach vorn und blicke ihm offen ins Gesicht.

»Bevor du anfängst, lass mich dir sagen, dass es mir leidtut, Louisa. Wirklich. Das habe ich ja schon in Newquay versucht, dir zu sagen. Ich habe es versaut. Die Sache ist …«, fährt er fort, doch ich unterbreche ihn mit einem Wink meiner Hand.

»Die Sache ist«, setze ich seinen Satz fort, »dass ich gesagt habe, dass ich mit dir reden möchte, und es jetzt nicht an der Zeit ist, dir Gehör zu schenken.«

Sofort hält Nate inne und nickt kaum bemerkbar. Diese Reaktion meinerseits hat er wohl nicht erwartet.

»In all der Zeit, die wir miteinander verbracht haben, ging es immer nur um dich. Um deine Gefühlslage, deine Befriedigung. Auch jetzt wolltest du alles an dich reißen. Dieses Gespräch. Wolltest dich gut darstellen. Davon habe ich genug. Jetzt hörst du mir zu, denn das bist du mir schuldig.«

Nate rutscht unruhig auf seinem Schreibtischstuhl zurück und ich bemerke, dass er nicht genau weiß, wohin mit seinen Händen.

»Du hast mich dazu gebracht, dich zu lieben«, fahre ich fort, »obwohl ich hätte wissen müssen, was für eine beschissene Idee das war. Ich wusste, dass du in einer Beziehung bist. Und ich wusste, dass du der Typ bist, der immer den einfachsten Weg geht. Ich wusste, dass du mich irgendwann verletzen würdest. Irgendwann würdest du mich damit konfrontieren, dass du heiraten würdest oder, noch besser, sie schwanger ist. All das wusste ich und habe damit gerechnet. Immer wieder hast du mir das Gefühl gegeben, dass es dir nicht recht ist, dich mit mir in der Öffentlichkeit zu zeigen. Dass ich nicht ganz dem Typ Frau entspreche, den du gern für die Außenwelt an deiner Seite hättest. Dass du dich in Wahrheit zu mir und meinem Körper mehr als hingezogen gefühlt hast, war uns beiden klar. Nur hattest du ein Problem damit, offen dazu zu stehen. Und doch habe ich mich dir zugewandt. Immer wenn ich das Gespräch mit dir gesucht habe, mit dir über unsere Zukunft sprechen wollte, bist du ausgewichen. Natürlich wollte ich Klarheit, aber ich habe mich zufriedengegeben. Zufrieden mit einem *mal schauen, was passiert, ich mag dich, du bist toll, ich verbringe sehr gern Zeit mit dir.* Was fand ich dich attraktiv! Anziehend! Ich war naiv. Ich dachte, ich muss dich haben. Dich jagen. Heutzutage weiß ich, dass du näher betrachtet nicht mehr bist als Durchschnitt.«

Für einen Moment glaube ich, mit der letzten Äußerung zu weit gegangen zu sein, kenne ich doch Nates Art, aufzubrausen, wenn er sich kontrolliert oder in die Ecke gedrängt fühlt. Ich nutze sein Schweigen und spreche mit ruhiger Stimme weiter.

»Worüber ich mich am meisten ärgere, ist, dass ich es nicht war, die Schluss gemacht hat. Die gesagt hat *Jetzt reicht es.* Die zwar gewusst hätte, dass das Herz dem nicht zustimmt, aber alles andere, Verstand und der ganze Körper, laut geschrien hätten: *Renn!* Meine rationale Seite wusste all die Zeit, dass du mir nicht nachlaufen würdest, wenn ich ginge. Du bist der Typ Mann, der nie gesagt hätte: *Bitte bleib!* Nein – dann hättest du ja eine Entscheidung getroffen, oder besser gesagt treffen müssen. Du hättest dich immer für *Es ist deine Entscheidung* entschieden. Und weißt du was?« Ich schaue Nate an, der immer noch kein Wort sagt. »Heutzutage weiß ich, dass ich ohne dich sein kann. Mein Herz ist ein Ort, an den nur ausgewählte Leute dürfen. Nicht jeder. Was immer es ist, was dich so mit mir hat umgehen lassen, ich wünsche dir, dass du lernst, ehrlich zu dir und zu anderen zu sein. Dich Gefühlen zu stellen, welche auch immer es sind. Dich nicht zu verlieren. Dass du irgendwann nicht mehr die Bestätigung von anderen, von Frauen, brauchst, um dich gut, jugendhaft und angesagt zu fühlen. Dass du mit dir selbst zufrieden bist.«

Der Schmerz und die nackte Wut, die ich noch vor geraumer Zeit verspürt habe, wenn ich an Nate denken musste, sind weg.

Im Büro ist es still, nur von draußen schallen die Geräusche aus der Redaktion in den Raum. Nate setzt sich in seinem Schreibtischstuhl auf, erhebt sich und auch ich stehe aus meinem Stuhl auf. Immer noch schweigend umrundet er den Schreibtisch und steht dann plötzlich vor mir. Er greift nach meiner Hand. Jetzt erst kommen die ersten Worte über seine Lippen.

»Bitte, Louisa, gib uns noch eine Chance. Bitte hör nicht auf, um mich zu kämpfen. Bitte bleib hartnäckig. Bleib dran. Ich habe noch nie so etwas gefühlt wie in dem Moment, als ich dich mit ihm gesehen habe. Ich kannte keine Eifersucht. Erst bei dir habe ich sie gespürt. Das muss doch etwas bedeuten. Ich brauche dich. Es muss doch einen Grund dafür geben, dass ich diese Dinge gespürt habe und du auch heute wieder hier in der Redaktion bist, ohne ihn.«

Ich schlucke beim Gedanken an Jake und entziehe Nate meine Hand. »Nein. Ich kann nicht mehr mit dir zusammen sein. Du wärest ein dauerhafter Beweis für mein Scheitern. Ein Scheitern daran, meinen eigenen Wert zu erkennen. Einer Sache bin ich mir nämlich inzwischen mehr als bewusst. Ich brauche mich mehr, als du mich verdienst.«

Und mit diesen Worten lasse ich los. Nates Hand, diese Vergangenheit mit ihm und mein altes Leben.

Als ich mich noch einmal umdrehe, bevor ich Nates Büro verlasse, sehe ich, dass er mir mit großen, traurigen Augen und hängenden Schultern hinterherschaut. Manche Menschen ändern sich nie. Nur die Bedeutung, die wir ihnen geben.

25

Es ist kurz vor 19 Uhr, als ich die Piccadilly Line an der Haltestelle Covent Garden verlasse, mich mit einer Menschentraube aus dem Aufzug bewege und durch das Drehkreuz ins Freie trete. Ich liebe London um diese Jahreszeit. Egal wohin man sieht, die Stadt ist hell erleuchtet und erstrahlt in herrlicher Weihnachtsatmosphäre. Wie jedes Jahr ist Covent Garden und der dazugehörige Covent Garden Market mit einzigartigen Lichtern und Weihnachtsschmuck dekoriert und egal ob Tourist oder Einheimischer, es fällt schwer, diesem Zauber nicht zu verfallen.

Ich ziehe meine Mütze tiefer ins Gesicht und gehe in Richtung der Buchhandlung, die auf Jakes Einladung vermerkt ist Mit jedem Schritt habe ich das Gefühl, mein Magen würde sich enger zuschnüren. Ich sollte nicht hier sein. Ich habe Wochen daran gearbeitet, Jake zu vergessen. Das hier ist ein großer Fehler. Meine Gedanken fahren Achterbahn. Aber was, wenn Leah recht hat? Was, wenn er für mich hier ist?

Natürlich ist er wegen mir hier. Er hat mich eingeladen, damit ich mir meine Geschichte vor Publikum anhöre und zusehe, wie er dafür gefeiert wird, dass er aus meinem Elend einen Roman gemacht hat.

Ich schüttle den Kopf. Genug jetzt! Sei nicht albern,

Louisa! So niederträchtig kann kein Mensch sein. Trotzdem verstehe ich nicht, warum ich herkommen sollte.

Ohne dass ich es gemerkt habe, stehe ich plötzlich vor dem Schaufenster der Buchhandlung. Jake starrt mir entgegen. Also nicht wirklich. Sein Bild starrt mir entgegen. Im Schaufenster steht ein großes Schild, das die heutige Lesung ankündigt. Jakes Augen haben selbst auf diesem Bild eine unfassbare Tiefe.

Mein Blick wandert durch die Scheibe ins Innere des Buchladens und für einen Moment bin ich überrascht, wie voll er ist. Sind die Menschen etwa alle für Jake hier?

»Entschuldigen Sie, dürfen wir mal durch?«

Zwei Frauen um die dreißig stehen hinter mir und für einen Moment bin ich mir nicht sicher, ob ihre Wangen wegen der Kälte so glühen oder vor Aufregung. Letzteres scheint durchaus möglich zu sein, denn bevor sie im Inneren der Buchhandlung verschwinden, höre ich die Kleinere der beiden lauthals aufquietschen und ich glaube, ein »Wie aufregend, gleich sehen wir ihn« vernommen zu haben.

Wieder schüttle ich den Kopf. Was mache ich hier bloß? Irgendetwas an dieser Situation ist gewaltig schräg.

Ich blicke erneut durch die Scheibe und plötzlich sehe ich bekannte Gesichter. Zwischen den sorgfältig aufgebauten Stuhlreihen stehen MJ und Taylor. Taylor hat beschützend den Arm um Mary gelegt, die … mich entdeckt hat. So ein Mist! Wenn ich mich jetzt ducke und wegrenne, ist das albern, oder? Es gibt kein Zurück mehr. Sie winkt mir erfreut zu und signalisiert mir, dass ich reinkommen soll. Jetzt bloß ruhig bleiben. Ach, machen wir uns nichts vor. Meine Wangen sind bestimmt knallrot und meinen Herzschlag hört man wahrscheinlich bis zum Leicester Square.

Ich atme noch einmal tief durch und betrete im nächsten Moment die Buchhandlung. Sofort bin ich umgeben von weihnachtlicher Musik und dem Duft von Glühwein und Plätzchen. Gemütlich ist es hier wirklich, das muss man zugeben. Eigentlich gehören Buchhandlungen zu meinen Lieblingsorten und ich kann Stunden damit verbringen, durch die Gänge zu streifen, Bücher aus den Regalen zu nehmen, die Klappentexte zu lesen oder mich mit einem Buch in einen der Lesesessel zu setzen. Heute jedoch ist mein Fluchtinstinkt größer. Leider ist es zu spät, ihm zu folgen, jetzt, wo Mary und die Jungs mich entdeckt haben.

»Louisa, wie schön, dass du da bist!« Mary kommt auf mich zu und ehe ich es mich versehe, drückt sie mich fest an sich und ich spüre, wie sich meine Augen mit Tränen füllen. Das geht ja schon gut los. Wie ich dieses wundervolle Wesen vermisst habe.

»Lady, einfach abzuhauen ist echt nicht die feine englische Art«, brummt MJ und boxt mir leicht in die Seite.

»Ach, halt die Klappe, MJ. Sie ist hier, das ist alles, was zählt«, unterbricht Taylor ihn und drückt mich auch kurz an sich.

Das ist alles, was zählt? Was meint er damit? Irritiert schaue ich zwischen den Jungs hin und her.

»Kind, wie geht es dir?« Mary nimmt liebevoll meine Hand in ihre und drückt sie leicht. Sofort geht ein bisschen ihrer Wärme auf mich über.

»Mmh, ganz gut«, lüge ich und ziehe mir die Mütze vom Kopf. »Ist er hier?«

»Und ob er das ist«, antwortet Taylor mir lachend. »Schließlich ist es ja auch seine Lesung.«

Unruhig schaue ich mich um und versuche, Jake inmitten all der Menschen auszumachen.

»Er ist noch hinten und bereitet sich für die Lesung vor«, sagt Mary einfühlsam. »Setzt du dich zu uns, Louisa? Wir haben dir einen Platz frei gehalten.« Sie blickt mich hoffnungsvoll an und ich habe Mühe, ihr die Bitte auszuschlagen.

»Ich würde gern etwas weiter hinten Platz nehmen, wenn das für euch okay ist«, murmle ich ein wenig verlegen. Sind sie also wirklich davon ausgegangen, dass ich heute hier auftauche? Wieso sonst hätten sie mir einen Platz frei gehalten?

»Natürlich ist es das«, lächelt MJ und kommt damit Mary zuvor, die gerade etwas erwidern wollte.

»Ist Bryan gar nicht hier?« Ich versuche, das Thema zu wechseln, und schaue fragend zwischen den dreien hin und her.

»Der passt aufs Bed and Breakfast auf«, grinst Taylor. »Glaub mir, sonst hätten wir es nie geschafft, Mary nach London zu schleifen. So schaut jemand in Newquay nach dem Rechten.«

»Bist du dir so sicher, dass das B&B noch steht, wenn wir wiederkommen?«, antwortet MJ ihm lachend und erntet einen bösen Blick von Mary.

»Gnade ihm Gott!«, kontert sie schnell und grinst in die Runde. »Gut, dass Lily auch noch etwas zu sagen hat!«

Wie habe ich diese Menschen vermisst. Einige Momente in ihrer Gegenwart und ich merke, wie sehr mir Newquay, Marys Gastfreundlichkeit und die Herzlichkeit fehlen, die mir dort begegnet sind. Wie sehr mir Jake fehlt.

Ich werde in meinen Gedanken unterbrochen, als plötzlich eine Frau neben das Rednerpult tritt, das vor den Stuhlreihen aufgebaut ist. »Meine Damen und Herren, liebe Gäste und Fans von Jake Anderson. Ich würde Sie bitten, sich langsam hinzusetzen. In wenigen Minuten beginnt die Lesung. Jake wird aus seinem neuen Roman *Drown – A love like the sea* vorlesen und im Anschluss hat er noch etwas Zeit mitgebracht, um Ihre Bücher zu signieren. Freuen Sie sich mit mir auf einen wunderbaren Abend!«

Während sich um mich herum alle auf ihre Plätze begeben, nutze ich die Gelegenheit und gehe ein paar Schritte weiter nach hinten. Hinter der letzten Stuhlreihe bleibe ich stehen und lehne mich an eins der Regale, die den Raum vom vorderen Bereich des Ladens abtrennen. Mary, MJ und Taylor nehmen in der ersten Reihe Platz und lächelnd beobachte ich, wie stolz Mary in diesem Moment aussieht.

Dann ist er auf einmal da. Die Tür zu einem der hinteren Bereiche öffnet sich und Jake tritt zusammen mit einer Frau in den Raum. Sofort wird er mit kräftigem Applaus begrüßt. Er lächelt und schaut sich um. Sein Blick wandert durch die Sitzreihen und wie von selbst drücke ich mich hinter das Regal, sodass er keine Chance hat, mich zu entdecken. Ich sehe, wie Jakes Körper sich anspannt, als sein Blick ein weiteres Mal die Sitzreihen abzusuchen scheint. Im nächsten Moment jedoch wird er von der Buchhändlerin herzlich umarmt und sie führt ihn in Richtung des Rednerpults.

Jake sieht wie immer wahnsinnig gut aus. Sein Haar trägt er hochgebunden und sein Bart ist länger. Er trägt einen schicken Anzug und mir entgeht nicht, wie unfassbar sexy und männlich er darin aussieht. Bisher kannte ich ihn nur in lockeren Freizeitsachen, im Neoprenanzug und, okay, nackt. Was ist das bloß mit Männern im Anzug?

Ich bemerke, wie unruhig mein Atem ist, und versuche, mich zu beruhigen. Bereit für das zu sein, was ich gleich hören werde. Meine Geschichte. Die Geschichte von einer verschmähten Liebe und davon, wie ein Mensch einfach ersetzt und weggeschoben werden kann.

Mein Blick haftet auf Jake. Er ist unruhig, das sehe ich ihm trotz der Entfernung, die uns trennt, an. Dann jedoch räuspert er sich und beginnt mit starker, klarer Stimme.

»Meine sehr geehrten Damen und Herren, liebe Freunde und Buchliebhaber. Zuallererst möchte ich mich bei Ihnen und euch bedanken, dass Sie und ihr hier so zahlreich erschienen seid. Danke auch an Vivienne, die so freundlich war, uns ihre Buchhandlung für die Lesung meines neuen Romans zur Verfügung zu stellen. Einige wissen vielleicht, dass ich vor ein paar Jahren bereits ein Buch veröffentlicht habe. Ich habe mich während meines Studiums sehr für Aldous Huxley interessiert. Vielleicht ein bisschen bedingt dadurch, dass ich – genau wie er – Balliol College in Oxford besucht habe. Und *Brave New World* gehörte lange zu meinen Lieblingsbüchern. Vielleicht habe ich deshalb versucht, ein Buch zu schreiben, das auch utopisch angehaucht ist und aktuelle politische Ereignisse verarbeitet. Wie Sie sich denken können, sind solche Themen schwere Kost und fern des Mainstreams, was sich mitunter auf die Verkaufszahlen auswirken kann. Zu schreiben war immer meine Leidenschaft. Eine Leidenschaft, die nicht immer nur gute Zeiten mit sich bringt. Schreiben ist berauschend, voller Kreativität, Liebe und Sucht zugleich. Aber Schreiben kann auch das genaue Gegenteil sein – kräftezehrend, wortlos und mühevoll. Um das Leben in London finanzieren zu können, begann ich neben meiner Tätigkeit als Autor, für die *Times* zu schreiben. Zugegeben, mit großem Erfolg, was mich wieder für eine Weile beflügelte. Aber journalistische Arbeit bedeutet auch Stunden um Stunden am Schreibtisch. Viel Recherche, wenig Raum für Freizeit, Kreativität und das Leben im Allgemeinen. Mein Traum, als Autor zu leben, rückte in weite Ferne und ich begann, mich damit abzufinden, dass mein erstes Buch auch mein einziges sein würde. Ich war in dieser Zeit sehr auf mich und meine Arbeit fixiert, meine Ehe litt. Für meine Frau war die Literatur immer schon brotlose Kunst gewesen und deswegen fiel es ihr schwer, meine inneren Dämonen zu verstehen, meine Unzufriedenheit nachzuvollziehen. Ich habe für Sie heute ein paar Stellen meines neuen Romans herausgesucht, die ich Ihnen gern vorlesen würde. Ich habe mich lange gefragt, ob ich jemals wieder schreiben werde, und jetzt liegt dieser Roman vor mir, der, obwohl er fiktiv ist, doch so viel von mir preisgibt und in gewisser Weise eine Verarbeitung einer schweren Phase meines Lebens ist. Beginnen möchte ich mit dem Prolog. Er handelt von meinen Gedanken zu der Zeit, als meine Frau mich verließ. Hier ist *Die Worte, die ich niemals sprach.*«

Inmitten der vollen Buchhandlung, zwischen all den Menschen, nehme ich nur ihn wahr. Jake. Meinen Jake. Zumindest war er das, bevor ich ihm vorgeworfen habe, ein widerlicher Mensch zu sein. Ich beobachte, wie er von Frauen umschwärmt wird, die ihn umkreisen, nur um das Buch in ihren Händen signiert zu bekommen, sehe MJ und Taylor, die ihm auf die Schulter klopfen und gratulieren. Mary steht neben ihm und strahlt über das ganze Gesicht.

Ich komme mir so unfassbar dumm und blöd vor, während ich wieder und wieder versuche, zu verstehen, was sich hier in den letzten Minuten abgespielt hat. Ich bin auf einer Lesung von Jakes neuem Roman. Ich habe erwartet, meine Geschichte zu hören, aber nun ist es seine? Meine Gedanken rasen, ich habe das Gefühl, mich setzen zu müssen, und gleichzeitig will ich nur fort von hier, bevor Jake mich sieht. Ich lehne mich an das Buchregal, das links neben mir steht, schaue durch den Raum in Richtung der bunten Traube von Menschen, die sich im hinteren Teil der Buchhandlung um Jake scharen. Dann begegnen sich plötzlich unsere Augen und für einen Moment scheint die Welt um mich herum still zu stehen. Ich dachte, ich wäre auf alles gefasst, was mich hier heute Abend erwartet. Gefasst nach den Wochen ohne Jake, nach den Wochen Verarbeitung und des schrecklichen Vermissens. Gefasst darauf, ihm wieder gegenüberzustehen. Wie sich jetzt unsere Blicke treffen, treffen mich gleichzeitig unfassbare Schuldgefühle, denn ich erinnere mich an jedes einzelne Wort, das ich ihm an den Kopf geworfen habe. Jede Gemeinheit, die über meine Lippen gekommen ist, die ihn doch so gern geküsst haben. Ich fühle mich einfach schrecklich.

Jake hält meinem Blick stand und ich beginne, langsam rückwärtszugehen. Es fühlt sich an, als hätte ich nicht das Recht, hier zu sein. Kaum bemerkbar schüttelt er den Kopf und meine Lippen formen ein stummes *Es tut mir leid.*

Leider habe ich nicht an die Stühle gedacht, die vereinzelt hinter mir aufgereiht stehen. Unglücklich bleibe ich mit einem Fuß hängen und stoße gegen die beiden Stühle, die sich direkt hinter mir befinden. Ohne auch nur einen Anflug von Grazie komme ich ins Straucheln und verheddere mich zwischen den Stuhlbeinen.

Aus dem Augenwinkel sehe ich, wie Jake sich in Bewegung setzt. In wenigen Schritten ist er bei mir, seine Hand greift nach meiner und er hält mich fest. Keine Sekunde zu spät, sonst wäre ich der Länge nach und verdammt unsexy auf den Stühlen zu Fall gekommen.

»Immer muss man auf dich aufpassen, Louisa. Manche Dinge ändern sich echt nie.« Jake schaut mich mit einer Mischung aus Belustigung und Unsicherheit an, nicht sicher, wie ich reagieren werde.

»Danke, dass du so schnell da warst«, kommt mir über die Lippen. »Das hätte wirklich ein wenig schmerzhaft enden können.«

Die Stelle, an der Jakes Hand meine Haut berührt, brennt lichterloh und für einen Moment frage ich mich, ob er zu fest zugepackt hat, erkenne aber im nächsten Augenblick, dass es mein Körper ist, der noch immer auf ihn reagiert. Schnell besinne ich mich und löse mich ein Stück von ihm. »Du solltest wieder zu deinen Fans gehen. Ich glaube, die haben dich mehr verdient als ich«, stammle ich vor mich hin und senke meinen Blick. Bei dem Schreck über den Beinahe-Fall hatte ich für eine Sekunde vergessen, was ich bei seiner Lesung über ihn erfahren habe und wie falsch ich mit meinen Annahmen in Newquay lag.

»Louisa, lauf jetzt nicht weg. Bitte! Gib mir die Chance, dir alles in Ruhe zu erklären. Unter vier Augen.«

Ich schaue in Jakes Augen, die so unfassbar warm und gleichzeitig so verzweifelt wirken.

»Du darfst jetzt nicht gehen. Nicht, bevor ich dir nicht alles erzählt habe. Du die ganze Geschichte kennst.«

Ehe ich mich versehe, hat Jake wieder meine Hand genommen und zieht mich mit sich aus dem Buchladen. Sämtliche Augenpaare sind auf uns gerichtet und für den Moment weiß ich nicht, ob ich meine Schuhe fest in den Boden stemmen soll, damit Jake mich nicht mit sich ziehen kann, oder ob ich ihm einfach folgen soll. Mein Körper entscheidet sich für Letzteres.

Ohne ein weiteres Wort an mich zu richten, zieht Jake mich die Straße runter und wir bleiben erst stehen, als wir uns wenige Meter vom Covent Garden Market befinden. Abends ist es hier Gott sei Dank nicht mehr ganz so voll und die meisten Londonbesucher und Einheimischen tummeln sich in den zahlreichen Pubs im West End.

Die Luft ist kalt. Noch hat es nicht geschneit, aber der erste Schnee wird nicht mehr lange auf sich warten lassen.

»Sollen wir uns irgendwo ins Warme begeben?«, fragt Jake und schaut mich besorgt an. Gott sei Dank habe ich meinen warmen Wintermantel an, sodass ich zwar die Kälte spüre, aber nicht friere. Vielleicht ist Letzteres auch auf Jakes Körper zurückzuführen, den ich warm neben meinem spüre.

»Wie du möchtest, mir ist nicht kalt«, antworte ich leise und stecke meine Hände in die Manteltaschen.

»Na gut, dann lass uns ein wenig die klare Luft genießen. Vielleicht bekomme ich meine Gedanken so besser für das geordnet, was ich dir sagen möchte.« Jake steht vor mir und wechselt unruhig von einem Fuß auf den anderen.

»Warum bist du nervös?«, frage ich ihn irritiert. »Ich müsste doch diejenige sein, die sich in Grund und Boden schämt.« Immer wieder jagen mir die Bilder von unserem letzten gemeinsamen Abend in Newquay durch den Kopf.

»Ich will das hier nicht versauen, Louisa«, antwortet Jake mir und seine Hand berührt ganz sanft meine Wange. Die Berührung ist nur leicht, doch sofort spüre ich das Feuer wieder, das ich auch schon eben gespürt habe, als seine Hand die meine umschlossen hielt.

Auch er scheint die Hitze zu spüren, denn seine Augenlider zittern, als er über meine Wange streift, und im nächsten Moment räuspert er sich und löst seine Hand.

»Erzähl es mir«, sage ich leise und lege meine Hand auf seine, weil ich spüre, dass es das ist, was er braucht, um anzufangen. Er schaut mich an und beginnt.

»Der Grund, warum du in Newquay gedacht hast, dass ich einen Teil deiner Geschichte aufgeschrieben habe, ist der, dass sich einige Passagen unseres Lebens ähneln. Vor allem der Moment, in dem wir von der Person, die wir glaubten, zu lieben, verlassen wurden. Ich habe dir bereits erzählt, dass ich MJ und Taylor während des Studiums kennengelernt habe und wir danach gemeinsam nach London gezogen sind, ich dort meine Frau kennengelernt habe. Wir haben viel unternommen, sind gereist, waren irgendwie immer unterwegs. Aber so ein Leben finanziert sich nicht von selbst. Mein Bucherfolg blieb mehr oder weniger aus, daher der Job bei der *Times,* den ich durch Taylors Kontakte erzielen konnte. Ich habe viele Stunden gearbeitet, viel Zeit in meine Artikel gesteckt. Viel investiert. Tief in mir drin aber war ich rastlos, unzufrieden, und ich konnte nicht sagen, warum. Jeder andere an meiner Stelle wäre wahrscheinlich glücklich gewesen. Immerhin hatte ich einen gut bezahlten Job bei der *Times,* eine wunderhübsche Frau. Aber ich wollte immer Bücher schreiben, als Autor arbeiten. Irgendwann ging privat alles den Bach runter. Ich wurde immer unzufriedener und das hat auch meine Frau bemerkt. Sie hat versucht, mit mir zu reden, wollte, dass wir wieder mehr Zeit miteinander verbringen, aber ich war zum absoluten Workaholic mutiert. In einem Job, an dem nicht mein ganzes Herz hing. Aber der Frust darüber, dass ich nicht als Autor leben konnte, machte alles nur noch schlimmer. Ich stürzte mich in noch mehr Arbeit. Meine Frau beschwerte sich, dass ich keine Zeit für sie hätte, mich nicht um sie kümmern würde, sie nicht beachten würde, und ja, irgendwann hat sie mich für einen anderen Mann verlassen. Ich bin eines Abends nach Hause gekommen und habe im Flur ihre gepackten Koffer gesehen. Sie hat mich einfach mit der Tatsache konfrontiert, dass es vorbei ist. Hat mir gesagt, dass sie es nicht mehr mit mir aushält. Mindestens eine Pause braucht, wenn nicht sogar etwas Neues.«

Fast als wäre er verlegen, senkt Jake den Kopf.

»Ich bin in ein tiefes Loch gefallen, war nicht mehr ich

selbst. Ich habe mir Vorwürfe gemacht, dass ich als Ehemann eine Schande wäre, als Autor nichts auf die Reihe bekommen würde. Ich weiß nicht, ob ich heute noch hier sitzen würde, wären Taylor und MJ nicht gewesen. Sie haben sich um mich gekümmert, mich bei sich wohnen lassen und mich wieder aufgepäppelt. Haben verhindert, dass ich depressiv wurde. Die zwei waren es auch, die mich nach Newquay gebracht haben, weil ich in London nur noch dahinvegetiert bin. Ich habe wieder mit dem Surfen angefangen, habe die Natur genossen und der Stadt meinen Rücken gekehrt. Seitdem lebe ich bei Mary, helfe ihr, erledige kleine Handwerkerarbeiten. Nach London zieht mich nichts mehr.«

Jakes Stimme ist leise geworden und ganz ruhig, fast nüchtern erzählt er mir von allem, was vorgefallen ist.

»Und doch bist du heute hier.« Sanft kommen mir die Worte über die Lippen.

»Und doch bin ich heute hier. Ich habe so gehofft, dass du kommst. Und nun bist du da. Ich habe seit London kein Wort mehr schreiben können. Ich war ganz tief unten. Und dann kamst du.«

»Liebst du deine Ex-Frau noch?« Sosehr ich Angst vor dieser Frage und ihrer Antwort habe, ich muss sie doch stellen.

Es dauert eine Weile, bis Jake mir antwortet. »Meine Frau hat mich verlassen, weil ich nicht für sie da war, nicht der Mann sein konnte, den sie brauchte. Das werde ich mir nie verzeihen. Ich habe nicht für diese Ehe gekämpft, habe nie versucht, sie zurückzugewinnen. Vielleicht war ich zu stolz, vielleicht war ich aber auch zu verletzt, vielleicht auch zu schwach. Das werde ich mir ewig vorwerfen. Heute weiß ich aber, dass sie nicht die Frau war, für die ich habe kämpfen sollen. Ich bin einmal als Mann, als Ehemann gescheitert. Das wird mir nicht noch einmal passieren. Denn heute weiß ich eine Sache ganz gewiss. Die Frau, die für mein Leben bestimmt war, begegnete mir eine ganze Weile später. In Form eines Seemonsters. Und für dieses werde ich nie aufhören, zu kämpfen, koste es, was es wolle.« Jake schaut mir fest in die Augen. »Es gibt nur eine Frau, die ich liebe. In die ich mich schon in dem Moment verliebt habe, als sie mich fast im Wasser umgebracht hätte.« Nahezu schüchtern streift er mir eine meiner braunen Locken aus dem Gesicht. Bedacht vorsichtig, um zu verhindern, dass ich erschrocken wegzucke. »Die Frau, die unfassbar sexy in einem Neoprenanzug aussieht und die mein Leben verändert hat wie noch keine vor ihr. Ich liebe dich, Louisa. Nur dich!«

Für einen Moment glaube ich, zu träumen. Jakes Worte treffen mich im Innersten, strömen langsam in mich hinein und hinterlassen ein wohliges Gefühl der Glückseligkeit, die ich so in meinem Leben noch nicht gespürt habe. Liebe. Ich liebe diesen Menschen. Und er liebt mich auch.

Für ein paar Sekunden legt Jake seine Stirn gegen meine und umfängt dann sanft mit seinen Händen mein Gesicht. Vorsichtig küsst er meine Tränen weg, die nun doch langsam über meine Wangen fließen. Die zarten Berührungen auf meiner Haut sind das Wunderschönste und gleichzeitig das Intimste, was ich jemals gespürt habe.

Langsam nähern sich seine Lippen meinem Mund und für einen kurzen Moment verharrt er nur Millimeter von mir entfernt. Fast so, als warte er auf meine Erlaubnis. Auf ein Zeichen von mir.

»Ich liebe dich auch«, hauche ich ihm entgegen und dann drückt er sacht seine Lippen auf meine.

Für einen Moment ist es, als hätte der erste Schnee, der plötzlich vom Himmel fällt, nur auf uns und diese perfekte Kulisse gewartet.

Und es stimmt, was man sagt. Manchmal muss man untergehen, um zu lernen, wie man schwimmt.

26

Nach dem Abend der Lesung hatte Jake sich entschieden, noch zwei Tage mit mir in London zu verbringen, bevor er wieder nach Cornwall fuhr. Gemeinsam genossen wir London in der Vorweihnachtszeit, besuchten den Weihnachtsmarkt am Leicester Square, tranken Glühwein am Ufer der Themse und streiften an den vielen Buden des *Christmas by the River*-Marktes entlang.

Am Tag vor Jakes Abreise hatte er die Idee, das Winter Wonderland im Hyde Park zu besuchen, und nach gefühlt Jahrzehnten stand ich dank Jakes Überredungskünsten das erste Mal wieder auf Schlittschuhen. Während wir unsere Runden auf der großen Eisfläche drehten, ließ er meine Hand nicht los und ich wusste, dass er mich nie im Leben fallen lassen würde.

Viel zu schnell war der Tag seiner Abreise gekommen und ich traute mich einfach nicht, ihn zu fragen, wann wir uns wiedersehen würden. Es war Jake, der meine Hände in seine nahm, bevor er ins Auto stieg, und mich eindringlich ansah.

»Verbring Weihnachten mit mir und den anderen in Newquay«, hatte er gesagt und ich fiel ihm um den Hals und küsste ihn. Es war klar, dass ich nicht eine Sekunde über meine Antwort nachdenken musste.

Die Tage bis zu unserem Wiedersehen zogen sich schier ins Endlose und mehr als einmal ermahnte Leah mich in der Redaktion, nicht ständig in Tagträume zu verfallen oder unentwegt am Handy zu hängen und mit Jake zu schreiben. Leichter gesagt als getan.

Als mein Auto jetzt in die kleine Straße in Newquay fährt, die zu Marys Bed and Breakfast führt, macht mein Herz nicht nur ein paar Sprünge, sondern scheint eine wahre Purzelbaumkür vorzuführen. Inklusive Doppelsalto und Längsachsendrehung. Es ist zwar nur ein paar wenige Tage her, dass Jake London verlassen hat und wieder Richtung Newquay gefahren ist, aber niemals zuvor hätte ich gedacht, dass mir ein Mensch in so kurzer Zeit so schnell fehlen könnte.

Noch bevor ich mein Auto parken und den Motor ausschalten kann, sehe ich, wie sich die Tür zum Bed and Breakfast öffnet und Jake ins Freie tritt. Sofort weht der frische Dezemberwind durch seine langen Haare und obwohl er einige Schritte von mir entfernt ist, sehe ich, wie seine blauen Augen, die so liebevoll und voller Wärme sein können, hell erstrahlen. Ich schnalle mich ab, öffne die Autotür und werde im nächsten Moment bereits in starke Arme gezogen, die meinen Körper fest an sich drücken.

»Gott, was habe ich dich vermisst«, höre ich Jake nah an meinem Ohr und genieße augenblicklich seine Nähe und den Geruch, der von ihm ausgeht. Hier in seinen Armen ist mein Platz, hier gehöre ich hin, das spüre ich jedes Mal ein bisschen mehr.

Ich lache und lasse meine Hände durch seine wilde Mähne gleiten. »Hey, Surferboy, du hast mir auch gefehlt!«

»Aber nicht so sehr wie ich, hoffe ich«, ertönt es da hinter uns und Bryan schiebt Jake ein Stück zur Seite, um mich umarmen zu können. Ich habe gar nicht bemerkt, wie er aus dem Haus getreten ist, freue mich jetzt aber umso mehr, ihn endlich wiederzusehen. Da er nicht mit bei der Lesung in London war, sind inzwischen einige Wochen vergangen, seit ich diesen liebevollen Chaoten um mich herum hatte.

»Natürlich hast du mir am meisten gefehlt«, grinse ich ihn an und zwinkere Jake liebevoll zu. »So sehr sogar, dass du mir jetzt mit meinen Koffern helfen musst!«

»Koffern? Plural? Was hast du denn alles dabei?« Bryan wirft einen hilflosen Blick in Richtung Kofferraum. »Als du das erste Mal hier bei uns warst, hast du doch auch mit einer Reisetasche überlebt«, stöhnt er gespielt ernst und macht sich bereits daran, den Kofferraum zu öffnen.

»Das lag aber daran, dass sie im Sommer nicht so viele Klamotten brauchte«, fügt Jake lachend hinzu und geht seinem Freund zügig zur Hand.

»So kann man das auch ausdrücken«, kontert Bryan und blickt frech zwischen Jake und mir hin und her, während er die ersten Dinge aus dem Auto holt. »Letztes Mal steckte unsere sexy Louisa entweder in einem Neoprenanzug oder sie war nackt in deinen Armen. Da braucht man nicht sonderlich viel Stoff am Leib.«

»Halt die Klappe, Alter«, zischt Jake grinsend und schiebt Bryan den größeren der beiden Koffer zu. »Aber jetzt mal ehrlich, Louisa, was hast du alles angeschleppt? Willst du einziehen?«

Ich spüre, wie ich rot werde, und stammle ein wenig verlegen: »Ähm, tatsächlich sind im zweiten Koffer nur Geschenke für euch alle.«

»Habe ich Geschenke gehört?« Mary steht, eine weinrote Schürze umgebunden, in der Tür zum Bed and Breakfast und in ihren Haaren sind Spuren von Mehl zu erkennen, auf dem Stoff der Schürze kleine Schokoladenflecken. »Kind, du musst uns doch nichts schenken! Es ist schon Geschenk genug, dass du wieder hier bei uns bist.«

Ehe ich es mich versehe, zieht sie mich in ihre Arme und drückt mich an ihre Brust.

»Papperlapapp, hör gar nicht auf sie, Louisa«, wirft Bryan ein und schiebt uns samt dem großen Koffer ins Haus. »Wenn die anderen ihre Geschenke nicht wollen, nehme ich die gern alle für mich!«

»Das könnte dir so passen«, ertönt Jakes Stimme hinter uns und während er mit einer Hand meinen Mantel und die Handtasche jongliert, schiebt er den zweiten Koffer in Richtung Treppe, die nach oben zu den Schlafzimmern führt.

»Soll ich dir helfen?«, lache ich, während ich meinen Freund beobachte, der versucht, den Mantel nicht über den Boden schleifen zu lassen und die Handtasche auf die Anrichte zu stellen.

»Wunderbar, dann könnt ihr Männer die Koffer hochtragen und von draußen ein wenig Holz für den Kamin holen. Außerdem muss der Truthahn für morgen abgeholt werden, so spart der alte McKinney sich den Weg zu uns raus.«

»Du willst Louisa ja nur für dich allein haben!«, will Jake meckern, der von der Vorstellung, nicht die nächsten Momente mit mir verbringen zu können, gar nicht begeistert zu sein scheint.

»Richtig«, antwortet Mary. »Dann habe ich Louisa auch mal fünf Minuten für mich«, fügt sie an und schiebt mich im nächsten Moment in Richtung Küche. »Ihr Turteltauben werdet schon noch genug Zeit für euch haben.«

Hinter uns hören wir knurrende Geräusche aus Männermündern, aber weil die Jungs Mary nie einen Wunsch abschlagen könnten, fällt einige Momente später die Tür hinter ihnen ins Schloss und wir hören, wie draußen ein Motor gestartet wird.

In der Küche des Bed and Breakfast ist es gewohnt gemütlich und ein wunderbarer Duft von gebackenen Plätzchen strömt mir entgegen. Ohne auf meine Antwort zu warten, gießt Mary mir einen Kaffee ein und schiebt ihn samt einem Kännchen Milch in meine Richtung. Auf einen Dessertteller legt sie ein paar Plätzchen und ich erkenne Shortbread Fingers, Ingwerkekse und Double Chocolate Cookies, die mir schon beim bloßen Anblick ein Pfund mehr auf die Rippen zaubern. Beherzt greife ich zu und beiße genüsslich in die herrlich duftenden Schokokekse. Mary lächelt mich an und holt eine Kuchenform aus dem Schrank.

»Noch mehr Süßes?«, frage ich und lecke meine Fingerspitzen ab, an denen etwas Schokolade klebt.

»Ich habe wohl keine andere Wahl. Eigentlich habe ich schon vor ein paar Tagen einen Christmas Cake gebacken, aber in diesem Haus sind einfach zu viele gute Esser, sodass ich noch einen backe, damit ich morgen genug für uns alle habe.«

»Brauchst du Hilfe?«, frage ich und rutsche von meinem Stuhl.

»Ach Kind, bleib sitzen und komm erst mal an. Das schaffe ich gut allein und tatsächlich ist es für mich das Schönste an Weihnachten, für uns alle das Weihnachtsessen vorzubereiten. Das fühlt sich so an, als wäre mein geliebter John noch da und wir würden mit einer großen Familie feiern.« Ein bisschen wehmütig schaut sie mich an, lächelt im nächsten Moment aber schon wieder. »Dass ihr morgen alle mit mir feiert, macht mich unfassbar glücklich.«

»Wer kommt denn alles?«, frage ich neugierig und ein Stück Ingwerkeks verschwindet dabei in meinem Mund.

»Na, du und Jake seid da, MJ und Taylor kommen heute Abend noch an und Bryan und Lily sind auch dabei.«

»Oh, Lily kommt auch?« Ich freue mich über die Nachricht, denn während meiner Zeit in Newquay habe ich sie sehr ins Herz geschlossen.

»Ja«, antwortet Mary und gibt einen guten Schuss Whiskey in die Teigmasse, »ich habe mir gedacht, ich lade sie auch ein. Es wird Zeit, dass sie und Bryan wieder einen Schritt aufeinander zugehen.«

»Ist irgendwas passiert?«, frage ich neugierig nach und schaue Mary erwartungsvoll an.

»Sagen wir so … Bryan war nicht sonderlich begeistert, als Lily im letzten Monat mit einem neuen Typen auf dem Mittwinterlaternenfest aufgetaucht ist.«

»Aber ewig kann sie auch nicht warten, dass Bryan

erkennt, wie wunderbar sie ist, und mit seinen ganzen Frauengeschichten aufhört.« Ich gieße mir eine weitere Tasse Kaffee ein.

»Du sagst es«, lacht Mary zustimmend und gibt den Teig in die gefettete Springform, die bereits auf dem Tisch steht. »Und nun, Kind, verrate mir, wie geht es dir?« Sie schiebt den Kuchen in den Backofen, gießt sich selbst eine Tasse heißen Kaffee ein und setzt sich auf den Stuhl neben mich.

»Mir geht es sehr gut!« Bei meiner Antwort wandern meine Gedanken augenblicklich zu Jake und ich spüre, dass mein Herz voller Liebe für ihn ist.

»Das sehe ich«, lächelt Mary mich an und tätschelt meine Hand. »Es ist wunderbar, zu wissen, dass ihr beiden wieder zueinandergefunden habt. Wie ist es dir mit Nate ergangen? Wenn du mir die Frage gestattest.«

»Nate liegt in der Vergangenheit. Ich brauche keinen Mann, der mir das Gefühl gibt, nicht genug wert zu sein. Der mich immer an mir zweifeln lässt. Der mich angeblich gut findet, aber scheinbar denkt, dass ich für die Gesellschaft zu kurvig bin und somit nicht so gut zu ihm passe wie eine andere. Der dauerhaft Bestätigung braucht, um seine eigenen Unzulänglichkeiten zu überspielen.«

»Wie hat er darauf reagiert?«

»Wenn ich dir jetzt sage, dass seine Ex-Freundin ihn zurückgenommen hat, obwohl auch sie von seinen Eskapaden neben der Beziehung wusste, was sagst du dann?«

»Dann gehört sie wohl auch zu den Menschen, die sich nicht weiterentwickeln. Die nicht an Dingen wachsen, die stehen bleiben und mit der jeweiligen Situation zufrieden sind. Aber machst du dir wirklich noch Gedanken darüber?«

»Nein. Ich war schockiert, als ich es erfahren habe, aber es passt einfach perfekt ins Bild. Er wird sicherlich bei ihr angekrochen gekommen sein, so wie er es auch bei mir versucht hat. Wird ihr gesagt haben, dass sie die einzig Wahre ist und er einen schrecklichen Fehler gemacht hat. Tja, letztendlich muss jeder selbst wissen, was er sich wert ist und was er mit sich machen lässt. Ich glaube nicht, dass er sich ändern wird. Vielleicht wird er für einen Moment denken, sie habe ihn jetzt geheilt, aber er wird immer wieder die Bestätigung von anderen Frauen brauchen. Wer weiß, vielleicht haben sie sich so arrangiert. Ihre Beziehung ist mir aber tatsächlich inzwischen total egal. Ich persönlich weiß, dass ich meinen Selbstwert erst sehr spät entdeckt habe, aber ich habe auch erkannt, dass ich mich unfassbar weiterentwickelt habe. Und das habe ich zu einem sehr großen Teil euch allen hier zu verdanken.«

Ich ziehe Mary an mich und drücke sie fest.

»Danke, Mary. Du weißt gar nicht, was du für mich getan hast.«

Als wir uns aus der Umarmung lösen, sehe ich feine Tränen in ihren Augen.

»Ach Kind, den Weg musstest du allein gehen, ich habe ihn dir vielleicht nur ein wenig aufgezeigt. Sei stolz auf dich!«

»Das bin ich auch«, schniefe ich und muss mir selbst eine Träne aus dem Auge wischen.

Am Morgen des 25. Dezembers werde ich wach, weil mich etwas im Gesicht kitzelt. Müde drehe ich mich in die Bettdecke ein und höre ein leises Lachen an meinem Ohr.

»Wach werden, Louisa.«

Wieder nehme ich dieses Kitzeln wahr und erkenne, dass es Jakes Bartstoppeln sind, die über meine Wange streifen. »Es ist doch noch früh«, versuche ich, zu argumentieren, aber keine Chance. Jake zieht mich unter der Bettdecke näher zu sich und küsst mich sanft auf den Hals.

»Aber es gibt doch Geschenke!«

Obwohl ich noch müde bin, muss ich lachen. »Du bist doch kein Kleinkind mehr! So nervös, was deine Geschenke angeht?«

Ich genieße die Wärme von Jakes Körper und kuschle mich noch näher an ihn, ohne meine Augen zu öffnen.

»Na ja … eigentlich nicht.« Jake streichelt über meinen Arm, während er mich eng umschlungen hält.

»Was heißt eigentlich?«

»Eigentlich heißt, dass ich viel mehr gespannt darauf bin, was du zu deinem Geschenk sagst.«

Augenblicklich bin ich hellwach und setze mich neben ihm auf. »Mein Geschenk?« Ich blicke ihn neugierig an.

»Jep!«

»Das ist alles, was du zu sagen hast?« Ich knuffe ihn liebevoll in die Seite.

»Jep!«, wiederholt Jake.

Frustriert stöhne ich auf und schlage die Decke zur Seite.

»Ey!«

»Was denn?«, frage ich unschuldig.

»Es wird kalt!« Jake versucht, die Bettdecke wieder über sich zu ziehen, doch ich halte sie fest.

»Na wenn du meinst, mir Geschenke versprechen zu müssen, will ich die jetzt auch sehen!«

Mit einem Satz springe ich aus dem Bett und gehe die wenigen Schritte bis zu Jakes Badezimmer. Anders als beim letzten Mal habe ich kein eigenes Zimmer, denn Jake hat meine Koffer sofort in sein Zimmer gestellt, damit ich bei ihm schlafe.

»Und warum sprintest du jetzt förmlich ins Badezimmer?«, ruft er mir hinterher. »Dein Geschenk ist doch hier!«

»Wie, hier?« Verwirrt strecke ich den Kopf aus der Badezimmertür und schaue ihn an.

»Na ja, hier!«

Jake zieht eine kleine längliche Schachtel aus der Nachttischschublade und legt sie auf die Bettdecke.

»Was ist das?« Aufgeregt blicke ich ihn an.

»Mmmh, also erfahrungsgemäß muss man Geschenke auspacken, um zu erfahren, was es ist«, grinst er mich an und signalisiert mir mit einem Klopfen auf die Bettdecke, dass ich mich zu ihm setzen soll.

»Du bist doof!« Etwas Geistreicheres fällt mir in diesem

Moment nicht ein, denn ich bin viel zu gespannt, was in der kleinen Schachtel versteckt ist.

Ich nehme meine Strickjacke vom Schreibtischstuhl und ziehe sie über mein Nachthemd, bevor ich mich zu Jake aufs Bett setze. »Du hättest mir aber nichts schenken brauchen«, sage ich leise und nehme das kleine Geschenk vorsichtig in die Hände, ängstlich, dass es kaputtgehen könnte.

»Weiß ich, wollte ich aber«, antwortet Jake mir ruhig. »Jetzt mach schon auf. Ich bin gespannt, ob es dir gefällt.«

»Meinst du, das könnte es nicht?« Ich schaue ihn fragend an.

»Ich weiß nicht. Vielleicht packst du es einfach aus und entscheidest dann?«

Jake scheint beinahe ein wenig beunruhigt, als ich langsam das rote Samtband löse, das um die Schachtel gebunden ist. Vorsichtig hebe ich den Deckel an.

Wenige Sekunden später halte ich einen Schlüssel in der Hand, der auf einem kleinen, schmalen Samtkissen lag.

»Was ist das?«, frage ich Jake und drehe mich zu ihm.

»Ein Schlüssel!«

Ich hebe eine Augenbraue und blicke ihn an. »Ach! Das hätte ich jetzt nicht gedacht.«

Er grinst und schließt meine Hand, die den Schlüssel festhält, in seine. »Das ist ein Schlüssel«, wiederholt er. »Ein Schlüssel für meine Wohnung.«

Jetzt schaue ich ihn wirklich irritiert an, denn mir war nicht klar, dass Jake eine Wohnung hat. Bisher dachte ich, dass er hier im Bed and Breakfast bei Mary lebt.

»Ich habe dir erzählt, dass ich alle meine Zelte in London abgebrochen habe, weil ich es dort nicht mehr ausgehalten habe und nur noch wegwollte. Inzwischen hat sich in meinem Leben aber einiges geändert.«

Jake schaut mich an und nimmt dann mein Gesicht in seine Hände.

»Ich habe dich in den letzten Wochen schrecklich vermisst. Zu wissen, dass ich dich verloren hatte, hat mich beinahe umgebracht. Dieser Schmerz war so anders als der, den ich damals bei meiner Ex-Frau verspürt habe. Dich wiederzusehen und bei dir in London zu sein, hat mir gezeigt, dass ich keine Sekunde mehr ohne dich sein will. Mir ist es so schwergefallen, mich wieder ins Auto zu setzen und nach Newquay zu fahren. Jede Meile, die zwischen uns liegt, ist eine Meile zu viel. Ich will dich nicht überrumpeln. Ich will nicht, dass du denkst, ich wolle dein Leben ändern. Aber ich werde nach London zurückkehren, um in deiner Nähe zu sein. Ich habe wieder neue Energie, um zu schreiben, und das habe ich allein dir zu verdanken. Du bist die Frau, die mich vollständig und zu einem besseren Mann macht. Ich frage dich nicht, ob du mit mir zusammenziehen möchtest, aber indem ich dir diesen Schlüssel gebe, weißt du, dass du jederzeit zu mir in unsere Wohnung kommen kannst.«

»Unsere Wohnung?«, sage ich leise und versuche, die Tränen wegzublinzeln, die sich in meinen Augen sammeln.

»Ja«, haucht Jake und sanft legen sich seine Lippen auf meine. »Du bist eine unfassbar atemberaubende, starke Frau und ich kann mich glücklich schätzen, wenn ich an deiner Seite sein darf und du mich in dein Leben lässt.«

Ich halte den Schlüssel fest in meine Hand geschlossen und drücke ihn an mein Herz. »Ich kann es nicht erwarten, mit dir nach London zurückzukehren«, sage ich leise, als ich meine Lippen kurz von seinen löse. »In unser Zuhause.«

Als seine Lippen sich erneut auf meine senken, wird mir eins bewusst: Viele starke Frauen beginnen als gebrochene Mädchen.

EPILOG

Leah

»Kann mir mal einer sagen, wie ich mich habe überreden lassen, dieses Jahr Silvester mit einem verliebten Paar zu verbringen? Als Single ist das ja quasi die Höchststrafe!«

Ich brumme zum wiederholten Mal auf der Rückbank von Jakes Auto vor mich hin, während er und Louisa sich vorn im Wagen kaum das Lachen verkneifen können.

»Jetzt hör aber auf«, kontert Louisa. »Du weißt genau, dass du heute Abend nicht mit uns allein bist. Wie hoch ist die Wahrscheinlichkeit, dass bei einer großen Party alle vergeben sind?«

»Schon der Weg dahin ist die Hölle«, stöhne ich theatralisch und halte mir die Augen zu, als Jake Louisas Hand mit seiner umschließt und sie zu seinen Lippen führt. »Hööööllenquaaaalen«, ergänze ich und kann doch nicht ganz das Grinsen verstecken, das sich über mein Gesicht ausbreitet.

»Du weißt schon, dass du an dieser Sache selbst schuld bist, oder?«, fragt Jake und fährt meiner besten Freundin sanft mit dem Daumen über den Handrücken. Ich weiß, dass sie diese Geste liebt, und daher wundert es mich nicht, dass sie leicht errötet.

»Was? Wie soll ich denn daran schuld sein, dass ihr mich zu dieser Party schleppt?« Ich drücke mich auf der Rückbank ein Stückchen nach vorn und schiebe meinen Kopf zwischen Jake und Louisa.

»Na klar«, schmunzelt Jake. »Du hast Louisa schließlich in meine Arme getrieben!«

»Habe ich gar nicht!«

»Hast du wohl!«, sagen Jake und Louisa gleichzeitig.

»Oh Gott, jetzt sagt ihr auch schon gleichzeitig das Gleiche«, stöhne ich und lasse mich wieder nach hinten auf die Sitzbank fallen.

»Und das sogar mehrmals«, lacht Louisa und weist mich auf *Louisas Welt* und mein Drängen hin, zu Jakes Lesung zu gehen.

»Okay, okay, es sei euch ja gegönnt. Ich habe euch trotzdem lieb. Aber könnt ihr nicht bitte wenigstens dafür sorgen, dass zumindest ein heißer Typ heute Abend für mich dabei ist? Reicht ja, wenn er bis kurz nach Mitternacht zur Verfügung steht. So habe ich wenigstens einen guten Start ins neue Jahr! Ihr habt mir übrigens immer noch nicht erzählt, wo die Party stattfindet.«

»Wir sind gleich da«, sagt Jake und zeigt mit ausgestrecktem Finger auf eine elegante cremefarbene Stadtvilla.

»Ihr habt mir nicht gesagt, dass die Party in Belgravia ist!«, quietsche ich auf der Rückbank und rutsche dann doch auf einmal ganz aufgeregt auf meinem Sitz hin und her. Ich muss gestehen, für eine Party in einer von Londons wohlhabendsten Gegenden kann ich mich durchaus begeistern. Also will ich mich mal nicht beschweren, dass ich zu einer Silvesterparty in dieser Wohngegend eingeladen wurde. Ich bin gespannt, welche illustren Gäste anwesend sein werden, und vielleicht ist ja sogar der eine oder andere Promi darunter. Nicht, dass mich deren Privatleben sonderlich interessieren würde, aber für *Elements* oder auch *Louisas Welt* ist es immer interessant, die richtigen Bekanntschaften zu machen. Ich bin für solche Begegnungen immer vorbereitet und habe schon früh gelernt, meine Visitenkarten immer in der Handtasche zu haben.

Als Jakes Wagen vor einer der Villen zum Stehen kommt und er gekonnt mit wenigen Zügen einparkt, sehe ich zwei Gestalten auf dem Gehweg stehen, die auf uns zu warten scheinen.

»Das sind ja Lily und Bryan«, ruft Louisa erfreut und springt aus dem Auto. Keine fünf Sekunden später zieht sie Lily überschwänglich in ihre Arme und Jake, der nach ihr ausgestiegen ist, belässt es mit seinem guten Freund aus Newquay auch nicht bei einem bloßen Handschlag. Herzlichkeit wird in diesem Freundeskreis wohl groß geschrieben und das ist schön zu beobachten.

»Schön, euch zu sehen!«, sagt Bryan, als er sich aus Jakes Umarmung gelöst hat. »Habt ihr die Tage nach Weihnachten schön genutzt?«

»Gib ihnen bloß nicht die Chance, sich gleich wieder in die Arme zu fallen. Ich ertrage diese Romantik nicht eine Sekunde länger«, stöhne ich gespielt künstlich und schiebe mich zwischen Louisa und Jake hindurch, nur um Bryan und Lily im nächsten Moment die Hand entgegenzustrecken. »Hi, ich bin Leah!«

»Hi, Leah«, lacht Bryan. »So schlimm mit den beiden?«

»Schlimmer.«

Ich stehe auf dramatische Auftritte und schlage mir daher zur Intensivierung mit der flachen Hand vor die Stirn, werfe anschließend erneut theatralisch die Hände in die Höhe und stiefele die wenigen Schritte auf die Eingangstür der vornehmen Stadtvilla zu. Für irgendetwas müssen die Theaterstunden in der Schule doch gut gewesen sein.

»Das ist zum Verrücktwerden mit den ganzen Paaren«, füge ich lachend hinzu und klopfe an die schwarze Eingangstür, die uns den Zutritt zu der Villa versperrt.

Keine fünf Minuten später haben wir unsere Mäntel abgegeben und stehen mit einem Sektglas in der Hand zwischen weiteren Gästen, die auf der Silvesterparty zugegen sind. Von den beiden Veranstaltern fehlt jede Spur. Sie scheinen sehr beschäftigt. Louisa und Jake haben berichtet, dass sie häufig Telefonkonferenzen haben und wichtige Geschäfte abwickeln müssen.

Ich bin ja auch ein Workaholic, weiß aber, wann es an der Zeit ist, Arbeit Arbeit sein zu lassen und die Freizeit zu genießen. Und genau das tue ich jetzt auch. Ich bin in meinem Element.

Vergnügt schlendere ich zwischen den Gästen hindurch, hake mich bei dem einen oder anderen unter und lache über so manchen nicht ganz so lustigen Witz. Nach weiteren fünf Minuten bin ich bereits von einer Traube von Männern umgeben, die mich umschwärmen wie Motten das Licht.

Und es passiert wieder genau das, was in letzter Zeit immer mit mir passiert, wenn ich von Menschen umgeben bin, die meine Nähe suchen. Mir wird langweilig. Immer die gleichen Gespräche, immer die gleichen Geschichten. Immer die gleichen Komplimente. Nach einer Weile wird man davon nicht mehr geblendet, blickt hinter die Fassade und weiß, wie oberflächlich so manche Veranstaltung ist.

Ich nehme mir ein weiteres Glas Sekt vom Tablett eines Kellners und begebe mich die Treppe hoch, die von der Halle im Erdgeschoss ins erste Stockwerk führt. Auf meinem Weg nach oben winke ich Louisa zu, die glücklich an Jake gelehnt neben dem Büfett steht. Ich liebe es, meine Freundin so verliebt zu sehen, und weiß doch nicht, ob ich diesen Wunsch nach einer Partnerschaft nachvollziehen kann. Natürlich ist es schön, einen Mann an seiner Seite zu haben, der einen umschwärmt, aber kann das alles sein? Ich glaube nicht, dass ein Mann mich so glücklich machen und sexuell erfüllen kann, dass ich nie wieder nach einem anderen Ausschau halten werde.

Ich muss ein wenig schmunzeln und lasse den Blick über

die Gäste gleiten, die sich unter mir angeregt miteinander unterhalten, feiern und den letzten Abend des Jahres genießen. Es sind schöne Männer dabei, aber wie und woher soll man wissen, ob es mit dem Mann, den man für einen Moment faszinierend findet, auch wirklich für immer ist? Dann doch lieber in regelmäßigen Abständen immer wieder glücklich sein und sich neu verlieben, das ist eher mein Ding. Vielleicht ist das meine Vorstellung von Romantik. Und solange irgendeine Liebe da ist, auch wenn sie von Mann zu Mann wechselt, ist doch alles gut. Ich folge meinen Bedürfnissen und das ist das, was sich für mich richtig anfühlt.

Das Haus der Gastgeber ist faszinierend schön. Was kann man auch schon anderes von einem Gebäude in dieser Lage erwarten.

Ich steige eine weitere Treppe hoch und schlendere mit meinem Sektglas in der Hand durch den erleuchteten Korridor. An einigen der Wände hängen Fotografien, die von passend installierten Strahlern gekonnt in Szene gesetzt werden. Die meisten Türen hier oben sind verschlossen, nur eine steht einen Spaltbreit offen und ich erkenne einen leichten Lichtschein, der unter der Tür hervorstrahlt. Vorsichtig öffne ich die Tür, in der Hoffnung, auf niemanden zu treffen. Ich bin nicht der Typ dafür, in anderer Leute Dingen zu spionieren, doch dieses Haus hat eine Anziehung auf mich, die ich mir nicht erklären kann.

Als ich in das Gott sei Dank leere Zimmer trete, fällt mein Blick sofort auf die große Balkontür, die die Kälte der Nacht draußen hält. Fasziniert öffne ich sie und stehe plötzlich auf einem wunderschön angelegten Balkon, der einen sagenhaften Blick auf die Stadt erlaubt. Er ist umgeben von Grünpflanzen, die mit Lichterketten geschmückt sind. Ich kann Loungesessel und einen langen Tisch mit acht Stühlen erkennen. Im Sommer ist es bestimmt ein Traum, seine Zeit hier zu verbringen.

Ich lasse meinen Blick über die Dächer der Stadt gleiten.

Ein wenig fröstelt es mich, ich hätte meine Jacke von unten mitnehmen sollen. Aber wer konnte schon ahnen, dass ich mich auf dem Balkon einer sagenhaften Stadtvilla mitten in Belgravia wiederfinden würde.

»Gefällt dir, was du siehst?«

Erschrocken fahre ich herum und lasse beinahe mein Glas fallen. Hinter mir stehen zwei Männer in Anzügen, die förmlich aus einer Modelkartei entsprungen sein müssen. Quasi der Inbegriff von Männlichkeit.

»Ja, natürlich!«, antworte ich zwar etwas erschrocken, entscheide mich aber für die Offensive und den Angriff, statt mich einfach nur zu entschuldigen. Denn dass ich hier unerlaubterweise bin, ist selbsterklärend.

Ich lasse meinen Blick über die beiden Prachtexemplare gleiten. »Es ist ein schöner Anblick! Und Ausblick natürlich auch.« Ich straffe die Schultern, drehe den beiden wieder den Rücken zu und stelle mich ein wenig näher ans Geländer des Balkons.

Im nächsten Moment spüre ich, wie die beiden Männer hinter mir den Abstand zu mir verringern, und versuche, meinen Atem unter Kontrolle zu halten.

Konzentrier dich, Leah, sage ich beruhigend zu mir selbst. Das sind nur zwei heiße Kerle und mit diesen Exemplaren kannst du doch umgehen. Bleib cool!

Die Luft um mich herum scheint sich innerhalb der letzten Sekunden aufgeheizt zu haben, denn mein Frösteln ist verschwunden. Viel wahrscheinlicher ist, dass es die Hitze ist, die von ihren Körpern ausgeht, die jetzt eng hinter mir stehen und kaum Möglichkeit zum Fliehen lassen.

»Uns gefällt auch, was wir sehen«, höre ich den etwas Größeren der beiden nah an meinem Ohr sagen und fühle eine Hand, die sich in meinen Rücken legt, während eine andere meinen Oberschenkel streift.

Ich weiß, dass ich verloren bin, als ich mich umdrehe, mich gegen die starke Brust hinter mir drücke und die Hand auf meinem Oberschenkel ergreife. Dann pressen sich heiße Lippen auf meinen Mund und ich spüre eine Handfläche, die sich besitzergreifend auf meinen Körper legt.

Happy New Year!

DANKSAGUNG

Es ist schon verrückt, dass ich hier jetzt mein erstes Buch in den Händen halte. Was viele Jahre nur ein Traum war, wird endlich Realität.

Ich hätte nie geglaubt, dass mir das Schreiben so viel Freude bereitet, und nun endlich Louisas und Jakes Geschichte in die Welt zu schicken, erfüllt mich mit viel Stolz und Liebe.

So einen Weg geht man nie allein und daher möchte ich „DANKE" sagen.

Danke an meine liebe Lektorin Martina König. Du hast mir geholfen, der Geschichte den letzten Schliff zu geben und hast mir jederzeit ein offenes Ohr geschenkt. Danke für deine Kommentare, die aufmunternden Worte und dafür, dass du die Geschichte auch so sehr magst wie ich. Ich freue mich auf all unsere weiteren Projekte.

Danke an Sandi für deine Geduld mit mir und deine tollen Ideen. Nicht jeder kann aus meinen chaotischen Briefings solch kreative Meisterleistungen zaubern. Ich liebe „unser" Cover und bin stolz, dich meine Schwester nennen zu dürfen.

Danke auch an Annie Stone. Du bist eine Inspiration und warst die erste, die mir Rede und Antwort bei meinen Fragen zum Selfpublishing gestanden hat. Danke auch dafür, dass du mir Martina als Lektorin empfohlen hast.

Liebe Jennifer, auch dir möchte ich danken. Wer hätte vor vielen Jahren gedacht, als wir uns beim Stammtisch kennengelernt haben, dass wir auch Jahre später eine neue Leidenschaft teilen werden. Ich freue mich auf tolle Schreibdates mit dir und so manches Buchabenteuer.

Danke an meine beiden Ds – Danni und Dania. Ich weiß nicht, was ich ohne euch, euer offenes Ohr, eure Ratschläge und eure Freundschaft machen würde.

Abschließend möchte ich mich bei dir bedanken – meiner Leserin. Danke, dass du Louisa und Jake in dein Leben gelassen hast und ihre Geschichte gelesen hast. Ich hoffe, du hast sie genauso ins Herz geschlossen wie ich.

xo
Ella

ÜBER DIE AUTORIN

Ella McQueen schreibt moderne Liebesromane mit starken männlichen Hauptfiguren und Heldinnen, die über sich hinauswachsen. Sie wurde 1979 geboren und studierte Germanistik und Anglistik in Münster.

Neben ihrer Leidenschaft für Bücher, schlägt Ellas Herz für London, die Fotografie, das Meer, Milchkaffee und ihre Familie. Ihren Traum von einem Haus am Meer hat sie noch nicht aufgegeben und bis dahin ist sie auf Instagram aktiv und tauscht sich dort gerne mit ihren Lesern über ihre Bücher und die beste Location für den perfekten Kaffee aus.

instagram.com/ellamcqueenwrites

Printed in Poland
by Amazon Fulfillment
Poland Sp. z o.o., Wrocław

63788093R00174